Das Buch

Im Ostseebad Sellin wird in der Nähe der Seebrücke eine Leiche angetrieben. Kommissarin Vera Rademacher und ihre Rügener Kollegen können bald die Identität des Toten klären, doch niemand scheint den Chefkonservator des Putbuser Schlossmuseums näher gekannt zu haben. Dann stellt sich auch noch eines der wertvollsten Gemälde des Museums als Fälschung heraus. Hatte der Tote mit der Kunstfälschung zu tun?

Die Autoren

Das Autorenduo Gabriela Heidenreich, Jahrgang 1964, und Thomas Trczinka, Jahrgang 1962, ist die ideale Kombination für das Krimischreiben: Sie, promovierte Germanistin und Autorin wissenschaftlicher wie belletristischer Schriften, er, Berufsnomade, arbeitete unter anderem als Koch (erlernter Beruf), Verkäufer, Verkaufsstellenleiter, Sicherungskraft, Versicherungsfachmann sowie in diversen anderen Berufszweigen, - das ist die Basis, auf der sie ihre „kriminelle“ Energie für spannende Geschichten entwickeln. Erkennungszeichen des Duos sind Fantasie, sorgfältige Recherche und kunstvolle Sprache. So ist es auch keine Überraschung, dass sie bereits für ihr erstes gemeinsames Werk „Tödlicher Tauchgang“ (2005) mit einem Literaturpreis ausgezeichnet wurden.
Beide leben und arbeiten in der Gegend, in der sich ihre Geschichten abspielen: In Stralsund und auf Rügen.

Das Mädchen mit dem Blumenkorb

Ein Kriminalroman

von

Gabriela Heidenreich

und

Thomas Trczinka

Otto-Johann-Verlag, Lubmin

Anmerkung der Autoren:

Dieses Buch ist reine Fiktion. Namen, Charaktere, Unternehmen und Ereignisse entstammen entweder der Fantasie der Autoren oder wurden auf fiktionale Weise verwendet. Jede Ähnlichkeit mit lebenden oder toten Personen sowie mit Ereignissen wäre vollkommen zufällig.
Die alte und ehrwürdige Hansestadt Stralsund und die Insel Rügen bilden allerdings den realen Rahmen der erfundenen Handlung. Die Autoren haben sich jedoch die Freiheit genommen, einige Schauplätze ihrer Handlung anzupassen.
Dichterische Freiheit ist es auch, die dem berühmten Maler Lovis Corinth ein Gemälde mit dem Titel „Das Mädchen mit dem Blumenkorb“ zuschreibt.

Originalausgabe Oktober 2008

Umschlaggestaltung: OJV
Umschlagmotiv: „Mädchen mit Blumenkorb“
(Ferdinand v. Rayski, 1806 - 1890)
Satz und Layout: OJV
Printed in Germany
ISBN: 978-3-940844-07-1
www.otto-johann-verlag.de

Ein herzliches Dankeschön an Klaus-Dieter Klatt für seine wertvollen Hinweise aus kriminalpolizeilicher Sicht und natürlich an Christine und Stefan sowie an Dieter, Lea und Malte für all ihre Geduld mit uns.

1

Margarethe Mörler liebte die Sonnenaufgänge am Meer. Ganz früh war sie aufgestanden und aus dem Hotelzimmer geschlichen. Die Möglichkeit, mit dem Fahrstuhl bis hinunter an den Strand zu fahren, hatte sie verworfen. Sie war zwar Mitte siebzig, aber sie fühlte sich nicht so. Also nahm sie den Weg über die breite Treppe, die vielen hölzernen Stufen hinunter. Dieses leichte Dröhnen, wenn man den Fuß kräftig aufsetzte, dazu die klare, jodhaltige Luft, die so früh am Morgen noch angenehm kühl war, das war Urlaub, wie sie ihn mochte.

Gemächlich schlenderte Margarethe Mörler an den noch geschlossenen Restaurants vorbei, die in der Mitte der Seebrücke in ganzer breiter Pracht standen. Es war ihr vierter Urlaubstag in Sellin, und sie genoss jede Stunde. Ihr Mann, der noch im Hotelzimmer schlief, konnte ihre morgendlichen Ausflüge ans Meer nicht verstehen. Seiner Meinung nach reichte es doch, sich auf den Balkon zu setzen, wenn sie schon nicht im Bett bleiben konnte. Doch sie brauchte das Schauspiel, das sich ihr in wenigen Minuten bieten würde.

Am Brückenkopf angekommen, setzte sie sich auf eine der zahlreichen Bänke. Sie öffnete die große Umhängetasche, in der sonst ihre Badeutensilien Platz fanden, und nahm Zeichenpapier und Stifte heraus.

Langsam erwachte der Tag. Die Sonne machte sich bereit, ihre wärmenden Strahlen über das Meer zu schicken. Glutrot stieg der Feuerball empor. Margarethe Mörler versuchte, den Zeichenblock geschickt auf ihren Knien haltend, diesen kurzen Augenblick aufs Papier zu bannen. Flink führte ihre Hand den Stift. Auch im Sitzen hielt sie sich gerade, sie mochte keine Menschen mit schlechter Haltung. Das legere geblümte Sommerkleid umspielte ihren schlanken, fast dünnen Körper. Wer dieser grazilen Frau das erste Mal begegnete, glaubte eine ehemalige Ballerina zu sehen. Doch ihre Liebe gehörte dem Malen, und das seit Kindertagen. Einige wenige Striche noch, dann hielt sie inne. Wie oft hatte sie versucht, dieses Farbenspiel festzuhalten, doch so richtig zufrieden war sie auch heute wieder nicht. „Natur bleibt eben Natur", murmelte sie. Tief einatmend schmeckte sie das Meer auf den Lippen. Das leichte, monotone Plätschern der Wellen und die warme Sonne machten sie schläfrig. Sie lehnte sich nach hinten und schloss die Augen.

Einige Minuten später störte das Gekreische der Möwen die Ruhe. Irritiert schaute sie sich um. In einiger Entfernung stritten sich die Vögel um etwas, das im Wasser trieb. Margarethe Mörler konnte nicht erkennen, was es war. Die noch flach am Horizont stehende Sonne blendete sie trotz Sonnenbrille, und selbst das Abschirmen der Augen mit einer Hand änderte daran wenig. Sie sah nur, dass es sich um einen unförmigen länglichen Gegenstand handelte, der das Interesse der Vögel geweckt hatte. Einige Möwen hatten sich auf dem Treibgut niedergelassen, andere flogen im Sturzflug herab, um sogleich mit lautem Gekreische wieder emporzusteigen. Einer großen Raubmöwe war es gelungen, ein Stück von dem unbekannten Etwas herauszuhacken. Schnell versuchte sie, mit ihrer Beute in Richtung der Seebrücke zu entkommen. Einige andere machten ihr den Erfolg streitig. Laute Schreie ausstoßend, flogen sie dicht über Margarethe Mörler hinweg. Das verfolgte Tier ließ sein Beutestück fallen. Kurz vor der

Malerin klatschte es auf die Brückenbohlen. Entsetzt schaute sie auf das zu ihren Füßen Liegende. Es war ein menschliches Auge.

2

Vera Rademann bahnte sich ihren Weg durch die wenigen Schaulustigen, die sich auf dem ersten Drittel der Seebrücke drängten, um ihre Neugierde zu stillen. Ein rotweißes Absperrband und zwei uniformierte Polizisten hinderten die Gaffer daran, in den vorderen Bereich der Brücke vorzudringen. Vera Rademann brauchte ihren Dienstausweis nicht vorzuzeigen, einer der Beamten kannte sie. Er hob kurz die Absperrung auf und begrüßte sie. „Morgen, Frau Hauptkommissarin."

„Guten Morgen." Sie lächelte dem Beamten zu. Leise fügte sie hinzu: „Ist es schlimm?

„Es geht", flüsterte ebenso leise der Schutzpolizist.

In ihrer 15-jährigen Dienstzeit auf Deutschlands größter und, wie sie fand, schönster Insel hatte sie oft mit dem Tod zu tun, aber an den Anblick von Wasserleichen konnte sie sich nicht gewöhnen. In fünfzig Meter Entfernung blieb sie erst einmal stehen. Sie versuchte, einen Eindruck zu gewinnen und, wenn sie ehrlich war, auch das Unangenehme noch ein wenig hinauszuzögern.

Sie blickte auf das Boot der Feuerwehr, das am Brückenkopf festgemacht hatte, wo sonst die Ausflugsdampfer anlegten. Sie sah die Männer und Frauen der Spurensicherung, die in weißen Overalls ihrer Arbeit nachgingen. Und sie erblickte eine ältere Dame in einem bunten Sommerkleid, die grauen langen Haare zu einem Pferdeschwanz gebunden, kerzengerade auf einer der Bänke abseits sitzend. Die Frau hatte den Blick auf die Beamten gerichtet und eine Umhängetasche wie ein Schutzschild vor sich auf den Knien.

Die Kriminalistin atmete tief durch und ging auf den Leiter der Spurensicherung zu, der sie heranwinkte. Nach einer kurzen Begrüßung erfuhr Vera Rademann die wenigen Fakten. Bei dem unbekannten Treibgut, das vor einer Viertelstunde von den Tauchern der Feuerwehr geborgen worden war, handelte es sich um einen Mann. Die Gerichtsmedizinerin Dr. Kursatowski untersuchte ihn soeben. Das Beutestück der Möwe war sichergestellt worden. Sonst waren keine Spuren feststellbar. „Leider muss ich dich enttäuschen." Der Spurensicherer zuckte mit den Schultern. „Ich hätte dir gerne mehr mitgeteilt."

„Ist schon okay. Du hast ja keine Schuld." Vera Rademann legte dem vor ihr stehenden Mann kurz die Hand auf den Arm. „Kann ich jetzt ran?"

„Na klar. Wir sind fertig." Bereitwillig gab er den Weg frei. Die Kriminalistin ging die wenigen Meter bis zur Anlegestelle des Feuerwehrbootes. Sie wies sich aus und wurde an Bord gelassen. Dr. Kursatowski beendete soeben die erste Leichenschau. „Ich habe noch nicht viel, Vera." Die Gerichtsmedizinerin zog ein Thermometer aus dem Toten. „Aber was ich weiß, dürfte euch die Arbeit erleichtern. Der Mann ist zwischen 40 und 50 Jahren alt, seit etwa 48 Stunden im Wasser und auch wohl so lange tot. Wenn du zwei Minuten Geduld aufbringst …"

Die Ärztin verglich die Körperkerntemperatur des Mannes mit der Wassertemperatur und schaute dann in eine Tabelle. „Also, wie gesagt, ungefähr zwei Tage würde ich behaupten. Dazu passt auch die beginnende Waschhautbildung an der

Hand." Sie drehte die Handinnenfläche des Toten nach außen und zeigte auf die Finger. „Dort an den Fingerbeeren ist die Haut schon aufgequollen, und auch die Handinnenflächen beginnen zu quellen. Aber das ist noch nicht alles. Der Mann wurde wahrscheinlich erstochen, und das sehr gekonnt."

„Wie meinst du das, sehr gekonnt?"

„Nun, mit einem einzigen Stich in die Niere. Das Opfer hat wohl nicht einmal mehr schreien können. Wenn du die Obduktion abwartest, dann kann ich dir mehr sagen. Bisher ist es nur hypothetisch."

Staatsanwalt Maier, der soeben auf der Seebrücke eingetroffen war, unterbrach die beiden Frauen. „Na, unsere Emanzen fleißig bei der Arbeit, als wenn der Tote nicht schon Unglück genug wäre."

„Was wollen Sie damit sagen?" Die Gerichtsmedizinerin schnellte aus der knienden Haltung noch oben.

„Nichts, was Sie beunruhigen sollte. Das Ableben eines Menschen ist doch wohl ein Unglück, oder sehen Sie das anders?" Ein abschätzig nach oben gezogener Mundwinkel strafte ihn Lügen. Provozierend wippte er auf den Fußspitzen. Ärgerlich winkte die Ärztin ab.

„Vielleicht sollten Sie an Bord kommen. Die Kameraden von der Feuerwehr sind Ihnen sicher behilflich!" Die Kriminalistin machte eine einladende Handbewegung.

„Oh,nein!" Der Staatsanwalt trat unwillkürlich einen Schritt zurück.

„Angst, Herr Maier? Die brauchen Sie nicht zu haben. Der Tote kann Ihnen nichts mehr tun, da sind die Lebenden viel schlimmer."

„Erzählen Sie doch keinen Blödsinn, Frau Rademann. Angst ist für mich ein Fremdwort … Was sollte ich denn an Bord?

Erstens sehe ich von hier alles sehr gut, zweitens ist es auf dem Kahn jetzt schon zu eng, und drittens können Sie mir ja berichten, was ich wissen muss."

Die Feuerwehrleute hörten dem Disput interessiert zu und einer von ihnen rief: „Hür juuch dat mal an. De Frugens hemm' mihr Maut inne Bücks as de Afkat." Gelächter und Kopfschütteln quittierten diesen Satz.

Staatsanwalt Maier, der kein Plattdeutsch verstand, merkte, dass über ihn gelacht wurde. „Ich verbitte mir jegliche Kommentare", empörte er sich und zischte, zum Rufer gewandt: „Und Sie sollten doch wohl so viel Intellekt besitzen, mit mir Hochdeutsch zu reden und nicht diese Provinzsprache."

Ein kurzes 'Ik hau di glieks wat an' Latz, du Ossenkopp!' war die Antwort des Feuerwehrmannes. Gejohle und zustimmende Pfiffe seiner Kameraden gaben dem Mann Rückendeckung, der sich anschickte, die Ärmel seiner Kombi nach oben zu ziehen und einen Schritt in Richtung des Staatsanwaltes machte.

„Aber, aber … nun ist's gut. Wir haben hier einen Toten, etwas mehr Respekt, wenn ich bitten darf." Dr. Kursatowski legte dem Feuerwehrmann eine Hand auf die Schulter und sagte zu ihm: „Nu is gaut. Hei is nu mol nen Moorslikker un ne Bangbüx."

Der Mann schob die Ärmel wieder nach unten und sagte: „Dor hemm'se recht, Fru Doktor. Dat is hei nicht wiert."

Nachdem wieder etwas Ruhe eingetreten war, konnten die beiden Frauen ihre Arbeit fortsetzen.

„Also ein Gewaltverbrechen." Die Kriminalistin schaute die Gerichtsmedizinerin an.

„Das ist das Wahrscheinlichste. Unfall und Selbsttötung schließe ich fast aus ... Obwohl ich mal einen Fall hatte, wo jemand sich selber mit einem Stich in die Niere tötete. Aber da steckte noch die Tatwaffe in der Wunde. Hier jedoch spricht alles für Fremdeinwirkung. Genaueres aber erst nach der Obduktion."

„Haben Sie das gehört, Herr Staatsanwalt? Wahrscheinlich Fremdeinwirkung, wahrscheinlich ein Gewaltverbrechen."

„Na, dann fangen Sie doch zu ermitteln an! Was stehen Sie denn hier noch rum?"

„Rumstehen ist gut. Ihre Einstellung möchte ich haben."

„Dazu müssten Sie ein Mann sein, Frau Rademann, und das sind Sie nicht."

Ein leises ‚Moorslock', geflüstert von Frau Dr. Kursatowski, konnte die Kriminalistin gerade noch hören.

„Genau!", antwortete sie laut. Staatsanwalt und Medizinerin bezogen die Antwort jeweils auf sich. Der Blick, den die beiden Frauen tauschten, sprach Bände.

„Gut, gut, Frau Rademann. Ich bitte mir schnellste Ergebnisse aus. Und die Berichte direkt zu mir. Sagen Sie das bitte auch Ihrem Vorgesetzten." Er drehte sich um und wollte gehen.

„Ich glaube, das sagen Sie dem Chef mal selbst. Ich bin nicht Ihr Bote."

Der Staatsanwalt blieb ruckartig stehen, als sei er gegen eine Mauer gelaufen. „Wie bitte?"

„Ich wiederhole mich nur ungern. Ich glaube, Sie haben mich verstanden. Wenn Sie etwas von Herrn Kriminaldirektor Gäbler möchten, dann sagen Sie es ihm selbst. Und jetzt entschuldigen Sie mich, ich habe zu arbeiten. Schönen Tag noch."

Maier schaute ungläubig auf die Frau, die sich wieder der Gerichtsmedizinerin zugewandt hatte. Seine Halsschlagader schwoll verdächtig an und seine Hände schlossen sich zu

Fäusten zusammen. Dieses kleine Frauenzimmer, dachte er. Wollte ihm die Leviten lesen, ihm, dem Staatsanwalt. Na, die würde ihn noch kennenlernen. Der Vorfall mit dem Feuerwehrmann ließ ihn vorsichtiger agieren. Tief atmete er aus, und dann verließ er die Seebrücke.

Die Kommissarin verabschiedete sich soeben von der Medizinerin und von den Kameraden der Feuerwehr. Sie wollte die ältere Dame befragen, die immer noch auf der Bank saß, aber ihre Tasche inzwischen neben sich gestellt hatte. Als Vera Rademann näher kam, sah sie, dass die Frau einen Zeichenblock auf den Knien hielt und mit flinken Bewegungen den Stift über das Papier schickte. Die Beamtin grüßte und nahm gegenüber der Frau ebenfalls auf einer Bank Platz.

„Sie haben den Toten gefunden?"

„Eigentlich er mich." Die Frau machte noch einige wenige Striche, dann schaute sie auf und Vera Rademann direkt in die Augen. Braun, dachte diese. Tiefbraune Augen, in denen einige Farbpigmente wie Eiskristalle schimmerten.

„Wie? Er hat sie gefunden?"

„Nun, er trieb ja direkt auf mich zu. Und dann die Sache mit dem Auge. Scheußlich, kann ich Ihnen sagen."

Mitfühlend nickte die Kriminalistin. „Ich weiß, dass es nicht leicht ist, darüber zu reden, aber es ist notwendig."

„Viel gibt es da nicht zu sagen. Ich bin heute früh zeitig los, um den Sonnenaufgang zu genießen, und da schmeißt mir diese dämliche Möwe das Auge vor die Füße. Schöner Morgen adé." Die Frau seufzte einmal tief. Wie Vera Rademann fand,, etwas zu theatralisch.

„Wann war das?"

„Kurz nach Sonnenaufgang. Die genaue Uhrzeit kann ich Ihnen nicht sagen."

„Kein Problem. Sonst ist Ihnen nichts aufgefallen?“

„Nein, nichts! Ich war ja ganz allein. Kein Mensch weit und breit. Im Gegensatz zu jetzt.“

Beide Frauen schauten zur Absperrung, wo sich immer mehr Neugierige einfanden.

„Na gut. Ich möchte Sie jetzt nicht mehr aufhalten. Kommen Sie bitte morgen ins Präsidium, wegen des Protokolls. Hier haben Sie meine Karte.“

Als Vera Rademann aufstand, fiel ihr Blick auf den Zeichenblock. Sie sah den Staatsanwalt und auch wieder nicht. Es waren unverkennbar Maiers Gesichtszüge, aber er hatte auf der Stirn Hörner, und sein rechtes Bein endete in einem Pferdefuß. Besitzergreifend schaute er von der Seebrücke in den Himmel, wo anstelle der Sonne ein riesiges Auge stand.

Nachdenklich verließ die Kriminalistin die Seebrücke, das Bild des gehörnten Staatsanwaltes vor Augen.

3

Kaum war Vera Rademann im Präsidium angekommen, berief sie eine kurze Dienstbesprechung ein. Mit wenigen Worten beschrieb sie die Auffindsituation und die bisherige Spurenlage, dann verteilte sie die nächsten Aufgaben. Es galt festzustellen, wer der Mann war. Die Kriminaltechniker und die Gerichtsmedizin würden noch brauchen, bis die ersten Ergebnisse vorlagen. Diese Zeit wollte Vera Rademann nutzen.

Seit ungefähr 48 Stunden war der Mann tot. Zwei Tage, die ungenutzt ins Land gegangen waren. Jede Stunde, die sie warteten, verschaffte dem oder den Tätern einen noch größeren Vorsprung. Bisher war die Aufklärungsquote bei

Gewaltverbrechen sehr hoch, und so sollte es auch bleiben. Die wenigen Aufgaben waren schnell verteilt. Die Vermisstenanzeigen mussten durchgesehen werden, die ersten Berichte waren zu schreiben, und Vera Rademann nahm sich der undankbarsten Aufgabe an, sie ging zur Autopsie.

Es beschlich sie immer ein eigenartiges Gefühl, wenn sie die Räume der Gerichtsmedizin betrat. Nicht, dass es Angst oder Ekel waren, die dieses Kribbeln und die Unruhe in ihrem Körper verbreiteten. Es befiel sie wohl eher ein Gefühl des Ausgeliefertseins aufgrund der Erkenntnis, dass Menschen es waren, die anderen Grausamkeiten zufügten, die die Fantasie übertrafen.

Sie betrat den Sektionssaal, dessen weiße Kacheln das Licht der großen Lampe reflektierten. Auf dem Stahltisch lag der am Morgen aus der Ostsee geborgene Mann, unbekleidet, der Kopf ruhte auf einer kleinen Ablage. Frau Dr. Kursatowski begann mit der äußeren Leichenschau.

Zwei Stunden später saßen die beiden Frauen im Büro der Gerichtsmedizinerin, jede einen Pott Kaffee vor sich. Die Ärztin zog genüsslich an einer Zigarette. Kaum hatte sie den Rauch mit kräftigem Pusten in das kleine Zimmer geblasen, fasste sie die bisherigen Fakten zusammen.

„Also, der Mann ist um die vierzig Jahre alt und einen Meter zweiundachtzig groß. Die manikürten Fingernägel und der sonstige Zustand des Körpers lassen auf einen gut situierten Herrn schließen. Keiner unserer Problembürger, die ab und zu im Suff ins Meer fallen. Dazu war der Tote viel zu gepflegt. Auch kein Anzeichen von Alkoholismus. Und: Der Mann war Nichtraucher." Den letzten Satz sprach sie mit einem vorwurfvollen Blick auf ihre eigene Zigarette. Mit einem

Seufzen drückte sie diese dann im Aschenbecher aus. Vera Rademann nahm es mit einem dankbaren Blick zur Kenntnis. „Wie gesagt, Nichtraucher, keine erkennbaren Krankheiten. Todesursache war ein Stich in die linke Niere. Das Opfer war sofort tot."

„Kampf oder Abwehrspuren?"

„Nein." Die Gerichtsmedizinerin unterstrich ihre Worte mit einem Kopfschütteln. „Bei dieser Art von Verletzung kommt das Opfer gar nicht mehr dazu, sich zu wehren. Der Stich wurde von hinten ausgeführt. Der Mann rechnete wohl nicht mit einem Angriff, und so traf es ihn völlig unvorbereitet."

„Und er war sofort tot?"

„Nein, nicht sofort."

Bedächtig drehte die Medizinerin ihre Kaffeetasse in der Hand, als bräuchte sie für das Kommende etwas Zeit zum Nachdenken.

„Also, der Täter sticht von hinten in die Niere, dreht das Messer einige Male hin und her, es kommt zum Schock, das Opfer kann nicht einmal mehr schreien, und dann Kreislaufversagen, in dessen Folge Exitus. Wer immer es tat, er wusste genau, wie er vorgehen musste." Dr. Kursatowski griff zum Obduktionsbericht und zeigte auf mehrere Fotos. „Hier, schau mal. Die Wundränder zeigen uns, dass das Messer im Körper gedreht wurde, und die fischschwanzartigen Formungen der Wundränder belegen, dass mit einer scharfen Klinge zugestochen wurde."

„Kannst du mir was über die Tatwaffe sagen?"

„Nun, Schnitttiefe und Breite der Wundränder lassen auf eine Klinge von ca. 2,5 Zentimetern Breite und einer Länge von zwanzig Zentimetern schließen."

„Also kein Taschenmesser oder Brieföffner?"

„Nein! Wer immer den Stich führte, er tat es mit einer Waffe oder eventuell einem Küchenmesser, aber auf keinen Fall mit einem Taschenmesser. Die haben viel zu kurze Klingen, und Brieföffner sind zu schmal und zu stumpf.“

„Schön, wir suchen einen Mörder, der vor zwei Tagen ein zwanzig Zentimeter langes Messer mit sich führte und es einem ca. vierzig Jahre alten Mann hinterrücks in die Niere stach.“

„Du suchst, Vera, aber ansonsten lassen wir diesen Satz mal so stehen.“

„Mehr kannst du mir nicht sagen?“

„Nicht mehr viel. Die Kleidung des Toten habe ich dir eingepackt, für die kriminaltechnische Untersuchung. Die Hosen- und Hemdtaschen waren leer. Nur in der Jackeninnentasche fanden wir ein Stück Papier.“ Die Medizinerin gab der Kriminalistin eine Plastetüte, in der sich ein schmaler Streifen Papier befand.

„Sieht aus wie ein Abschnitt von diesen Fototüten. Umschlag beschriften, Film reinlegen, Abschnitt abreißen und den Umschlag in den Behälter zum Entwickeln werfen. Schade nur, dass die Auftragsnummer nicht mehr lesbar ist.“

„Das sollte doch für deine Techniker keine unlösbare Aufgabe sein. Übrigens, die Kleidung des Mannes passt in das Gesamtbild einer gepflegten Erscheinung. Alles Markenware, was der trug.“

„Na toll, jetzt wird es richtig einfach, den Mann zu identifizieren. Gepflegter Herr in Markenklamotten gesucht. Klingt eher wie eine Heiratsannonce.“

„Dann annoncier doch. Vielleicht hilft es.“

„Meinst du das beruflich oder privat?“

Vera Rademann trank ihren letzten Schluck Kaffee und

stand auf. „Wie du möchtest … Sobald die Ergebnisse der toxikologischen Untersuchung vorliegen, melde ich mich. Einverstanden?“

Die beiden Frauen verabschiedeten sich, und Vera Rademann begab sich bepackt mit einem Karton, der die Kleidung des Toten enthielt, und dem Obduktionsbericht zum Labor der Spurensicherung. Ihr wichtigstes Stück, den Abschnitt der Fototüte, präsentierte sie dem Leiter des Labors sofort.

Dr. Brauner, ein kleiner, grauhaariger Mann, der im nächsten Jahr in Pension gehen würde, schaute die Kriminalistin vorwurfsvoll an. „Mensch, Mädchen, wie denkst du dir das. Sofort untersuchen. Wir haben noch andere Sachen zur Bestimmung. Die Ganoven schlafen nicht, auch jetzt nicht, im Sommer, zur Urlaubszeit.“

Die Kriminalistin erklärte dem Laborleiter, dass sie zurzeit nichts hatte, wo sie ansetzen konnte. Ihre ganze Hoffnung setzte sie in den kleinen Abschnitt, auf dem die Auftragsnummer nicht mehr lesbar war.

„Gib schon her.“ Dr. Brauner nahm die Plastiktüte und schaute sich das Stück Papier gründlich an. „Salzwasser?“

Die Kriminalistin nickte. Der Laborleiter legte das Stück Papier unter eine UV-Lampe. Wie von Geisterhand erschienen Zahlen. 00557813, notierte Dr. Brauner. „Hier, die Auftragsnummer. Das hättest du auch selber machen können.“

„Nie und nimmer. Danke!“ Strahlend drückte sie dem Laborleiter ein Küsschen auf die Wange.

„Na, na, nicht gleich intim werden vor lauter Übermut. Die genaue Auswertung der Kleidung und des Abschnitts dauert aber ein bisschen. Und jetzt raus hier. Hältst mich nur von der Arbeit ab.“

Als Vera Rademann ihr Büro betrat, beendete ihr Kollege Volker Stuhr gerade ein Telefonat.

„Und, was Neues?“ Beide hatten die Frage zur gleichen Zeit gestellt. Stuhr schüttelte den Kopf. „Nichts. Keiner vermisst einen Mann um die vierzig. Aus keiner Klinik hier in der Umgebung ist ein Patient verschwunden. Vielleicht stammt unser Mann gar nicht von hier, sondern aus Schweden oder Polen, und er wurde hier nur angetrieben?“

„In nur zwei Tagen? Glaube ich nicht.“ Vera Rademann schüttelte den Kopf. „Schau, hier. Der Tote hatte nichts bei sich außer einem Abschnitt für die Entwicklung eines Filmes. Ich war eben im Labor der Spurensicherung und habe mir die Auftragsnummer geben lassen. Vielleicht hilft uns das weiter. Ich hoffe es jedenfalls.“

Stuhr schrieb sich die Ziffernfolge ab. „Aber bevor wir damit weitermachen, lass uns was essen.“

„Okay, was gibt es in der Kantine?“

„Ich glaube, heute gibt es Schmornierchen.“

„Um Gottes willen, bloß keine Innereien, und dann noch Nieren!“

Erstaunt blickte Stuhr seine Kollegin an. „Was hast du gegen Nieren?“

„Lies den Obduktionsbericht!“

4

Zwei Stunden später hatten sie die dritte Filiale einer großen Drogeriekette besucht, aber ihr Auftrag war in keiner dieser drei zur Entwicklung angenommen worden.

„Wie viele Filialen gibt es noch?“

„Auf der Insel noch zwölf, in Stralsund sechs. Dann …“

„Erst die auf der Insel. Die nächste wäre wo?“

„Putbus oder Samtens. Dann wären noch Sellin, Binz und Göhren. Welche wollen wir nehmen?“

„Putbus. Dann Sellin, Binz und Göhren, und dann ist Feierabend.“

Sie fuhren die wenigen Kilometer bis Putbus. Direkt am Markt, vor der Drogerie, fanden sie einen Parkplatz. Als sie das Geschäft betraten, war niemand an der Kasse. Stuhr bemerkte zwischen den Regalreihen eine Bewegung. Eine junge Frau füllte aus einem Karton Waren in das Regal.

„Hallo! Wir suchen was.“

„Wat suchen Sie denn?“ Die Verkäuferin unterbrach ihre Tätigkeit nicht. Vera Rademann bemerkte, dass während des Sprechens ein Kaugummi von einer Seite des Mundes zur anderen wanderte.

„Fotos.“ Stuhr hatte sich vor der Angestellten aufgebaut.

„Wenn Se de Uftragsnummer haben, kieken se doch nach. Vorne inne Fotokiste. Iss doch ganz einfach. Un wenn Se de Fotos jefunden haben, komm ick abkassieren.“ Und wieder wanderte der Kaugummi von einer Seite zur anderen. Stuhrs Mund klappte auf, als wollte er noch etwas erwidern, aber irgendwie fehlten ihm die Worte.

Kopfschüttelnd trabte er wieder zurück, und zusammen mit seiner Kollegin blätterte er die Aufträge durch. Vera Rademann wurde immer schneller. Sie glaubte, hier fündig zu werden. 00557810 hatte sie schon gefunden, auch die 00557811 war schon durch ihre Finger geglitten, und Stuhr war bei der 00557812 zusammengezuckt. Doch die 00557813 war nicht dabei.

„Sagen Sie mal“, Stuhr wandte sich noch einmal der Verkäuferin zu, „sind das alle Aufträge?“

„Wie alle?“

„Haben Sie noch anderweitig Fotoarbeiten zu liegen?“

„Nee, hab ick nich. Wenn dat, wat Se suchen, nich dabei is, komm Se doch morjen wieder.“

„Wir suchen einen bestimmten Auftrag mit der Nummer 00557813. Da vorne geht es nur bis 812. Deswegen meine Frage.“ Die Verkäuferin zuckte nur mit den Achseln und räumte weiter das Regal ein.

„Polizei!“ Vera Rademann hielt der Frau ihren Dienstausweis vors Gesicht.

„Ach, du Scheiße!“ Erschrocken blickte die Angestellte die beiden Kriminalbeamten an. Der Kaugummi verharrte auf halben Weg. „Wat denn nu? Wegen son paar Bilder gleich die Polizei?“

Die Kriminalistin sah, dass sich die Frau wieder gefangen hatte. Der Kaugummi setzte seine Reise fort.

„Also, beantworten Sie bitte die Frage meines Kollegen. Gib es noch mehr Fotoarbeiten hier?“

„Hinten sind noch en paar. Bin aber noch nich dazu jekommen, die einzuräumen. Wennse da mal kieken wollen?“ Beflissen ging sie voraus. Die Mordermittler erlebten es öfter, dass ihr Ausweis das Verhalten der Menschen veränderte.

„Hier inne Kiste sind noch welche. Wie is denn de Uftragsnummer?“

„Lassen Sie mal gut sein, das schaffen wir schon.“ Mit flinken Fingern suchten die Beamten die Box durch. „Hier! 00557813! Wir haben sie.“ Laut las Stuhr den Auftraggeber vor. „Lothar Thieme, Seevitz, Am Weiher 23.“ Mit Blick auf die Verkäuferin ergänzte er: „Kennen Sie den Mann?“

Die Frau schüttelte den Kopf. „Nee, nie gehört. Wie denn och. Ick frag doch de Leute nich nachem Namen. Mich interessiert nur der Abschnitt mit der Uftragsnummer. Bei der Hektik hier!"

„Die Bilder sind beschlagnahmt. Mein Kollege wird gleich das Protokoll schreiben."

Vera Rademann öffnete den Umschlag. Ansichten von Landschaften waren auf den Fotos abgebildet. Alle zweifellos hier auf der Insel aufgenommen. Kein Bild war darunter, dass eine Person zeigte, nur Naturaufnahmen. Enttäuscht schob die Kriminalistin die Fotos zurück in den Umschlag.

Stuhr hatte das Protokoll beendet und von der Verkäuferin unterschreiben lassen. Nachdenklich verließen die beiden das Geschäft. „Und nun?" Stuhr wedelte mit dem Autoschlüssel.

„Lass uns zuerst nochmal ins Präsidium fahren. Ich brauche ein Foto aus der Akte. Der Umschlag enthält ja nur Landschaftsaufnahmen. Danach fahren wir nach Seevitz."

Die Fahrt zum Präsidium dauerte länger, als beide vermutet hatten. Feierabendverkehr. Als sie in Seevitz in die Straße am Weiher einbogen, war es schon später Nachmittag. Die ersten Urlauber kamen vom Strand zurück, schwer bepackt mit großen Strandtaschen, die Haut gezeichnet vom übermäßigen Sonnenbaden.

Die Nummer 23 war ein Neubau, der sich mit seiner kubischen Form disharmonisch von den übrigen Häusern abhob. Es war einer dieser Bauten, die in den letzten Jahren vielerorts als Lückenbebauung herhalten durften, und denen man schon von Weitem die Unlust des Architekten am Projektieren ansah. Die Vorderseite wurde von einem gepflasterten Stellplatz für Autos eingenommen. Die schmalen Seitenstreifen, die zu den Nachbargrundstücken blieben, waren pflegeleichter Rasen, der sich wahrscheinlich auch an der Rückseite fortsetzen würde. An der Klingelleiste vier Namen, einer davon war Thieme. Vera Rademann drückte lange auf die Klingel. Ihr Schrillen war bis zur Haustür zu hören, doch niemand öffnete. Nach zwei oder drei Minuten kam eine junge Frau auf den Eingang zu. Wortlos schob sie sich zwischen den Beamten durch und genauso stumm wollte sie die Haustür aufschließen.

„Wohnen Sie hier?“ Stuhr schaute der Frau direkt ins Gesicht.

„Ja, warum?“ Die Tür öffnete sich, und die Frau wollte schnell in das Innere des Hauses.

„Wir wollten zu Herrn Thieme.“ Geschickt hatte Stuhr seinen Körper in den Ausschnitt der Tür gestellt.

„Kenn ich nicht.“

„Na, Sie wohnen doch hier, und da kennen Sie Ihre Nachbarn nicht?“ Die Kriminalistin runzelte die Stirn.

„Tut mir leid, aber wir sind erst vor zwei Monaten hier eingezogen.“ Die Frau wollte weitergehen.

„Einen Moment noch. Wir sind von der Polizei.“ Die beiden wiesen sich aus. Skeptisch schaute die Frau auf die Ausweise.

„Kennen Sie diesen Mann?“ Stuhr zeigte ihr ein Foto des Toten, das im Kriminallabor retouchiert worden war. Die Frau nahm das Bild und nickte. „Ja, der wohnt hier. Unten links. Einige Male habe ich ihn aus der Wohnung kommen sehen oder am Briefkasten getroffen. Aber wie er heißt, weiß ich nicht. … Sagen Sie, ist das im Schlaf fotografiert, oder warum hat er die Augen geschlossen?“

„So ungefähr.“ Stuhr versuchte, sich um eine Antwort zu drücken. „Hat jemand hier im Haus vielleicht einen Schlüssel zu der Wohnung von Herrn Thieme?“

„Nee, glaub ich nicht. Hier sagt man sich nur ‘Guten Tag!’

und ‘Guten Weg!’. Aber was heißt ‘so ungefähr’? Heißt das, der Mann ist tot?“

„Ja, das heißt es.“

„Ermordet?“

„Das wissen wir noch nicht. Aber wie kommen Sie auf Mord, Frau …?

„Martens. Ich heiße Martens.“

„Nun, Frau Martens, wie kommen Sie darauf, dass der Mann ermordet wurde?“

„Na ja, Sie zeigen mir hier so ein komisches Foto und stellen so viele Fragen nach dem Mann, das ist ja wie im Krimi. Da dachte ich, dass er vielleicht ermordet wurde.“ Die letzten Worte wurden immer leiser ausgesprochen.

„Wer ist Eigentümer des Hauses?“

„Eine Immobiliengesellschaft aus dem Westen.“

„Gibt es einen Hausmeister oder eine Hausverwaltung?“

„Ja, gibt es, die sitzen in Putbus. Wenn Sie die Adresse brauchen, die hab ich in meiner Wohnung.“

„Brauchen wir, Frau Martens.“

Stuhr ging mit der Frau in ihre Wohnung. Seine Kollegin blieb vor der Wohnung von Thieme stehen. Als Stuhr wieder die Treppe herunter kam, versiegelte Vera Rademann gerade die Wohnungstür. „Keine Durchsuchung heute?“ Überrascht schaute er seine Kollegin an.

„Nein. Wer sagt uns, dass Thieme wirklich unser Mann ist. Wir haben nicht mal einen Schlüssel. Die Kollegen von der Technik würden sich freuen, wieder einmal Überstunden schieben zu dürfen, und außerdem, schau mal auf die Uhr. Ich bin seit zwölf Stunden im Einsatz. Lass uns Feierabend machen. Morgen früh treffen wir uns bei der Immobilienverwaltung. Bis dahin habe ich auch einen Durchsuchungsbeschluss.

Gefahr ist ja nicht in Verzug."

„Also gut. Ich fahr dich jetzt nach Hause." Stuhr wollte in Richtung des Autos gehen.

„Nein, Volker, fahr mich bitte ins Präsidium. Ich telefoniere noch mit dem Staatsanwalt und der Kriminaltechnik. Die können morgen mit von der Partie sein. Außerdem: Wie soll ich morgen ohne Auto zum Dienst kommen?"

5

Als Vera Rademann zwei Stunden später zu Hause ankam, spürte sie die Müdigkeit in jeder Faser ihres Körpers. Ein unangenehmer Geschmack hatte sich in ihrem Mund festgesetzt und die Augen brannten. Zu allem Überfluss dröhnte laute Technomusik aus der kleinen Fischerhütte, die seit einigen Jahren ihr Zuhause war.

Seufzend öffnete sie die Haustür, die Musik wurde fast unerträglich. Die Bässe schlugen mit voller Wucht auf ihre Brust, und das Gedröhn bohrte sich ins Trommelfell. Es war, als würde diese Art von Musik bei Vera Rademann körperlichen Schmerz auslösen. Ihre 18-jährige Tochter bekam von ihrem Leid nichts mit. Eingehüllt in das rhythmische Stampfen der Musik sortierte sie Wäsche.

Vera Rademann versuchte gar nicht erst, sich bemerkbar zu machen. Geradewegs steuerte sie in die Wohnstube und schaltete die Anlage aus. Die plötzlich einsetzende Stille war eine Wohltat.

Überrascht schaute das Mädchen von der Wäsche auf. „Hallo, Mutsch! Schön, dass du da bist."

Vera gab ihrer Tochter einen Kuss. „Bist ja wieder fleißig."

„Mir war langweilig, und da hab ich mir gedacht, mach ich

schnell noch das bisschen Wäsche."

„Das ist vernünftig."

Mit einem leisen Stöhnen zog die Kriminalistin ihre Sandaletten von den geschwollenen Füßen.

„Möchtest du einen Tee, Mutsch?"

„Gerne, aber zuerst brauch ich eine Dusche." Und eine Zahnbürste, fügte sie in Gedanken hinzu.

„Okay, geh du mal ins Bad, und in der Zwischenzeit hab ich die Wäsche sortiert und Tee gebrüht."

Dankbar nickte Vera Rademann ihrer Tochter zu. In zwei Monaten würde ihre Große nicht mehr hier wohnen. Im Oktober begann sie ein Studium der Zahnmedizin, mindestens fünf Jahre würde das dauern. Bald war sie also mit ihrem 14-jährigen Sohn allein. Und in ein paar Jahren verließ auch der das Haus. Sie war im Bad angelangt. Kraftlos zog sie sich aus. Aus dem Spiegel schaute sie eine müde Frau mit Ringen unter den Augen an.

Bald bist du alt, hässlich und einsam, hörte sie eine Stimme in sich. – Unsinn, sagte ein anderes Ich. Du hast Kinder, Nachbarn, Kollegen, du bist nicht allein. Und hässlich bist du erst recht nicht. Viele Frauen über vierzig wären froh, wenn sie aussehen würden wie du.

Vera Rademann wischte sich über das Gesicht, als wollte sie die Gedanken abstreifen. Mit der Zunge fuhr sie sich über die Zähne. Und wieder war da dieser unangenehme Geschmack.

Zwanzig Minuten später betrat eine veränderte Vera Rademann die Küche. Die Augen strahlten wieder, und der Gang war nicht mehr so müde und abgespannt. Ihre Tochter hatte schon zwei große Tassen Tee gebrüht. „Viel zu tun, Mutsch?"

„Geht so. Hat heute früh alles geklappt?"

Genüsslich schlürfte sie den ersten Schluck.

„Zum Glück sind Ferien. Kevin liegt bis in die Puppen im Bett."

„Wo ist er überhaupt?"

„Angeln, mit ´nem Kumpel. Um acht soll er wieder zu Hause sein."

„Na, dann hat er ja noch Zeit." Die Kriminalistin streckte ihre barfüßigen Beine weit von sich. „Endlich Feierabend. Gibt's sonst was Neues?"

„Nö, nicht viel. Zum Abendbrot sollen wir zu Oma und Opa Busch kommen. Es gibt Brataale."

„Mmh, lecker! Und sonst?"

Vera schaute ihre Tochter an.

„Sonst - nicht viel. Nur dein Ex hat angerufen."

Vera Rademann richtete sich auf. „Ach, nee. Was wollte er denn?"

„Wissen, wie viel er ab Oktober für seine große Tochter zahlen darf."

„Ich hoffe, du hast deinen Vater schonend auf die Summe vorbereitet?"

„Erzeuger, Mutsch. Erzeuger. Einen Vater hatte ich nur bis zum sechsten Lebensjahr. Danach wurde ich Halbwaise, mit einer Mutsch und einem Erzeuger."

„Du sollst nicht immer so reden. Er hat eben auch seine Sorgen." Vera fasste die Hände ihrer Tochter.

„Ach was, Mutsch. Der hat nur Angst, dass er zu viel zahlen muss. Hättest ihn mal am Telefon hören sollen. Warum muss es gerade Zahnmedizin sein, und dann in Rostock?! Warum musst du überhaupt studieren, und wenn schon, warum nicht bei mir, in Göttingen? Westdeutsche Unis sind doch viel besser als die ostdeutschen. Und die Ossis überhaupt … Da wurde es mir zu blöd, und ich hab aufgelegt. Bist du jetzt böse, Mutsch?"

Vera streichelte die Hände ihrer Tochter. „Nein! Warum sollte ich dir böse sein. Du willst Zahnärztin werden und das wirst du. Und wenn ich alt und grau bin und die Dritten benötige, dann komm ich zu dir in die Praxis."

„Dann ist es zu spät. Komm mal lieber früher, dann brauchst du keine Dritten. Aber sag mal, was ist denn nun mit dem BAföG-Antrag? Ich hatte ihn dir doch gegeben. Hast du den vergessen abzuschicken?"

Die beiden Frauen schauten sich an.

„Nein, nicht vergessen. Ich habe ihn absichtlich nicht abgeschickt."

„Wie, Mutsch? Nicht abgeschickt! Und nun? Ab Oktober brauche ich Geld. Das Zimmer muss bezahlt werden, die Bücher, später der Instrumentenkoffer - und du schickst den Antrag nicht ab? Wieso?" Veras Tochter war immer lauter geworden und am Ende des Satzes aufgesprungen.

„Setz dich und beruhige dich. Nachher schmecken dir nicht mal mehr die Aale." Sie nahm einen großen Schluck Tee und sprach dann weiter. „Ich habe den Antrag nicht abgesendet, weil du kein BAföG brauchst."

„Wieso brauche ich kein BAföG? Hast du mir überhaupt zugehört? Ich ..."

„Und ich sag dir, du brauchst kein BAföG. Eigentlich wollte ich es dir schon sagen, als von der zentralen Vergabestelle die Zusage für den Studienplatz kam, aber irgendwie bin ich dann immer wieder davon abgekommen. Ich habe den Unterhalt, den euer Vater jeden Monat überwiesen hat, für euch gespart. Ein Konto für dich und eins für Kevin. Aber sag ihm bitte nichts davon. Sonst will er nur hundert neue Sachen haben.

Das Geld soll aber für seine Ausbildung sein. So wie für dich."

„Aber, wenn du all die Jahre den Unterhalt nicht angerührt hast, wie hast du denn das alles geschafft?"

„Mit euch. Mit Arbeit und viel gutem Willen. Und mit Oma und Opa Buschs Hilfe. Und jetzt lass uns von etwas anderem reden. Wollen wir vor dem Abendbrot noch kurz an den Strand?"

„Oh ja, Mutsch. Ich pack schnell die Handtücher ein und dann geht's los."

Fünf Minuten später sah man zwei Frauen Hand in Hand den Weg zum Strand entlangschlendern.

6

Der nächste Tag begann nicht ganz so harmonisch, wie der vorherige endete. Vera Rademann hatte nur mühsam aus dem Bett gefunden. Durst und der Geschmack von Bratfisch hatten sie dann doch aus dem Bett getrieben. Feuchter Tau lag auf der Wiese vor dem Haus, als sie zum Auto ging. Nach ein paar Startversuchen sprang der alte Wagen endlich an. Irgendwann musste sie sich einen anderen zulegen. Aber bisher hatte sie jede größere Geldausgabe gescheut, die nicht mit ihren Kindern oder dem Haus zusammenhing.

Als sie endlich in Putbus vor der Immobilienverwaltung eintraf, wartete ihr Kollege Stuhr schon auf sie. Der Immobilienverwalter konnte den beiden Kriminalbeamten kaum weiterhelfen. Schlüssel für die einzelnen Wohnungen hatte er nicht. Dafür gab er den beiden einen Hausschlüssel mit. Herr Thieme hatte immer pünktlich seine Miete bezahlt, war nie unangenehm aufgefallen. Alles in allem ein guter Mieter.

Mit dem Hauschlüssel fuhren die beiden nach Seevitz. Minuten nach ihnen traf der Kriminaltechniker ein, der das Wohnungsschloss öffnen sollte. Der Mann brauchte keine drei Minuten, und die Tür schwang nach innen auf. Der Techniker machte sich daran, das Schloss zu wechseln. Vera Rademann und ihr Kollege gingen hinein.

Es war immer ein eigenartiges Gefühl, eine fremde Wohnung zu betreten. Der Flur war nicht groß, und nach einem kurzen Überblick betraten die beiden das Wohnzimmer. Überrascht blieb Stuhr stehen. Die Wand gegenüber der Tür wurde von einem großen Fernseher beherrscht. „Mann, was für ein Koloss. Plasmatechnik, HDTV, 155 cm Bilddiagonale, Dolby Surround, ich sag dir, das ist das Beste, was es zurzeit gibt, und auch das Größte."

„Na toll." Vera Rademann schüttelte den Kopf. „Kann ich damit mehr sehen als mit meiner Kiste?"

„Nicht mehr, aber besser. Das verstehst du nicht. Schau dir nur die Technik an. Plasma-TV, DVD-Rekorder, digitaler Receiver mit eingebauter Festplatte usw. Der Mann hat alles, was gut und teuer ist." Vera Rademann konnte nur noch einmal den Kopf schütteln. „Schau nicht nach der Technik, sondern versuch, einen Ausweis zu finden. Wir sind zum Arbeiten hier." Stuhr schürzte die Lippen, verschluckte aber dann die Antwort und zog die oberste Schublade der Schrankwand auf. „Bingo. Ein Reisepass. Ausgestellt auf den Namen Lothar Thieme, geboren am 12.07.1964 in Karlsruhe, Größe 182 cm, Augenfarbe Blaugrau. Wenn du mich fragst, ist das unser Mann." Er gab den Pass seiner Kollegin, die nach einem kurzen Blick auf das Lichtbild nickte. „Ja, er ist es. Dann lass uns weitersuchen. Hinweise auf Verwandte, eine Arbeitsstelle, auf alles Mögliche eben."

Nach einigen Minuten wurde sie fündig. In einem Fach lag die letzte Verdienstbescheinigung, ausgestellt von der Landesbesoldungsstelle. Ihr Kollege hatte einen Stapel Kontoauszüge gefunden, sauber abgeheftet und sortiert.

„Mann, oh Mann, der Typ hatte richtig viel Geld. Auf seinem Girokonto waren immer 10 000 Euro, manchmal etwas mehr, aber nie weniger. Am Jahresanfang eine Buchung von einem anderen Konto." Stuhr blätterte einige Auszüge weiter. „Einige Tage später wird diese Buchung auf verschiedene andere Konten aufgeteilt."

„Und wie hoch war die Buchung?"

„Buchungen, Frau Hauptkommissarin. Buchungen! In den letzten drei Jahren immer 120 000 Euro, die zum Jahresanfang gutgeschrieben wurden, und zwar als Zinszahlungen für eine andere Anlage. Nach den Auszügen bekam er sechs Prozent Zinsen. Lass mich mal rechnen. Dann hat er auf dem anderen Konto …"

„2 Millionen Euro! Volker, der Mann war Millionär!"

Fassungslos schauten die beiden sich an.

„Und dann wohnte der hier zur Miete? Und er ging arbeiten! Wenn das nichts ist." Stuhr schüttelte den Kopf. „Ich müsste doch einen Hammer haben, wenn ich mich als Millionär noch jeden Tag zum Dienst schleppen würde."

„Zwei Millionen reichen auch nicht ewig. Außerdem, was wolltest du den ganzen Tag machen?"

„Ich wüsste schon was. Zum Beispiel Reisen. Die ganze Welt würde ich mir ansehen."

„Apropos Reisen, das hat unser Herr Thieme auch gemacht. Meistens nach Thailand, dann Ägypten, Israel und Russland. Hat schon einiges gesehen."

Vera Rademann klappte den Reisepass des Toten wieder zu.

„Ein Landesbediensteter als Millionär, wenn das nichts ist."

„Vielleicht haben wir da das Motiv, geldgierige Ehefrau oder Neider."

„Ehefrau glaub ich nicht. Die Nachbarin hat jedenfalls keine erwähnt, und laut Verdienstbescheinigung war er ledig oder geschieden. Kinderfreibeträge sind auch keine vermerkt."

„Weiß du, Vera, mich wundert, dass ihn niemand als vermisst gemeldet hat. Selbst wenn man keine Frau oder Kinder hat, es gibt doch Kollegen, Freunde und Bekannte."

„Volker, denk an die Zeit. Er wurde gestern früh gefunden, also am Montag. Laut Gerichtsmedizin war er ungefähr achtundvierzig Stunden im Wasser. So richtig wollte sich Frau Dr. Kursatowski da nicht festlegen. Plus minus zwölf Stunden können wir ruhig ansetzen, mit anderen Worten: Der Mann starb zwischen Freitagabend und Samstagmorgen."

„Vielleicht auch Samstagabend."

Vera Rademann zählte nach. „Richtig! Wer vermisst seinen Kollegen schon übers Wochenende? Ich nicht. Und gestern hätte er auch beim Arzt sein können oder sonst wo. Wie viele Leute machen Montag mal blau."

„Ich nicht. Kann ich mir nicht leisten. Und du bist auch montags immer im Dienst."

„Wir beide sind eben vorbildlich."

In einer weiteren Schublade fanden sie einige Briefe und Karten. Ordentlich mit einer Schleife verschnürt. Vera machte das Bündel auf. Die Briefe waren alle in der gleichen Handschrift geschrieben und begannen alle mit der Anrede 'Lieber Sohn' und endeten mit 'Deine dich liebenden Eltern'. Sie waren chronologisch geordnet, begannen 1991 und endeten vor gut drei Jahren. Die Briefe kamen laut Absender und Poststempel aus Karlsruhe, die Postkarten meist aus der

Schweiz oder Italien. „Schau mal!“ Vera reichte Stuhr das Bündel, „Briefe seiner Eltern.“ Er sah die Post kurz durch. „Ja, damit dürften wir weiterkommen.“

Sie wurden unterbrochen. Der Kriminaltechniker hatte das Schloss gewechselt und fragte, ob er noch gebraucht werde. Vera Rademann verneinte und ließ sich die Schlüssel für die Wohnungstür aushändigen.

Danach schauten sie nur noch oberflächlich in die weiteren Räume. Die Küche machte einen ordentlichen, aufgeräumten Eindruck. Ebenso das Bad und die beiden anderen Zimmer. Es sah so aus, als hätte der Bewohner sein Heim nur kurz verlassen, um bald wieder zur Tür hereinzukommen.

Ein Blick auf die Uhr zeigte, dass sie wieder ins Präsidium mussten. Margarethe Mörler war für 13 Uhr zum Protokoll bestellt.

7

Das Protokoll war schnell verfasst. Die Kriminalistin wollte die alte Dame nicht lange aufhalten, und viel zu schreiben gab es ja nicht. Die wenigen Angaben von Frau Mörler tippte Vera Rademann gleich in den Computer. Die Malerin revanchierte sich mit einer Zeichnung. Sie zeigte die Kriminalistin auf der Selliner Seebrücke, den Blick verträumt hinaus aufs Meer gerichtet, im Hintergrund die Brückenrestaurants und das Ufer. Überrascht bedankte sich die Beamtin.

Margarethe Mörler winkte ab und erwiderte: „Wissen Sie, ich habe schon so viele Menschen gezeichnet, aber selten jemanden mit so viel Charakter. Wichtig ist nur, dass es Ihnen gefällt. Ich finde die Zeichnung schön.“ Der letzte Satz wurde von einem Kichern beim Hinausgehen begleitet.

Als Stuhr den Raum betrat, stand Vera noch immer mit der Zeichnung in der Hand im Zimmer. Er warf einen kurzen Blick auf das Blatt und sprach: „Welch holdes Weib, in voller Schönheit.“ Als er den irritierten Blick seiner Kollegin sah, ergänzte er: „Klasse Zeichnung. Du bist wirklich gut getroffen. Was kostet so was? Vielleicht sollte ich mich auch malen lassen.“

„Das ist ein Geschenk von Frau Mörler. Frag sie doch, vielleicht zeichnet sie dich auch.“

Stuhr winkte ab. „Lass man gut sein, so toll sehe ich nicht aus. Übrigens, ich habe Neuigkeiten.“

Vorsichtig legte Vera Rademann ihre Zeichnung auf den Schreibtisch. „Schieß los.“

„Also, unser Toter war Konservator. Ich habe bei der Landesbesoldungsstelle nachgefragt. Er kam 1991 aus Kassel. Dort war er auch als Konservator tätig. Die Stationen hier im Land waren Rostock, und zwar von 1991 bis 1996, danach Greifswald bis 2000, und seitdem Putbus, wo er im Schlossmuseum als Chefkonservator tätig ist.“

„War.“

„Wie bitte?“

Überrascht schaute Stuhr von seinen Notizen auf.

„Tätig war.“

„Ja, klar. Tätig war. Er war nicht verheiratet, keine Kinder. Wohnhaft in Seevitz, am Weiher, seit drei Jahren, davor in Bergen. Er war nicht vorbestraft, alles in allem ein ordentlicher Bürger.“

„Verwandte?“

„Das hiesige Ordnungsamt konnte mir dazu keine Auskünfte geben. Keiner seiner Angehörigen hat hier gewohnt oder ist hier gestorben. Aber …“

Stuhr machte eine bedeutungsvolle Pause und fuhr dann mit wichtiger Miene fort: „Ich habe mich an das Ordnungsamt Karlsruhe gewandt, auf Grund der Briefe, die wir in Thiemes Wohnung fanden. Thiemes Eltern haben dort gewohnt und sind vor drei Jahren verstorben. Da die Todesdaten bei Vater und Mutter gleich sind, wird es wohl ein Unfall gewesen sein. Genaueres werden uns die Kollegen aus Karlsruhe sagen können."

„Sonst noch was?"

„Mehr war in der kurzen Zeit nicht drin, aber das Bündel Briefe war relativ nichtssagend. Das Übliche halt. Wie geht's dir, wie geht es uns, was machst du und was haben wir getan. Nichts, was uns weiterbringt."

„Ist gut. Hast du auch sehr schön gemacht. Mir geht es aber zu langsam vorwärts. Ich werde mich mal zu meinem Freund Staatsanwalt Maier aufmachen. Wir brauchen einen richterlichen Beschluss zur Einsicht der Kontoverbindungen."

„Weißt du, Vera, was ich glaube? Dem Thieme ist sein vieles Geld zum Verhängnis geworden. Überleg doch mal. Keinen Cent hatte der in der Tasche, als man ihn fand, und das bei dem Kontostand?"

Vera Rademann nickte ihrem Kollegen zu. „Ist vielleicht was dran. Jedenfalls spricht zurzeit nichts gegen die Annahme, dass es ein Raubmord war. Aber lass es bitte nur eine Hypothese sein. Bei dem frühen Stand der Ermittlungen will ich mich noch nicht festlegen. Und setz dich bitte mit den Kollegen in Karlsruhe in Verbindung." Stuhr nickte geflissentlich und griff zum Telefonhörer.

Als sie eine Stunde später mit der dünnen Ermittlungsakte das Büro von Staatsanwalt Maier betrat, hätte sie am liebsten wieder kehrtgemacht. Das süffisante Lächeln in Maiers Gesicht verstärkte nur noch ihre Antipathie diesem Mann gegenüber. Als er ihr die Hand reichte, verkrampfte sie unwillkürlich.

„Na, liebe Frau Rademann, haben wir den Täter schon?“

„Leider noch nicht, Herr Maier. Wir konnten die wahrscheinliche Identität des Toten feststellen.“

„Was heißt ‘wahrscheinlich’? Entweder Sie wissen, wer der Mann war, oder Sie wissen es nicht.“ Der Staatsanwalt ging während dieser Worte auf und ab.

„Wir konnten noch niemanden zur Identifizierung heranziehen, und über den Zahnstatus sind wir auch noch nicht weiter gekommen. Ich …“

„Richtig, Frau Rademann, Sie, Sie konnten den Toten noch nicht hundertprozentig identifizieren. Sie tragen die Verantwortung, nicht wir.“ Abschätzig schaute er die Frau an, die seinem Blick standhielt. „Frauen bei der Polizei, und dann noch in leitender Funktion. Es war mir schon gestern klar, dass eine Emanze wie Sie mit diesem Fall völlig überfordert ist.“

„Ich verbitte mir Ihr chauvinistisches Gerede. Wenn Sie Probleme mit mir oder mit Frauen im Allgemeinen haben, dann sagen Sie es!“

Maier winkte ärgerlich ab. „Ach, hören Sie doch auf. Sagen Sie mir lieber, was Sie wollen.“

„Ich benötige eine richterliche Verfügung auf Konteneinsicht.“

„Und warum?“ Maier war stehen geblieben und verschränkte die Arme vor der Brust.

„Das, Herr Staatsanwalt, steht in der Akte, und die werden Sie selbst lesen müssen. Ich bin kein dummes Schulmädchen, und ich erwarte, dass Sie unsere Arbeit unterstützen, wenn Sie sie schon nicht würdigen.“

Fast bedächtig legte sie die Akte auf Maiers Schreibtisch, der bei ihren Worten erst blass und dann rot geworden war. Er schluckte zweimal, dann brach es aus ihm heraus: „Das ist ja wohl eine Unverschämtheit. Mir mangelnde Unterstützung vorzuwerfen. Sie … Sie … Ich werde mich beim Herrn Polizeidirektor über Sie beschweren."

„Tun Sie das, am besten sofort. Ansonsten bin ich vor Ihnen bei Polizeidirektor Gäbler."

„Soll das eine Drohung sein?" Maier schrie die Worte fast. Speichel flog in kleinen Tröpfchen aus seinem Mund.

Die Kriminalistin hatte den Staatsanwalt noch nie so außer sich gesehen. Ruhig erwiderte sie. „Nein, keine Drohung. Nehmen Sie es als Versprechen. Wann kann ich mit der richterlichen Verfügung rechnen?"

Der Staatsanwalt wechselte von Rot zu Dunkelrot und brüllte dann: „Klären Sie erst mal die Identität des Toten. Falls man den Fall in Ihren Händen lässt. Ich werde alles …"

Den Rest hörte Vera Rademacher nicht mehr, da sie mit kräftigem Schwung die Tür hinter sich schloss. Vorbei an Maiers Sekretärin, die vor Aufregung den Mund nicht zubekam, verließ sie das Gebäude.

8

Eine halbe Stunde später saß sie bei ihrem Vorgesetzten. Der Mittfünfziger runzelte beim Bericht der Hauptkommissarin die Stirn. Gäbler kannte Maier und dessen chauvinistische Art; er mochte sie nicht. Als sie geendet hatte, schmunzelte er.

„Sie finden das amüsant?"

„Ganz und gar nicht. Selbstverständlich toleriere ich das Verhalten von Staatsanwalt Maier nicht. Ich werde mich an seinen Dienstvorgesetzten, den Leitenden Oberstaatsanwalt wenden. Wenn jemand meine Mitarbeiter zur Brust nimmt, dann ich. Lächeln musste ich nur bei der Vorstellung, wie Sie ihm die Meinung gesagt haben. Wobei ich ihm in einem Punkt recht geben muss, wir müssen die Identität des Toten zweifelsfrei klären." Vera Rademann nickte bei diesen Worten. „Teilen Sie Ihr Team auf. Hausbefragungen, Nachbarn, Kollegen, eventuelle Freunde, na ja, Sie wissen doch, der ganze polizeiliche Kleinkram." Bei den letzten Worten hatte er sich erhoben. Die Beamtin nahm das als Zeichen, dass die Unterredung beendet war, und stand ebenfalls auf.

„Eines noch, Frau Rademann. Sie haben mein volles Vertrauen, bitte enttäuschen Sie mich nicht. Und jetzt: Ab an die Arbeit!"

In ihrem Büro ordnete sie die Aufgaben neu. Stuhr sollte sich um die Zahnärzte auf der Insel kümmern. Zwei weitere Kollegen teilte sie für die Befragung der Nachbarn ein. Sie selbst wollte sofort zu Thiemes Arbeitsstelle fahren. Dann galt es noch festzustellen, ob der Tote ein Auto besaß und, falls ja, wo sich dieses befand.

Stuhr berichtete ihr von seinem Telefonat mit Karlsruhe. Die Kollegen bestätigten ihre Hypothese. Thiemes Eltern waren vor gut drei Jahren bei einem Autounfall ums Leben gekommen. Ein Geisterfahrer hatte auf der Autobahn den Wagen von Thiemes Eltern frontal gerammt. Keiner der Unfallbeteiligten hatte überlebt. Ein weiteres Telefonat mit dem Karlsruher Amtsgericht brachte Stuhr die Bestätigung: Thieme hatte damals ein beträchtliches Vermögen geerbt, da seine Eltern mehr als wohlhabend gewesen waren. Der Vater hatte ein Speditionsunternehmen besessen und es zwei Jahre vor seinem Tod verkauft, um mit seiner Frau den Ruhestand genießen zu können.

„Hat leider nicht mehr viel vom Geld gehabt." Stuhr schaute bedauernd zu Vera.

„Leider nicht. Ein ganzes Leben lang gearbeitet und dann dies." Sie schüttelte den Kopf. „Mach bitte weiter und kümmere dich um die Zahnärzte." Sie legte ihm kurz die Hand auf die Schulter. „Ich fahr ins Museum."

„Mach ich!" Er widmete sich wieder seinen Unterlagen.

Das Museum lag in der Nähe des Marktes, wo auch die Drogerie zu finden war, die Thiemes Fotos zum Entwickeln angenommen hatte. Doch heute war auf dem gesamten Markt kein Parkplatz mehr frei, und auch vor dem Museum war alles besetzt. Vera Rademann musste am Park vorbei in einer kleinen Seitenstraße parken.

Schnellen Schrittes eilte sie durch den herrlichen Park. Doch heute hatte sie keinen Blick für die gärtnerische Vollkommenheit der Anlage, und auch das Wildgehege mit seinen prächtigen Hirschen und Rehen interessierte sie nicht.

Als sie vor dem Museum angelangt war, floss ihr der Schweiß aus allen Poren. Sie ärgerte sich. Warum war sie auch so gehastet. Das Museum lief nicht davon und dessen Direktor auch nicht. Sie ging an einer Urlaubergruppe vorbei, die sich vor dem Museum für ein Gruppenfoto versammelt hatte. Als sie die Treppe hinaufstieg, nahm sie Gesprächsfetzen wahr. Urlaub müsste man haben, dachte sie, als die große Tür sich hinter ihr schloss.

Einen Augenblick verharrte sie. Ihre Augen mussten sich erst an das Dämmerlicht gewöhnen. Der Kontrast zwischen der Sonne draußen und dem Halbdunkel drinnen war zu groß. Sekunden später konnte sie wieder klar sehen. Sie stand in der Vorhalle des Schlosses. Rechter Hand befand sich die Kasse, an der eine junge Frau einigen Urlaubern Souvenirs verkaufte.

Die Kriminalistin wartete, bis die kleine Gruppe sich hinausbegab. Sie wies sich aus und wurde um einen Augenblick Geduld gebeten. Ein kurzer Anruf, und kaum eine Minute später betrat ein älterer, kleiner Herr die Halle. Galant geleitete er die Kriminalistin an der Kasse vorbei zu einer Tür. Ein heller, freundlicher Flur tat sich auf, und nach wenigen Schritten wurde Vera Rademann ins Büro des Direktors gebeten.

„Herr Dr. Fengler, ich komme wegen eines Mitarbeiters Ihres Museums."

„Wenn es sich um Herrn Thieme handelt, wäre ich für eine Information Ihrerseits dankbar. Er kam gestern und auch heute nicht zur Arbeit, und das jetzt." Der kleine Mann hatte bei den letzten Worten die Hände ausgebreitet, als wollte er die Kriminalistin segnen. Dazu wollte der flehentliche Unterton in seiner Stimme aber gar nicht passen.

„Bezieht sich Ihr 'und das jetzt' auf die Urlaubssaison und den Besucheransturm?"

„Ach was!" Ärgerlich winkte der Museumsdirektor ab. „In Leipzig wird in einigen Tagen eine Ausstellung eröffnet, und wir haben die Ehre, drei Bilder von Corinth, den ich persönlich sehr verehre, beisteuern zu dürfen. Und Herr Thieme als Chefkonservator hat die Aufgabe, dies zu organisieren."

„Ich fürchte, Sie werden einen anderen Mitarbeiter Ihres Hauses mit dieser Aufgabe betrauen müssen."

„Unmöglich, so kurzfristig kann ich nicht umdisponieren." Der Direktor war aus seinem Sessel aufgestanden. Vera Rademann sah, dass das Sitzmöbel schon sehr verschlissen war. Das Leder war brüchig, und an einigen Stellen löste es sich bereits.

„Kennen Sie diesen Mann?“ Sie schob ihm die Fotografie des Toten über den Tisch. Dr. Fengler warf einen flüchtigen Blick auf das Bild, verharrte dann einen Augenblick und streckte schließlich mit zitternden Fingern die Hand danach aus. Bedächtig, fast vorsichtig hob er es hoch, gleichzeitig schob er seine Brille auf die Stirn, um dann mit leicht zusammengekniffenen Augen zu sagen: „Das ist Herr Thieme, aber warum sieht er so eigenartig aus? Ist er …?“

„Ja, er ist tot.“

Langsam ließ sich der Direktor wieder in seinen Sessel gleiten. Mit abwesendem Blick legte er das Bild auf den Schreibtisch. Vera Rademann sah, dass er es mit der Rückseite nach oben abgelegt hatte. „Ja, aber warum? Am Freitag war er doch noch ganz gesund.“

„Herr Thieme starb nicht an einer Krankheit, wahrscheinlich war es auch kein Unfall. Wir ermitteln in einem Gewaltverbrechen.“

„Oh, Gott, wer um Gottes willen tut so etwas? Herr Thieme war allseits beliebt, zuverlässig und eine Ehre für unser Haus.“ Langsam gewann der Mann die Fassung wieder.

„Was für eine Aufgabe hatte Herr Thieme genau?“

„Nun, er war unser Chefkonservator, mein Stellvertreter. So genau lässt sich sein Aufgabengebiet nicht eingrenzen. In erster Linie war er für die Pflege unserer Exponate zuständig. Bei der Instandsetzung und Rekonstruktion organisierte er die entsprechenden Fachleute, wobei dieser Teil seiner Arbeit der geringere war. Unsere finanziellen Mittel sind doch sehr begrenzt. Deswegen auch die Übernahme von Aufgaben, die mit seiner ursprünglichen Arbeit nichts zu tun hatten.“

„Die da wären?“

„Nun ja, er organisierte unsere Ausstellungen. Wir haben jedes halbe Jahr ein neues Thema. Und diese Ausstellungen sind sehr erfolgreich.“

Vera Rademann kam es vor, als sei der Direktor bei den letzten Worten einige Zentimeter größer geworden.

„Dann begleitet Herr Thieme die Leihgaben. So ein Museum wie das unsere kann natürlich nicht immer nur aus seinem Fundus schöpfen. Wir leihen aus und wir bekommen Werke anderer Museen.“

„Wie viele Angestellte haben Sie?“

„Mit Herrn Thieme sind wir vier Festangestellte, dazu kommen noch drei ABM-Kräfte und zwei Studenten.“

„Gibt es denn noch Leute aus Arbeitsbeschaffungsmaßnahmen? Ich dachte, die wären, seit es Ein-Euro-Jobs gibt, nicht mehr aktuell?“ Überrascht schaute Vera zum Direktor

Dieser winkte ab. „Es kommt wohl auf die Fördermittel an. Wenn Sie dazu genauere Informationen wünschen, Frau Steffens von der Agentur für Arbeit kann Ihnen da mehr sagen.“

Vera schüttelte den Kopf. „Nein, danke. Das war rein informativ! Wie war denn das Verhältnis von Herrn Thieme zu den Kollegen?“

„Korrekt und kollegial. Herr Thieme ist … äh, war ein zuverlässiger Mitarbeiter. Deswegen wunderte mich auch sein gestriges und heutiges Fernbleiben. Etwas, das ich nicht von ihm kenne.“

Die Kommissarin schaute von ihren Notizen auf. „Hatte Herr Thieme Feinde, gab es Streit unter den Kollegen?“

„Feinde? Nein, um Gottes willen. Wie ich sagte, Herr Thieme war ein anerkannter Fachmann. Und Streit? Nun, es gab zwar Dispute, aber Streit? Nein!“ Energisch schüttelte er den Kopf. Verständnisvoll nickend fragte sie weiter. „Wie sieht es mit Freundschaften aus, mit der Familie? Wissen Sie darüber etwas?“

„Über das Privatleben meiner Mitarbeiter kann ich Ihnen nichts sagen. Das ist ja privat und da möchte ich mich nicht einmischen. Tja, und Familie? Herr Thieme war nicht verheiratet, und ob er eine Beziehung pflegte, kann ich Ihnen nicht sagen. Also, Herr Thieme hat nie etwas Diesbezügliches angedeutet.“

„Wie sieht es mit Verwandten aus, hat er nie von ihnen gesprochen?“

„Vor gut drei Jahren starben seine Eltern, bei einem Verkehrsunfall. Das hat ihn damals sehr mitgenommen. Ich kann das sagen, da er extra seinen Urlaub umdisponieren musste und mich involvierte. Aber seine Arbeit litt keinen Augenblick darunter. Immer sehr korrekt und genau.“

„Herr Direktor“, Vera Rademann war aufgestanden, „ich hätte noch eine große Bitte. Könnten Sie mit mir kommen und Herrn Thieme identifizieren?“

Dr. Fengler wurde blass. „Muss das sein?“ Die Kriminalistin nickte. „Wissen Sie“, ergänzte er, „ich habe noch nie einen Toten gesehen, und es scheint mir eine sehr diffizile Angelegenheit zu sein. Könnten Sie nicht jemanden anderes damit beauftragen?“

„Leider kann ich das nicht. Wir haben noch niemanden gefunden, der Herrn Thieme so gut kannte wie Sie. Herr Direktor, ich bitte Sie.“

„Nun gut, einer schönen Frau sollte man nichts abschlagen.“ Er wischte sich über die Augen und streifte dabei die Brille ab, die laut polternd auf den Schreibtisch fiel. Bei den letzten

Worten des Direktors schaute die Kriminalistin überrascht auf. Schau mal an, dachte sie. Der alte Herr kann sogar Komplimente verteilen. Charmant hielt der kleine Mann ihr die Tür auf, ganz ein Kavalier der alten Schule.

9

Überraschend gut hatte sich der Direktor bei der Identifizierung gehalten. Vera Rademann hatte im Anschluss daran das Protokoll von ihm unterschreiben lassen. Er hatte sich eilig mit den Worten verabschiedet: „Es tut mir leid, aber ich muss einiges umdisponieren. Der Verlust von Herrn Thieme wird nicht so leicht zu ersetzen sein." Dann war er förmlich aus dem Büro hinausgestürzt. Der uniformierte Posten konnte kaum Schritt halten.

Zufrieden schaute Vera Rademann sich das Protokoll an. Jetzt hatte sie es schriftlich. Der Tote war Lothar Thieme.

Mit Schwung riss ihr Kollege Stuhr die Tür auf, und noch halb auf dem Flur stehend rief er ihr zu: „Ich habe den Zahnstatus vergleichen lassen, und wir haben recht! Unser Mann ist Lothar Thieme."

„Ich weiß." Fast beiläufig wurde dieser Satz gesagt.

„Woher weißt du das schon wieder. Ich habe es doch eben erst von Frau Dr. Kursatowski. Hat sie dich angerufen?"

„Nein, hat sie nicht. Thiemes Chef hat ihn identifiziert. Hier das Protokoll." Mit einem Lächeln gab sie ihrem Kollegen das Blatt Papier.

„Und ich telefoniere mir fast einen Wolf. Ich hätte beinahe alle Zahnärzte zwischen Stralsund und Göhren angerufen."

„Und wieso hätte und beinahe?"

„Weil man Köpfchen haben muss!" Stuhr tippte sich an

die Stirn. „Ich habe mir die Verdienstbescheinigung und seine Kontoauszüge noch einmal angesehen wegen seiner Krankenversicherung. Natürlich war er privat versichert. Das Landesbesoldungsamt hat es mir auch bestätigt. Zusammen mit den Kontoauszügen war es ein Kinderspiel, die zuständige Krankenkasse herauszubekommen. Die Dame von der Versicherung war sehr kooperativ und nannte mir den letzten Zahnarzt, bei dem Thieme in Behandlung war."

„Hast du gut gemacht. Bist eben doch der Beste. Und wo war Thieme nun in Behandlung?"

„In Stralsund!"

„Und dann bist du da hin, ohne Rücksicht auf den starken Verkehr und trotz trockener Kehle vom vielen Telefonieren, du fleißiges Bienchen."

Als sie Stuhrs Gesicht sah, der sich fragte, ob er sich des Lobes freuen sollte, oder ob Vera ihn auf den Arm nehmen wollte, setzte sie hinzu: „Übrigens, da fällt mir ein, männliche Bienen sind ja Drohnen, und die machen gar nicht so viel."

„Ha, wie mitfühlend du bist. Das Telefonieren war nicht das Schlimmste, aber dieser Stau auf dem Rügendamm. Die Urlauber schauen sich die Gegend an, und dann kracht es auch schon. Bis Rambin haben wir gestanden."

„Das ist doch normal. Und die Ampel in Samtens tut ein Übriges, Richtung Bergen steht man da im Sommer immer. Nun mach mal nicht so ein Gewese. Was ergab die Befragung der Nachbarn?" Abwartend schaute Vera Rademann ihren Kollegen an, die Arme vor der Brust verschränkt, leger in ihren Bürostuhl gelehnt. Sie war mit dem heutigen Tag zufrieden. Langsam ging es mit den Ermittlungen voran.

„Nun, alle drei Kollegen, die die Befragung durchführten, gaben ein fast identisches Bild von unserem Opfer. Thieme, so sagten alle befragten Nachbarn aus, lebte zurückgezogen, ganz unauffällig. Er wurde als höflich, aber distanziert beschrieben. Kontakt mit den Mitbewohnern suchte er nicht. Über Bekannte oder Freunde ist nichts bekannt. Besucher will niemand gesehen haben."

„Es ist doch immer das Gleiche. Da leben die Menschen unter einem Dach, und niemand sieht oder hört etwas. Keiner interessiert sich für den anderen."

Sie schüttelte den Kopf. „Lass uns morgen weitermachen. Ich glaube, wir haben uns heute den Feierabend verdient."

„Ich kann noch nicht." Stuhr griff zu einer Akte auf seinem Schreibtisch. „Morgen ist Gerichtstermin im Falle Sanders. Ich muss mich noch vorbereiten."

„Na denn, ich wünsch dir trotzdem einen schönen Feierabend." Die Kriminalistin hatte sich erhoben und nickte ihrem Kollegen zu, der den Gruß kaum bemerkte, so sehr hatte er sich in seine Akte vertieft.

Der nächste Morgen begann mit einer Überraschung. Vera Rademann wurde sofort, als sie das Präsidium betreten hatte, zu ihrem Vorgesetzten gerufen. Der bedauerte, ihr mitteilen zu müssen, dass zwei Kollegen ihres Teams ausfielen. Ein Verkehrsunfall am frühen Morgen war schuld daran. Ein jugendlicher Raser hatte das Überholverbot missachtet und war mit dem Fahrzeug der Kriminalbeamten kollidiert. Zum Glück konnte ihr Kollege dem Wagen noch teilweise ausweichen, und der Zusammenstoß war nicht ganz so heftig. Es hatte mehr die hintere Fahrzeughälfte getroffen, und die beiden Beamten, die seit einem Jahr eine Fahrgemeinschaft bildeten, waren mit einigen Knochenbrüchen und dem Schrecken davongekommen. Der Unfallverursacher dagegen lag auf der Intensivstation und rang mit dem Tod.

Veras Einwand, dass die viele Arbeit von Kollegen Stuhr und ihr kaum bewältigt werden würde, nahm Polizeidirektor Gäbler nickend zur Kenntnis, doch helfen konnte er nicht.

„Sie wissen doch, Frau Rademann, Urlaubszeit - und keine neuen Planstellen. Das Innenministerium muss sparen. Ich werde aber sehen, was sich machen lässt." Die letzten Worte klangen noch jetzt in ihr nach. Wortlos hatte er ihr dann den Beschluss auf Konteneinsicht gereicht. Er kam ihr vor wie ein Trostpflaster, so, als sollte dieser Beschluss ihren Einwand mildern. Seufzend war sie danach in ihr Büro gegangen, um sich die wichtigsten Daten aus den ihr bekannten Kontobewegungen zu notieren. Kontonummern, Buchungsdaten und die Höhe der Auszahlungen ergaben ein fast regelmäßiges Bild. Neidisch blickte sie auf die Auszüge. Einmal müsste ihr Konto so einen Stand aufweisen.

Telefonisch meldete sie sich bei dem Leiter des kontoführenden Kreditinstituts an. Er versprach, sofort alle Unterlagen zusammenzustellen. In einer Stunde wollten sie sich treffen.

Die Kriminalistin ging noch einmal die Akte durch. Einiges hatten sie schon ermittelt, aber im Hinblick auf die Zeit, die seit dem Verbrechen vergangen war, hatten sie zu wenig erreicht. Vera Rademann wollte sich einige Notizen machen, doch ihr Block mit den kleinen gelben Zetteln war alle. Sie ging zum Schreibtisch eines der Kollegen, die im Krankenhaus lagen.

Sein Block war fast neu. Auf dem obersten Blatt standen ein Rügener Kfz-Kennzeichen und dazu die Worte: 'Wo abgestellt?'. Der Kollege musste, bevor er mit der Befragung der Nachbarn begonnen hatte, die Zulassungen überprüft haben, um festzustellen, ob Lothar Thieme im Besitz eines

Kraftfahrzeuges war. Aufgrund des Unfalls konnte er über die Ermittlungsergebnisse nicht berichten. Hauptsache, es blieben nicht noch mehr Erkenntnisse auf der Strecke.

Sie griff zum Telefon, rief das Krankenhaus an und ließ sich mit der betreffenden Station verbinden. Eine Schwester teilte ihr mit, dass es beiden Kollegen den Umständen entsprechend gut gehe, aber Besuch vollkommen ausgeschlossen sei. Vera wollte trotzdem am Nachmittag bei beiden vorbeischauen.

Sie nahm den Block und rief sich im Computer die Zulassungsdaten auf. Einige Mausklicks später wurde ihr bestätigt, dass auf den Namen Lothar Thieme ein Peugeot mit eben diesem Kennzeichen zugelassen war. Vera Rademann versuchte, sich zu erinnern. Die Parkplätze vor dem Haus des Toten waren leer gewesen, als sie mit Stuhr die Wohnung durchsucht hatte, und auch vor dem Museum war ihr kein solches Auto aufgefallen. Der Wagen wurde umgehend zur Fahndung ausgeschrieben. Die wenigen Minuten, die ihr noch blieben, nutzte sie für Notizen. Kaum fertig musste sie auch schon los, um nicht zu spät beim Bankdirektor zu erscheinen.

Das Geldinstitut lag nur wenige Straßen vom Präsidium entfernt. Die Kriminalistin ging deshalb zu Fuß. Trotz der morgendlichen Stunde war die Luft heiß und schwül. In den Straßen der Stadt regte sich kein Lufthauch, und die Hitze waberte auf dem Asphalt. Die wenigen Menschen, die unterwegs waren, mussten dem Wetter Tribut zollen. Vera sah vereinzelte Urlauber, die kleine Besorgungen erledigten oder die wenigen Sehenswürdigkeiten der Stadt besichtigen wollten. Keine Wolke am Himmel, dachte sie, welch herrliches Strandwetter. Dann betrat sie die klimatisierten Räume der

Bank. Angenehme Kühle empfing sie. Ein kurzer Hinweis an der Information, wer sie war, und schon wurde sie von Filialleiter Kasparek empfangen. Sein Büro, in dem sie bald saßen, war einfach und schlicht. Ein großer Schreibtisch mit dem obligatorischen Computer war das größte Möbel im Raum. Einige wenige Aktenschränke und ein paar Kunstdrucke an den Wänden vervollständigten die Einrichtung. Kasparek war überraschend jung. Vera hatte sich den Leiter der Bank als einen älteren, konservativen Herrn vorgestellt, doch auch hier hatte wohl der Jugendwahn Einzug gehalten. Sie war ein wenig enttäuscht, dass die Wirklichkeit von ihren Vorstellungen so stark abwich. Dieser Mann schien keine dreißig Jahre alt zu sein. Die Haare modisch kurz geschnitten, die Hände sehr gepflegt, trug er trotz des Sommerwetters einen dunklen Maßanzug, den Binder fest am Hals geschlossen. Ihn umwehte ein Duft von Moschus. Ein Geruch, den sie nicht mochte, erst recht nicht bei einem Mann.

Nach einer kurzen, förmlichen Vorstellung bat sie um Einsicht in die Konten von Lothar Thieme. Lächelnd lehnte der Leiter ab. „Sehen Sie, Frau Rademann, mir sind leider die Hände gebunden. Das Bankgeheimnis, ich hoffe, Sie verstehen?“

Die Kriminalistin glaubte den Tonfall zu kennen. So ähnlich musste sich ein Kunde fühlen, wenn ihm mitgeteilt wurde, dass seinem Kreditantrag leider nicht entsprochen werden könne. „Ich verstehe Sie, deswegen bringe ich Ihnen auch den Beschluss auf Konteneinsicht von der Staatsanwaltschaft. Wenn Sie sich überzeugen möchten …“ Sie gab ihm das Dokument. Der Leiter schaute kurz darauf und entgegnete dann: „Aber natürlich, nun ist alles in Ordnung. Die Daten habe ich aufbereiten lassen. Wenn Sie bitte schauen möchten?“

Er gab der Beamtin mehrere Blätter. „Da ich nicht wusste, was Sie genau interessiert, habe ich Daten allgemeiner Natur zusammengestellt. Wenn ich Ihnen diese erläutern dürfte?"

Mit demselben Lächeln wie zuvor wollte er gerade damit beginnen, als die Kriminalistin ihn unterbrach: „Vielleicht erzählen Sie mir erst einmal, was für ein Kunde Herr Thieme war. Wie trat er auf, was für ein Mensch war er?"

Der Filialleiter, der gerade zu einer Erklärung angesetzt hatte, schluckte einmal und antwortete dann. „Nun, was Herr Thieme für ein Mensch war, kann ich Ihnen kaum sagen. So gut kannte man sich ja nicht. Er war ein wichtiger Kunde unseres Hauses."

„Seit wann kannten Sie Herrn Thieme?"

„Sie meinen persönlich?"

„Ja, natürlich persönlich. Wie denn sonst?"

„Nun, ich dachte vielleicht, dass Sie meinten, wie lange er Kunde unseres Hauses gewesen sei."

„Das wäre meine nächste Frage gewesen." Jetzt lächelte die Kriminalistin.

„Also, Herrn Thieme kenne ich, seitdem ich die Leitung dieses Hauses übernahm. Im Herbst werden es zwei Jahre. Kunde ist Herr Thieme aber schon länger. Einen Moment bitte." Vera sah, dass er in einer Liste nachschaute, die wie diejenige aussah, die er ihr zu Beginn des Gespräches übergeben hatte. „Sein Gehaltskonto wird seit 1996 in unserem Haus geführt, aber bis vor fünf Jahren in der Zweigstelle Greifswald. Seitdem tätigt Herr Thieme seine Geldgeschäfte hier."

„Alle Geschäfte?" Die Kriminalistin konnte sich diese Frage nicht verkneifen.

„Na, ich hoffe doch." Der Leiter sah ein wenig konsterniert drein.

„Wie hoch war das Vermögen von Herrn Thieme?"

Der junge Mann fand seine Fassung wieder. „Etwa 2,5 Millionen Euro. Die genaue Summe finden Sie auf der letzten Seite der Unterlagen, die ich Ihnen vorhin gab."

„Ein überdurchschnittliches Vermögen für einen Landesbediensteten, meinen Sie nicht auch?"

Der Mann zog die Schultern nach oben und antwortete dann: „Ja, vielleicht. Aber für eine Bank sind diese Summen normal."

„Das heißt, Sie haben viele Kunden mit so einem Guthaben?"

„Hier auf der Insel einige wenige, aber deutschlandweit viele." Stolz schwang in der Stimme mit, als er der Kriminalistin antwortete.

„Wie war die Anlagestrategie von Herrn Thieme? Verließ er sich auf Sie oder hatte er konkrete Vorstellungen, wie sein Geld arbeiten sollte?"

„Von Strategie würde ich bei der Anlagenform nicht sprechen. Er war sehr konservativ. Das Gros hatte er als Festgeldanlage mit langer Laufzeit geparkt. Am Jahresanfang kam die Zinsgutschrift auf sein Gehaltskonto, danach teilte er die Zinsen auf mehrere Unterkonten auf, insgesamt auf drei weitere Konten."

„Und dann?"

„Im Laufe des Jahres hob er nach und nach das Geld ab oder er tätigte Überweisungen. Wie das so ist."

„Nur im größeren Rahmen."

„Ja, richtig." Kasparek hatte seine Selbstsicherheit wiedergefunden. „Herr Thieme nannte diese Form der Geldverwaltung sein kleines Hausmanagement. Wenn Sie mich fragen, nicht gerade die cleverste Anlageform."

„Sechs Prozent Zinsen sind nicht clever? Ich bitte Sie, wenn ich an mein Festgeldkonto denke ..." Ungläubig schaute Vera Rademann ihr Gegenüber an.

„Im Vertrauen, Frau Rademann, der Zinssatz und die Laufzeit waren zu hoch. Ein Verschulden meines Vorgängers, aber die wenigen Monate hätte unser Haus auch noch verkraftet."

„Wie darf ich das verstehen?"

„Am Jahresende lief die Festgeldanlage aus, und neue Konditionen wären fällig geworden."

„Die garantiert schlechter gewesen wären als die bestehende Anlage?"

„Nicht unbedingt. Herr Thieme hätte sich nur von seiner konservativen Anlagestrategie trennen müssen. Ich habe ihm sehr lukrative Angebote unterbreitet. Freitag noch, beim Golfen, sprachen wir ..."

Die Kriminalistin unterbrach den Mann schroff. „Sie waren mit Herrn Thieme golfen?"

„Ja, am Freitagnachmittag."

„Sie reden vom Freitag letzter Woche?"

„Ja doch, ich meine den Freitag letzter Woche." Die Hände des Zweigstellenleiters fuhren durch die Luft, so als wollten sie jeden Widerspruch fortwischen.

„Wann genau war das?" Vera Rademann hatte ihr Notizbuch aufgeschlagen. Ihr Gegenüber griff zu einem dieser elektronischen Organizer und mit einem kleinen Stift tippte er einige Male auf das Display, um dann zu antworten. „Von sechzehn Uhr bis kurz vor sieben war ich mit Herrn Thieme auf dem Golfplatz. Warum fragen Sie das?"

„Weil wir vermuten, dass Herr Thieme zwischen Freitag und Sonnabend ums Leben kam."

„Und Sie meinen, ich hätte etwas mit seinem Tod zu tun?"

„Ich meine gar nichts." Sie schüttelte den Kopf. „Spielten Sie oft Golf mit Herrn Thieme?"

„Moment, bitte." Das Spielchen mit dem Organizer wiederholte sich. „Oft nicht. Ich habe eben nachgesehen." Diese Worte kamen entschuldigend. „Mit Herrn Thieme habe ich wenig gespielt, gerade mal fünf Partien, seit ich hier Leiter bin."

„Und davor?"

„Davor arbeitete ich in Hamburg, Frau Rademann. Da kannte ich Herrn Thieme noch nicht. Woher auch."

„Ja richtig, woher auch." Nachdenklich sprach sie die Worte aus. „Sagen Sie mal, gab es jemanden, mit dem Thieme des Öfteren spielte?" Ein Achselzucken war die Antwort. „Herr Kasparek, ich bitte Sie. Oder wollen Sie mir erzählen, Sie kannten sich so wenig?"

„Nein, so wenig nun auch nicht. Aber ich spielte mit Herrn Thieme nicht besonders häufig. Ich sah ihn manchmal mit Herrn Pommerening, das ist der Direktor des Hotels Ostseeperle in Binz. Einige Male auch mit Herrn Maier, Anwalt Maier."

„Ach, Staatsanwalt Maier?" In Veras Stimme musste eine Menge Unglaube gelegen haben, denn der Filialleiter bekräftigte noch einmal seine Aussage.

„Ja, Herr Maier von der Staatsanwaltschaft. Ein sehr guter Golfer, sein Handicap ist einstellig."

Die Kriminalistin hatte keine Ahnung, wovon Kasparek gerade sprach. Trotzdem meinte sie, ein 'Toll. Meine Anerkennung!' besteuern zu müssen. Kasparek nickte. „Ja, Herr Maier ist einer der Besten im Klub."

„Und wo befindet sich der Klub?"

„Na, Schloss Karnitz, dort ist der beste Golfplatz der gesamten Insel. Ein sehr guter Greenkeeper verrichtet dort hervorragende Arbeit. Ein 18-Loch-Turnierplatz und immer in 1a-Zustand." Seine Augen hatten einen träumerischen Ausdruck angenommen. Dann schaute er in das Gesicht der Kriminalistin, die den Blick erwiderte. Einiges konnte sich Vera Rademann denken, doch was war ein Greenkeeper? Und warum schaute dieser junge Mann so verträumt, wenn er vom Golfen sprach, einer Sportart, der sie nichts, aber auch rein gar nichts abgewinnen konnte? Sie sträubte sich innerlich, bei dem Begriff Golf an Sport zu denken. Es ging doch nur darum, einen kleinen Ball in ein kleines Loch, das sich am anderen Ende der Wiese befand, zu schlagen.

Sie unterbrach die Lobeshymne von Kasparek. „Am Freitag, gab es da etwas Besonderes?"

Sofort verschwand der verträumte Ausdruck aus dem Gesicht des Filialleiters. „Nein, alles wie sonst auch. Aber …"

„Ja, was aber?"

„Es war nicht Herrn Thiemes Tag. Er wirkte etwas unkonzentriert. Sein Abschlag war nicht so wie sonst. So, als wenn er mit seinen Gedanken woanders wäre."

„Sprachen Sie ihn daraufhin an?"

„Ja, aber er meinte, dass es wohl am Wetter läge und an den Kopfschmerzen, die ihn plagten. Meine Einladung, mir zum Loch 19 zu folgen, lehnte er auch wegen der Kopfschmerzen ab."

„Moment! Sie sagten vor drei Minuten, dass in Karnitz ein 18-Loch-Platz sei. Und Herrn Thieme wollten Sie zu Loch 19 einladen? Wie soll das denn gehen?"

Ein mitleidiges Lächeln machte sich auf Kaspareks Gesicht breit. „Seien Sie ehrlich, Frau Rademann, Sie haben von Golf keinen blassen Schimmer."

„Nun, ich weiß nicht viel."

„Als Loch 19 bezeichnet man das Klubhaus, wo wir uns nach dem Spiel einfinden, um Neuigkeiten auszutauschen und gepflegt zu essen und zu trinken."

„Und Herr Thieme lehnte die Einladung ab."

„Ja, wie gesagt, er meinte, die Kopfschmerzen würden stärker und er wolle nach Hause. Kurze Zeit später sah ich ihn dann auch wegfahren."

„Womit?"

„Wie, womit?"

„Na, mit seinem Auto oder einem Taxi …"

„Mit seinem Wagen, einem Peugeot, um genau zu sein."

„Fuhr er alleine?"

„Ja!"

„Hat er sich sonst noch mit jemandem unterhalten?"

„Nein, glaube ich nicht." Kasparek schüttelte den Kopf. „Er ging nicht ins Klubhaus, und viel Betrieb war am Freitag nicht. Das Wetter war zu schön, da waren viele Klubmitglieder lieber am oder auf dem Wasser."

„Sie haben bis kurz vor 19 Uhr mit Herrn Thieme gespielt. Dann, sagten Sie, sei er weggefahren. Das wäre dann so um 19 Uhr gewesen?"

„Eher 19.15 Uhr. Herr Thieme ist noch kurz unter die Dusche. Sie verstehen …?"

„Ja, klar doch. Nach der Anstrengung." Den letzten Satz brubbelte sie kaum verständlich vor sich hin.

„Was meinten Sie?"

„Nun, ich sagte, das wäre erst mal alles. Ich danke Ihnen, Herr Kasparek." Die Kriminalistin verabschiedete sich. „Die Unterlagen, die Sie mir freundlicherweise zusammengestellt haben, nehme ich mit. Und ich würde Sie bitten, falls Ihnen noch etwas einfällt … hier meine Karte."

Der Bankdirektor versprach, wenn es noch etwas geben sollte, würde er sich melden.

10

Als sie die klimatisierte Bank verließ, war der Temperaturunterschied zwischen drinnen und draußen noch größer geworden. Die Hitze durchdrang jede Pore ihres Körpers. Selbst das luftige Sommerkleid war ihr in diesem Moment zu viel. Sie blieb einen Moment stehen, atmete mehrmals ein und aus, dann ging sie die wenigen Meter bis zum Präsidium langsamen Schrittes. Nicht nur der Hitze wegen, sondern weil sie diesen Augenblick des Durchatmens brauchte, um ihre Gedanken ordnen zu können.

Im Präsidium empfing sie die Stille ihres Arbeitszimmers. Stuhr war noch nicht wieder da. Wahrscheinlich dauerte sein Gerichtstermin länger als erwartet.

Vera Rademann nutzte die Gelegenheit und entwarf ein Ort-Zeit-Diagramm. Jede bekannte Minute, jeder Aufenthaltsort des Toten wurde vermerkt. Noch war das Raster sehr grob, da kaum Fakten vorhanden waren, aber sie wusste, das würde sich ändern. Alles eine Frage der Zeit und der polizeilichen Ermittlungen.

Das Klingeln des Telefons unterbrach ihre Arbeit. Ihr Chef, Dr. Gäbler, teilte ihr mit, dass Kollegen der Spurensicherung heute Nachmittag mit ihr die Wohnung von Herrn Thieme durchsuchen würden. Kurz nach dem Mittagessen traf sie sich mit den Kollegen der Spurensuche. Auch Stuhr war von seinem Gerichtstermin zurück. Gemeinsam betraten sie Thiemes Wohnung. Mit einem eigenartigen Gefühl ging sie an die Durchsuchung. Es war jedes Mal dasselbe. Sie kam sich wie ein Einbrecher vor. Dieses Durchwühlen der privaten Hinterlassenschaft eines Menschen. Das Suchen nach Spuren, nach Anhaltspunkten, die bei der Aufklärung des Verbrechens behilflich sein könnten. Sie suchten nach Tagebüchern, Briefen, Dokumenten und Schriftstücken. Jedes Stück, das sie fanden, wurde protokolliert und eingepackt. Stetig füllten sich die mitgebrachten Pappkartons. Eines der Zimmer diente wohl als Arbeitsraum. Hier fanden sie eine Dockingstation, aber keinen dazu gehörigen Laptop. In diesem Raum stießen sie auch auf einen Safe, gut getarnt als kleiner Schrank, passend zum Schreibtisch. Die Mordermittler standen vor der offenen Schranktür, die den Blick auf die graue Safevorderseite freigab.

„Bekommt ihr den auf?" Vera hatte sich an einen der Männer der Spurensicherung gewandt.

Dieser schüttelte den Kopf. „Keine Chance. Da muss ein Fachmann ran. Wahrscheinlich sogar der Hersteller. Hier wurde ein Doppelbarthochsicherheitsschloss eingebaut und zusätzlich ein mechanisches Zahlenkombinationsschloss. Das bekommt man im Guten nicht auf." Er schürzte die Lippen und pfiff anerkennend durch die Zähne.

„Wie lange dauert es, bis das Ding offen ist?"

„Kann ich dir nicht sagen, Vera. Ein wenig Geduld musst du wohl aufbringen. Das ist kein Konservenblech. Von hinten ist kein Rankommen. Feuerfester Spezialbeton! Nur im Film kriegen Ganoven den Tresor mit dem Schweißbrenner auf, und vergiss auch den Trick mit dem Stethoskop. Ohne Schlüssel und Zahlenkombination kann es etwas dauern."

„Ist der Schlüssel denn vielleicht hier in der Wohnung?" Fragend schaute sich Vera um.

„Bisher haben wir keinen gefunden. Nur die üblichen Schlüssel, für den Briefkasten, die Wohnungstür und einen Ersatzschlüssel für einen PKW.“ Der Kollege von der Spurensicherung skizzierte mit wenigen Strichen, wie das gesuchte Stück aussah.

Nach einer weiteren Stunde war klar, der gesuchte Schlüssel befand sich nicht in der Wohnung. Sie beendeten die Durchsuchung. Das Protokoll wurde vervollständigt, und die wenigen Kartons traten ihre Reise ins Präsidium an.

Die Spurensicherung brauchte Zeit, um die gefundenen Dokumente zu ordnen und zu sichten. Da der Nachmittag sich seinem Ende zuneigte und bald Feierabend war, beschlossen Vera und Stuhr, ihren verletzten Kollegen in der Klinik einen Besuch abzustatten.

Die Fahrt bis Bergen verlief überraschend zügig, und vor der Klinik gab es ausreichend Parkplätze.

„Wenn das nichts ist!“ Stuhr schaute seine Kollegin lachend an. „Schnell gefahren und gut geparkt.“

„Ja, ja, nur nicht laufen. Schaffst du den Weg hinein, oder soll ich Hilfe holen?“ Sie hakte ihren Kollegen unter, und gemeinsam betraten sie das Klinikum. Vera hielt kurz am Blumenstand im Foyer, und mit zwei kleinen Sträußen ging es hinauf zur Station. Die Stationsschwester zeigte ihnen das Zimmer, in dem die beiden Verletzten lagen. Leise traten sie ein.

Überrascht blieb Vera mitten in der Tür stehen. Ein Kollege stand am geöffneten Fenster und versuchte, die heimlich gerauchte Zigarette in der Hand zu verstecken. Doch der Geruch und die sich kräuselnde Rauchfahne straften ihn Lügen. Der rechte Arm war von den Fingerknochen bis zum Schultergelenk eingegipst und wurde von einer großen Schiene in einem eigenartigen Winkel zum Körper gehalten. Es sah aus, als wenn der Arm beim militärischen Gruß auf halbem Weg eingefroren wäre. Dazu das bandagierte rechte Bein und der übergeworfene Bademantel.

„Euch geht's ja wieder gut, wie man sieht." Vera hatte sich gefasst. Die angerauchte Zigarette wurde geschickt aus dem Fenster geschnippt.

„Nur die eine ..." stotterte der Kollege.

Stuhr schloss hinter sich die Tür.

„Ich glaub, ich spreche mal mit der Oberschwester."

„Bloß das nicht." Beschwichtigend winkte der Ertappte mit der gesunden linken Hand.

Vera wandte sich dem zweiten Kollegen zu, der im Bett lag. Sein rechtes Bein war in einem Streckverband. Sie schaute auf das beängstigende Seil mit den Gewichten, die den Fuß wieder richten sollten.

„Hast du starke Schmerzen?"

Mitfühlend klangen ihre Worte, die zwei Sträuße Blumen hielt sie achtlos in der Hand. Stuhr trat heran und nahm sie ihr wortlos ab.

„Kaum." Der kranke Kollege winkte ab. „Sie geben mir was. Kein Problem."

Jetzt sprach auch Stuhr. „Für euch", er hielt die Blumen nach oben. „Ich such mal eine Vase."

„Und sonst?" Vera zog sich einen Stuhl heran und ließ sich zwischen den beiden Betten nieder.

„Sonst geht's. Winfried wird morgen entlassen, bei mir dauert es noch ein wenig." Er zeigte auf seinen Streckverband, um dann das Thema zu wechseln. „Vera, hast du den Zettel auf meinem Schreibtisch gefunden?"

„Ja, hab ich. Die Fahndung nach dem Wagen läuft - aber

lasst uns nicht von der Arbeit reden."

„Warum nicht?" Beide protestierten.

„Weil ihr krank seid."

„Na, so schlecht geht es uns ja nicht." Wie, um sich gegenseitig Recht zu geben, schauten sich die beiden Kranken an und nickten dann heftig. „Bring uns auf den neusten Stand, bitte."

Resignierend berichtete die Kriminalistin ihren Kollegen von den Ermittlungen. Kaum hatte sie geendet, als die zwei nachdenklich auf Vera blickten. „Du ..., ich weiß nicht, wie ich es in die richtigen Worte kleiden soll. Wir sind uns die Hacken in der Nachbarschaft krumm gelaufen, aber keiner kennt ihn. Wobei - mit 'Kennen' meine ich Kontakte, mal ein Wort, ein Schwatz nebenbei. Nichts, rein gar nichts! Und das in so einem kleinen Ort." Der Kollege schüttelte den Kopf.

„Ich glaube, ich weiß, was du meinst. Aber bedenke, viele leben heute ohne soziale Kontakte, von Nachbarschaftshilfe ganz zu schweigen. Jeder ist mit sich selbst beschäftig. Nur keinen teilhaben lassen am eigenen Leben. Der eigene Erfolg wird zur Schau gestellt und sonst nichts."

„Aber selbst das tat er nicht. Bei dem Geld, was der Typ hatte, eine Mietwohnung, ein kleines Auto? Gut, zugegeben, fast neu, aber er hätte sich doch sonst was leisten können. Irgendwie verstehe ich ihn nicht. Lebt hier auf unserer schönen Insel, geht jeden Tag unauffällig zur Arbeit, und das bei dem Vermögen."

„Vielleicht liebte er seine Arbeit, und die Insel ist doch ein herrlicher Ort zum Leben, oder nicht?"

„Sag ich doch! Aber, Vera, der hatte was zu verbergen. Glaub mir. Das sagt mir mein kleiner Zeh."

„Und mir sagt mein kleiner Zeh, dass wir jetzt gehen. Das

Spekulieren bringt nichts. Fakten brauchen wir, und das schnell. Also seht zu, dass ihr gesund werdet. Wir brauchen euch."

11

Der nächste Tag begann mit einem Paukenschlag. Gerade wollten sich die Ermittler auf den Weg nach Seevitz machen, um die restlichen Nachbarn zu befragen, als das Telefon klingelte und Gäbler ihnen mitteilte, dass der Fall eventuell eine neue Wendung bekam. Vera eilte in das Dienstzimmer ihres Chefs.

„Hier, bitte!" Er gab Vera ein Fax. Die Leipziger Kollegen teilten mit, dass eines der Gemälde von Corinth eine Fälschung sei. Vera schaute ihren Vorgesetzten an. „Na toll! Kunstfälschung und ein toter Mitarbeiter des Museums. Ein wenig zu viel an Zufällen, oder?"

Gäbler nickte. „Deswegen ließ ich Sie kommen. Ich glaube nicht an Zufälle, vor allem nicht an solche. Jeder Fall hat seine Wendung, und ich glaube, diese Wendung erleben wir jetzt. Ich würde Sie bitten, in diese Richtung zu ermitteln, ohne dass andere Spuren vernachlässigt werden." Vera nickte. Die Hand mit dem Blatt Papier senkte sich achtlos. Auf ihrer Stirn bemerkte Dr. Gäbler Unmutsfalten.

„Was ist?"

„Nun", Vera machte eine Pause, bevor sie weiter sprach, „ich überlege gerade, ob wir etwas übersehen haben. Dieser Thieme ist mir ein Rätsel. Könnte ein ruhiges Leben führen, geht aber jeden Tag ins Museum, um zu arbeiten! Und jetzt dieses Fax." Sie gab ihrem Chef das Papier zurück.

„Geld ist doch nicht alles im Leben. Manch einer liebt eben

seine Arbeit über alles.“ Lächelnd sprach er diese Worte aus. Doch im nächsten Augenblick wurde er ernst. „Was ergab die Befragung der Nachbarn und der Kollegen? Irgendwelche Anhaltspunkte?“

Vera schüttelte den Kopf. „Die Befragung der Nachbarn hat kaum etwas ergeben, ist auch noch nicht abgeschlossen. Das wollten wir heute zu Ende bringen. Die Kollegen wurden, außer dem Direktor des Museums, noch nicht befragt.“

„Und warum noch nicht?“

„Das habe ich doch schon vorgebracht. Stuhr und meine Wenigkeit sind allein. Wie sollen wir dieses Pensum bewältigen?“ Fast flehentlich setzte sie hinzu: „Sie wollten doch schauen, ob wir nicht Hilfe bekommen könnten.“

„Hab ich, hab ich! Sie bekommen einen Praktikanten zugeteilt.“ Er rieb dabei seine Hände ineinander, als wollte er sich trocken waschen.

„Einen Praktikanten? Oh nein, bitte nicht.“ Vera verzog das Gesicht, als ob sie Schmerzen hätte.

„Warum denn nicht? Sie wollten doch Unterstützung, und wo soll ich die in der Urlaubszeit hernehmen!?“ Dr. Gäbler schüttelte den Kopf.

„Einen Praktikanten, das heißt doch auch Verantwortung, Einarbeitung und Kontrolle.“ Veras Schmerzen schienen sich noch verstärkt zu haben.

„Genau wie bei jedem anderen Kollegen auch. Und für diesen ist Kollege Stuhr der Coach. Er wird in erster Linie Ansprechpartner sein und den Praktikanten einarbeiten. Und nun keine Diskussion mehr. Fahren Sie ins Museum. Ich spreche mit Stuhr. Abgemacht?“ Lächelnd schaute er zu Vera.

Die nickte und schaute ihrem Vorgesetzten direkt ins Gesicht. „Herr Dr. Gäbler, ich habe da noch etwas …“

„Heraus damit!“ Er winkte mit seinen Händen wie ein Fluglotse, als wollte er die Worte förmlich zu sich heranziehen.

„Es geht um Staatsanwalt Maier, wir ...“

Dr. Gäbler unterbrach sie: „Schon wieder aneinandergeraten? Soll ich schlichten oder ihm den Marsch blasen?“

„Weder noch, wir haben Hinweise, dass Maier den Toten kannte, und mit ‘kennen’ meine ich nicht nur vom Sehen oder flüchtig.“ Sie berichtete von ihrem Gespräch mit dem Bankdirektor. Ihr Vorgesetzter hörte aufmerksam zu. Er sprach kein Wort und seine Lippen zogen sich zu einem Strich zusammen.

Nachdem Vera den Sachverhalt geschildert hatte, sagte er: „Ich setze mich sofort mit dem Leitenden Oberstaatsanwalt Templin in Verbindung. Den Herrn Maier werden wir uns vorladen. Ich schlage als Termin den heutigen späten Nachmittag vor. Einverstanden?“ Vera nickte. „Gut! Die genaue Uhrzeit teile ich Ihnen noch mit. Ich würde Sie bitten, falls Ihnen Maier über den Weg läuft, Stillschweigen zu bewahren. Lassen Sie mich erst mit seinem Vorgesetzten sprechen.“ Er schüttelte den Kopf. Ob aus Ärger oder weil ihm das Verhalten von Maier unverständlich war, entzog sich Veras Kenntnis.

„Ich fahre dann ins Museum.“ Vera ging in Richtung der Tür.

„Ja, in Ordnung, und bitte ... na ja, Sie wissen schon.“ Er zwinkerte ihr zu und griff dann mit ernster Mine zum Telefon. Leise schloss Vera die Tür.

Das Museum glich einem Bienenschwarm. Eine Reisegruppe stand im Foyer. Laut tauschten die Urlauber ihre Eindrücke aus, und einige deckten sich mit den obligatorischen Andenken ein. Vera ließ ihren Blick kurz schweifen, dann versuchte sie sich einen Weg durch die Menschen zu bahnen. Der Museumsdirektor stand in einer Ecke und diskutierte mit jemandem, den Vera noch nicht kannte. Das Gespräch schien heftig zu verlaufen, denn der Direktor unterstrich jeden zweiten Satz mit den entsprechenden Gesten. Vera konnte leider nichts verstehen. Die Urlauber übertönten jedes Wort. Nur das Wort 'Schande' hörte sie, als sie an die beiden herantrat. Mit einem 'Schönen guten Tag!' unterbrach sie das Gespräch. Überrascht schaute der Direktor sie an. Dann konnte Vera ein Erkennen in seinen Augen lesen, und ein zaghaftes Lächeln unterstrich die Worte: „Ah, Sie. Bitte kommen Sie." Einladend zeigte er in Richtung seines Büros, und bei seinem Gesprächspartner entschuldigte er sich: „Wir sprechen nachher weiter, Herr Höffken. Nicht böse sein." Dieser schüttelte nur kurz den Kopf und begab sich dann in Richtung des Schlosssaales. Dr. Fengler begleitete Vera Rademann, galant wie immer, zu seinem Büro.

„Ich habe Sie schon erwartet", sprach er beim Eintreten, dann bot er ihr einen Platz an. Er zog es vor zu stehen.

„Wieso gerade mich?" Vera schaute gespannt auf den Direktor.

„Halten Sie das etwa für einen Zufall? Erst verstirbt Kollege Thieme, und dann informiert uns Leipzig, dass unser Corinth angeblich eine Fälschung sei. Ich hätte mich sehr gewundert, wenn nicht gerade Sie gekommen wären!"

„Sie sagten, angeblich eine Fälschung. Überzeugt sind Sie davon nicht?"

Der Museumsdirektor hob kurz die Arme, um sie dann kraftlos wieder sinken zu lassen. „Ach, was weiß ich denn!

Überzeugt … Zuerst nicht, aber das, was mir die Leipziger Kollegin mitteilte, lässt langsam keinen Zweifel mehr aufkommen. Das Bild, welches die Kollegin untersuchte, ist eine Fälschung. Ob das unser Corinth ist, muss sich erst noch herausstellen. Und da habe ich meine Zweifel." Er begann im Raum hin und her zu gehen. Kleine Schweißperlen bildeten sich auf seiner Stirn, obwohl das Büro angenehm temperiert war.

„Würden Sie mir das erklären? Glauben Sie, der Corinth wurde auf dem Weg nach oder in Leipzig ausgetauscht?"

„Ich weiß es nicht! Wenn ich es wüsste, dann bräuchten Sie nicht hier zu sein. Ich bitte Sie nur um eines. Seien Sie bitte diskret und finden Sie das Original wieder."

„Das wären dann aber schon zwei Sachen, um die Sie mich bitten."

„Wie bitte?", überrascht war Dr. Fengler stehen geblieben. „Oh, natürlich. Entschuldigung. Ich bin etwas durcheinander. Also, wenn Sie dann beide Wünsche meinerseits berücksichtigen würden?"

Vera nickte. „Wer legt fest, ob ein Bild ein Original ist, und wie wurde die Fälschung festgestellt?"

„Wie meinen Sie das, ob ein Bild ein Original sei?"

„Nun, wird nicht geprüft, ob ein Bild wirklich von dem Maler geschaffen wurde, dessen Signatur es trägt? Oder hat Corinth seine Bilder nicht signiert?"

„Natürlich hat er seine Bilder signiert." Er nahm wieder seine Wanderung durch das Zimmer auf. „Wir wissen sehr genau, welche Bilder Corinth geschaffen hat, Frau Rademann. Es gibt ein Verzeichnis seiner Werke, und unsere Bilder sind sehr wohl von Corinth geschaffen worden."

„Und wie kommt die Fälschung nach Leipzig?"

„Sehen Sie, das möchte ich ja auch gerne wissen. Es ist mir ein Rätsel. Und wenn Sie es lösen und uns den echten Corinth wieder beschaffen könnten - ich wäre Ihnen so dankbar …" Der Direktor war vor Vera stehen geblieben und hatte ihre Hand gepackt. Sie spürte den Druck und die Verzweiflung, die in dieser Geste lagen. „Sie haben keine Erklärung für das Auftauchen der Fälschung?" Sie hatte zu tun, ihre Hand wieder freizubekommen.

„Nein, wie ich schon sagte, ich kann es mir nicht erklären."

„Ist es denn sicher, dass es sich bei dem Bild um eine Fälschung handelt, oder könnten sich die Leipziger Kollegen irren?"

„Das war auch meine Hoffnung, aber die Resultate der Untersuchungen lassen keinen Zweifel aufkommen. Dieses Bild ist eine Fälschung und nicht unser Corinth!"

„Da sind Sie sich sicher? Hundertprozentig?"

„Mehr noch, Frau Rademann. Tausendprozentig würde ich sagen, wenn es das gäbe. Sehen Sie, wir haben natürlich schon vor Jahren Expertisen anfertigen lassen. Mussten wir auch, schon der Versicherung wegen. Eindeutig handelt es sich bei unserem Bild um ein Werk von Corinth. Hier, schauen Sie selbst." Er nahm von seinem Schreibtisch einen Hefter und reichte ihr diesen. Vera blätterte ihn kurz durch. Ja, mehrere Expertisen zu diesem Gemälde lagen vor, in denen zweifelsfrei bestätigt wurde, dass es sich bei dem Bild um ein Werk von Lovis Corinth handelte.

„Wie kamen denn die Leipziger darauf, dass dieses Gemälde gefälscht ist?"

„Eine junge Kollegin schreibt ihre Dissertation über Corinth. Sie stellte den Antrag, im Rahmen ihrer Doktorarbeit dieses Gemälde genauer untersuchen zu dürfen. Eine einmalige

Chance für die Kollegin. Wir genehmigten ihren Antrag, und im Laufe dieser Untersuchung wurde die Fälschung festgestellt."

„Sie sagten, 'wir genehmigten den Antrag'. Wer ist wir?"

Fengler schaute überrascht. „Nun, zuerst das Kultusministerium. Das Gemälde befindet sich in Landesbesitz. Und dann meine Wenigkeit."

„Und wann wurde die Genehmigung erteilt?"

„Oh je, lassen Sie mich nachschauen. Das Ganze passierte sehr kurzfristig. Schwerin hatte sich viel Zeit mit der Anfrage gelassen. Hier habe ich das Schreiben." Er zeigte Vera den Antrag. Genehmigt am Mittwoch - zwei Tage vor dem wahrscheinlichen Todestag.

„Ist es üblich, so kurzfristig Anträge zu genehmigen?"

„Nein, eigentlich nicht. Da es sich aber um ein zerstörungsfreies Verfahren handelte, und ich den Mentor der Doktorandin persönlich sehr gut kenne, haben wir hier ganz unbürokratisch entschieden."

„Zerstörungsfrei? Was darf ich mir darunter vorstellen?"

„Mit zerstörungsfreien Verfahren meinen wir zum Beispiel das Röntgen oder die Untersuchung mit verschiedenen Lichtspektren sowie die einfache visuelle Untersuchung des Bildes." Dr. Fengler unterstrich jedes zweite Wort mit einer entsprechenden Geste.

„Was fand man bei der Analyse, das an der Echtheit des Gemäldes zweifeln ließ?"

„Spuren von Titanweiß wurden gefunden!" Der Direktor sah aus, als wenn ihn Zahnschmerzen plagten.

„Ja, und?"

„Und? Dieses Titanweiß wurde erst 1938 entwickelt. Corinth verstarb aber schon im Jahre 1925. Das ist ja das Desaster!" Er nahm wieder seine Wanderung durch das Büro auf.

„Kann dieses Titanweiß denn nicht bei Restaurierungen oder irgendwie anders auf das Bild gekommen sein?“

„Nie und nimmer!“ Fengler war kurz stehen geblieben. „Der ganze Hintergrund zeigt Spuren dieses Farbpigmentes. Es ist eindeutig. Da brauchen wir nicht einmal mehr die Untersuchung des Spannrahmens, der Leinwand und der anderen Farben abzuwarten. Oh Gott, welcher Verlust.“

Jetzt mussten die Zahnschmerzen unerträglich geworden sein. Er hielt sich den Kopf mit beiden Händen. Nur einen kurzen Augenblick, dann hatte er sich wieder in der Gewalt. Als er die Hände sinken ließ, sah Vera in seinen Augen Feuchtigkeit schimmern.

„Das Gemälde ist doch versichert?“

„Natürlich, wie die beiden anderen auch, die wir verliehen haben. Aber es geht doch nicht um die Versicherungssumme, sondern um den unersetzlichen Verlust eines Kunstwerkes.“ Fenglers Stimme hatte an Lautstärke zugenommen.

„Die anderen beiden Gemälde sind echt? Ist das geprüft worden?“

„Ja! Sofort, nachdem wir die Ergebnisse des ersten Bildes hatten, telefonierte ich mit Leipzig und bat um eine Untersuchung der anderen beiden Leihgaben. Keine Anzeichen, dass diese beiden gefälscht wären.“

Zufrieden nickte Vera Rademann. „Halten Sie es für möglich, dass Herr Thieme etwas mit der Fälschung zu tun hatte?“ Die Kriminalistin achtete auf jede Reaktion des Museumsdirektors. Doch dieser zuckte nur mit den Schultern, und nach einem Augenblick sagte er dann: „Ich weiß ehrlich gesagt überhaupt nicht mehr, was ich glauben soll. Erst der Tod von Herrn Thieme und dann die Sache mit dem Gemälde.

Das Ganze wird mir langsam zu viel. Ich möchte nur den Corinth wiederhaben, und zwar den echten! Unser Museum hatte bisher einen untadligen Ruf. Wir sind eine Stütze in der Kulturlandschaft dieses Landes, und dies wollen wir auch bleiben."

Vera hatte sich einige Notizen gemacht. „Wie muss ich mir den Transport der Gemälde vorstellen?"

„Das Ganze wird von einer Spezialfirma abgewickelt. Herr Höffken, einer meiner Mitarbeiter, hat nach dem Tode von Herrn Thieme diese Aufgabe übernommen. Wenn es Ihnen recht ist, bringe ich Sie zu ihm. Er kann Ihnen alles am besten erklären."

Vera nickte, und der Direktor führte sie zum Arbeitsplatz des Mitarbeiters, der sich im Keller befand. Vera Rademann erkannte beim Eintreten, dass es sich um den Mann handelte, mit dem sich der Direktor zuvor im Foyer unterhalten hatte. Helles Neonlicht ließ die weißen Wände wie auch den Kittel von Höffken strahlen. Dr. Fengler stellte sie einander kurz vor, dann zog er sich wieder zurück. Vera kam es wie eine Flucht vor. Der Direktor schien froh zu sein, sie an einen Mitarbeiter delegiert zu haben.

Höffken hatte bei ihrem Eintreten seine Arbeit unterbrochen. Vor ihm lag eine zerlegte Pistole. Er zog die weißen Baumwollhandschuhe aus und reichte der Kriminalistin die Hand.

„Wie kann ich Ihnen helfen?", fragte er lächelnd.

„Eine Steinschlosspistole?" Vera zeigte auf die zerlegte Waffe.

„Ja, stimmt. Erste Hälfte des 17. Jahrhundertes, leider in keinem besonders guten Zustand, aber das werde ich schon wieder hinbekommen."

Vera glaubte ihm. Sein Gesicht strahlte Zuversicht aus. „Sie können sich ja denken, weshalb ich komme." Höffken nickte. „Wie war der Ablauf, als die Leihgaben zum Versand nach Leipzig vorbereitet wurden?"

„Lassen Sie mich kurz überlegen." Höffken legte die Handschuhe auf den Tisch und lehnte sich dann mit der Hüfte an diesen. „Also, das war so. Die Gemälde sollten am Montagmorgen um neun Uhr abgeholt werden. Ich war um halb acht früh im Museum, aber Kollege Thieme kam nicht. Er war der Verantwortliche für die Gemälde. Meine Spezialisierung sind Waffen und Möbel."

Er zeigte hinter sich auf die Steinschlosspistole. „Na ja, als er um acht Uhr immer noch nicht da war und wir ihn auch telefonisch nicht erreichen konnten, haben wir angefangen, die Bilder zu verstauen, damit die Spedition sie um neun Uhr pünktlich verladen und abtransportieren konnte."

„Wer - wir?"

Vera hatte wieder ihr Notizbuch aufgeschlagen und Höffken warf einen kurzen Blick darauf.

„Ich holte mir eine der ABM-Kräfte dazu, als Dr. Fengler mich damit beauftragte."

„Wer war der zweite Mann?"

„Schneider heißt er. Rainer Schneider. Arbeitet seit zwei Monaten hier."

„Ist es üblich, dass ABM-Kräfte in Kontakt mit so wertvollen Gemälden kommen?"

„Oh nein!" Höffken schüttelte heftig den Kopf. „Das war sozusagen eine Ausnahmesituation. Was sollten wir machen? Herr Thieme als Verantwortlicher war nicht erreichbar. Dr. Fengler telefonierte ja in einem fort hinter ihm her, konnte ihn aber, wie schon gesagt, nicht erreichen. Die Sendung musste pünktlich raus. So blieb alles an mir als Thiemes Stellvertreter hängen. Ich habe Schneider kurz eingewiesen, und dann ging es los."

„Würden Sie mir bitte zeigen, wie Sie die Gemälde für den Versand vorbereiteten?"

„Gerne. Kommen Sie bitte mit."

Er führte Vera aus dem Raum, ging mit ihr einen Flur entlang, schloss dann eine Tür auf, schaltete das Licht ein und betrat schließlich einen weiteren Raum. Groß war dieser, und wie der andere ganz in Weiß. Die Mitte wurde von einem riesigen Tisch eingenommen. Vera schätzte ihn auf vier Meter Länge und knapp zwei Meter Breite. Gleich links neben der Tür befanden sich zwei Aktenschränke, die gegenüberliegende Wand wurde von einem Regal verdeckt. Hier hingen, in einer Art Rahmen, weitere Gemälde. Höffken zog einige heraus, und der Blick der Kriminalistin fiel auf Landschaften und einige Porträts.

„Hier lagern wir alles, was zurzeit nicht in den Sälen ausgestellt wird."

Vorsichtig schob er die Bilder wieder an ihren Platz. Vera hatte eine Veränderung bemerkt. Irgendetwas war nach ihrem Eintreten geschehen.

Höffken musste ihr nachdenkliches Gesicht aufgefallen sein, denn er fragte: „Ist was, Frau Rademann?"

„Ja, mir war so, als wenn sich in der letzten Minute etwas verändert hätte."

Er lächelte. „Hat sich auch, Kompliment! Sie meinen bestimmt unsere Klimaanlage. Wir hier hören sie schon gar nicht mehr, aber wenn man zum ersten Mal diesen Raum betritt, bemerkt man sie eventuell."

Vera musste ihm Recht geben. Es war die Klimaanlage, die ihr dieses Gefühl der Veränderung vermittelt hatte.

„Die Anlage steuert automatisch Luftfeuchte und Raumtemperatur. Jede Veränderung wird sofort reguliert."

„Und hier verpackten Sie mit Herrn Schneider die Gemälde?"

„Ja. Wir haben dafür spezielle Transportrahmen, und diese wiederum werden in extra Transportboxen gelagert. Schauen Sie hier."

Er ging um den Tisch herum zu einem besonderen Regal, das die verschiedensten Dinge enthielt. Gewandt zog er einen Rahmen heraus. „Hier, das ist so ein Transportrahmen."

Vera nahm ihn in die Hand. Leicht war er, und doch stabil.

„Der ist aus Tischlerplatte", sagte Höffken.

„Und die Transportkisten?" Vera schaute sich neugierig um.

„Davon sind leider keine da. Die bringt die Spedition mit. Die Bilder werden in die Rahmen gelagert. Dann werden die Rahmen mit sogenannten Neopolenecken geschützt. Diese helfen, mechanische Belastungen abzufangen."

Er gab Vera zwei aus Kunststoff gefertigte Ecken.

„Ähnlich wie bei elektronischen Geräten." Vera gab die Kunststoffstücke zurück.

„Ja, genau! Fernseher haben an den Kanten auch solche aufgesetzten Transportecken."

„Und dann?"

„Dann kommen die Gemälde in die Transportkisten. Das sind auch klimatisierte Spezialanfertigungen, die genau auf die Bilder zugeschnitten sind. Die Gemälde dürfen nicht wackeln, aber es dürfen auch keine Spannungen auftreten."

„Also Millimeterarbeit?"

„Kann man so sagen. Es gibt nur wenige Tischlereien, die Transportrahmen und Kisten anfertigen. Oder, besser gesagt, denen Museen das Vertrauen schenken, solche Sachen herzustellen.“ Er legte die Neopolenecken und den Transportrahmen zurück.

„Und Herr Schneider half Ihnen?“

Höffken nickte. „Ja, es war niemand anderes da, der mir zur Hand gehen konnte.“

„War Herr Schneider irgendwann mal alleine mit dem Gemälde?“

„Sie meinen …? Nein, nie. Das wäre gegen die Vorschriften gewesen, und mit solchen Werten lasse ich doch keine ABM-Kraft alleine. Außerdem, woher hätte er die Fälschung nehmen sollen? Er hatte bis zu seinem Arbeitsantritt ja keine Ahnung, dass er mithelfen sollte, die Bilder zu verstauen. Die ABM-Leute sollen eigentlich für Ordnung und Sauberkeit in und um das Museum sorgen, den Gästen behilflich sein und den Ansturm in den Sommermonaten steuern, Karten abreißen, Schwerbehinderten helfen und Müttern mit Kleinkindern. Wir setzen sie auch als Aufsicht ein, aber doch nicht zu Ausstellungsvorbereitungen! In direkten Kontakt mit unseren Exponaten kommen sie nie.“

„Wie groß ist eigentlich das Gemälde, über das wir sprechen?“

Höffken zeigte mit den Händen die ungefähren Ausmaße an. „So etwa, würde ich schätzen, aber ich kann es Ihnen auch genau sagen. Einen Moment, bitte.“ Er ging zu einem der Aktenschränke neben der Eingangstür und kam mit einer dünnen Akte wieder. „Schauen Sie, ‘Das Mädchen mit dem Blumenkorb’, so der Titel, hat eine Größe von 72,5 mal 90 Zentimeter.“

Vera Rademann schaute in die Akte. Das eingeheftete Foto weckte ihr Interesse. „Könnten Sie mir das Bild überlassen?“

„Leider nicht. Landeseigentum! Aber ich kann Ihnen einen

unser Ausstellungskataloge mitgeben, wenn Sie möchten. Da sind auch die beiden anderen Bilder abgebildet." Er schlug die Akte wieder zu und brachte sie zurück.

„Gerne, Herr Höffken. Sagen Sie, wer konnte Ihrer Meinung nach das Bild ausgetauscht haben, und vor allem - wann?"

Höffken dachte einen Moment nach. „Tja, ehrlich, ich weiß es nicht. Kollege Thieme war immer so akkurat und zuverlässig. Er war ja auch für die Gemälde verantwortlich, und ich kann mir nicht vorstellen, dass er ..."

„Und jemand anderes?"

„Wer? Für diesen Raum braucht man einen Extraschlüssel, und den bekommen nur die fest angestellten Mitarbeiter ausgehändigt, keine ABM-Kräfte, keine Studenten oder Aushilfen."

„Und in den Ausstellungsräumen, könnte dort jemand das Original gegen die Fälschung ausgetauscht haben?"

„Ausgeschlossen. Alle Gemälde sowie die wichtigsten Exponate sind durch eine Alarmanlage gesichert. Und um diese auszuschalten, braucht es zwei Personen. Hier gilt das Vier-Augen-Prinzip."

„Wann wurden die drei Bilder aus den Ausstellungs-räumen entfernt?"

„Moment!" Wieder öffnete er den Aktenschrank. „Eines war seit einem Jahr nicht mehr in der Ausstellung, und die anderen beiden, darunter auch 'Das Mädchen mit dem Blumenkorb', wurden vor vierzehn Tagen von Herrn Thieme aus den Besucherräumen entfernt. Dafür wurden eine Landschaftsmalerei und ein Porträt ausgestellt."

„Als Sie mit Herrn Schneider die Bilder zum Versand vorbereiteten, ist Ihnen irgendetwas - speziell an dem Bild 'Das Mädchen mit dem Blumenkorb' - aufgefallen?"

Höffken schürzte die Unterlippe. „Nein, alles schien seine Richtigkeit zu haben. Die Bilder waren hier eingelagert."

Er zeigte zu dem besonderen Regal, aus dem er zum Anfang einige Gemälde gezogen hatte.

„Die Bilder trugen unseren Stempel und die Inventarnummer. Alles war in Ordnung, so dachten wir jedenfalls bis heute."

„Einen Stempel?"

„Ja, auf der Rückseite. Viele Museen kennzeichnen ihre Werke, wie auch Auktionshäuser oder Privatsammler. Sehen Sie, so einen meine ich." Er zog ein kleines Bild aus dem Regal, und auf der Rückseite sah Vera Rademann einen ovalen, blauen Stempel mit der Umschrift 'Schlossmuseum Putbus' und eine mehrstellige Nummer, die handschriftlich hinzugefügt worden war.

„Wer hat solch einen Stempel?"

„Nur Dr. Fengler, und der bewahrt ihn in seinem Tresor auf."

„Kommt man da ran?"

„Nur mit Genehmigung des Herrn Direktor. Er übergibt einem das gute Stück persönlich, und man muss es auch persönlich wieder abgeben."

Vera Rademann bedankte sich. Freundlich brachte Höffken sie wieder nach oben. „Einen Moment bitte, Frau Rademann. Sie baten doch um einen Ausstellungskatalog." Er trat in den Kassenbereich und erntete von der Frau hinter dem Tresen einen vernichtenden Blick. Hier war ihr Reich, und er wurde als Eindringling betrachtet.

„Wenn Sie etwas benötigen, warum fragen Sie nicht?" Ihr Finger zuckte in Richtung seiner Brust.

„Liebe Kollegin, ich bin nur der Polizei behilflich. Seien Sie doch nicht gleich so böse."

Charmant versuchte er, ihren Angriff abzuwehren. Vera verkniff sich ein Schmunzeln.

„Hier bitte, der Katalog. Ich zeige Ihnen die drei Bilder." Ein kurzes Blättern und er überreichte ihr den aufgeschlagenen Prospekt. Dann zog er sich in seinen Keller zurück.

Vera klopfte noch einmal an die Tür des Direktors. Dr. Fengler war überrascht, sie wiederzusehen. „Konnte Ihnen Kollege Höffken nicht weiterhelfen?"

„Doch, das konnte er. Ich habe nur noch eine Frage bezüglich des Stempels, mit dem Ihre Werke gekennzeichnet werden."

„Meine Werke sind das nicht, Frau Rademann. Was möchten Sie denn wissen?"

„Ist der Stempel noch da? Und wenn ja, wer hatte ihn sich das letzte Mal geholt?"

„Natürlich ist der Stempel noch da. Schauen Sie!" Er ging zum Tresor, öffnete diesen und zeigte ihr den Stempel.

„Kann jemand ohne Ihr Wissen den Stempel benutzen?"

„Ausgeschlossen!" Entschieden wies der Direktor dies zurück. „Sie sehen ja, ich trage den Tresorschlüssel ständig bei mir."

„Und wer hatte ihn zuletzt?"

Der Direktor schlug ein kleines Notizbuch auf und sagte: „Herr Thieme bat um den Stempel am Dienstag. Er wollte die Transportrahmen für die Leihgaben kennzeichnen."

„Ist das üblich?"

„Wir machen das so. Es handelt sich ja um Spezialanfertigungen für jedes einzelne Gemälde. So haben wir es uns angewöhnt, diese zu kennzeichnen mit dem Museumsstempel und der Inventarnummer des jeweiligen Bildes. Dann kann es zu keinen Verwechslungen kommen. Jedes Bild kommt so in seinen speziellen Transportrahmen, und wir können auch noch Jahre später die Rahmen den Gemälden zuordnen."

Vera bedankte sich freundlich für die Auskünfte. Mit dem Katalog in der Hand verließ sie das Büro. Dr. Fengler ließ sich erschöpft in seinen Sessel gleiten. Das war zu viel für ihn. Erst ein toter Mitarbeiter, und dann stellte sich heraus, dass eine Leihgabe eine Fälschung war. Wie sollte er diese Tage nur überstehen?

12

Vera war im Polizeipräsidium allein in ihrem Büro, Stuhr befragte die letzten Nachbarn in Seevitz. Sie telefonierte mit Leipzig, und nach mehren Gesprächen hatte sie die Doktorandin am Apparat, welche die Fälschung entdeckt hatte. Die Kriminalistin ließ sich bestätigen, dass jenes Bild als Eigentum des Schlossmuseums gekennzeichnet war. Sie bat um Übersendung der Expertise. Auf ihre Frage nach dem Alter der Fälschung wich die Doktorandin aus. Sie könne darüber keine verlässlichen Angaben machen, ohne Materialproben entnommen zu haben. Da aber das Bild in der Zwischenzeit von der Staatsanwaltschaft beschlagnahmt worden sei, müsse Vera Rademann sich erst an diese wenden. Unzufrieden über die bisherigen Ermittlungsergebnisse legte sie auf.

Im selben Augenblick klopfte es kurz an der Tür und ein Kollege trat ein. Es war der Diensthabende, der sich darüber beschwerte, dass ihre Telefonleitung seit geraumer Zeit besetzt war.

Man hatte den Wagen von Thieme gefunden. Einer Streife war das geparkte Fahrzeug aufgefallen. Mehrere Tage schon stand Thiemes Auto auf einem Parkplatz in Sassnitz.Die Kriminalistin fuhr sofort zum Fundort. Fast zeitgleich traf die Spurensicherung ein. Thiemes Auto parkte abgeschlossen in einer Reihe mit anderen Fahrzeugen. Die Kollegen des Streifenwagens berichteten Vera, dass dieser Wagen schon seit einigen Tagen dort stand. Sie hatten dem keine Bedeutung beigemessen, erst als sie die Fahndungsaufrufe durchsahen, wurde ihnen bewusst, dass dieser Wagen zur Fahndung ausgeschrieben war.

Die Männer von der Spurensicherung gingen vorsichtig vor. Sie sicherten erst das Umfeld des Wagens, dann untersuchten sie das Äußere des Fahrzeugs. Die kriminaltechnische Untersuchung des kompletten Innenraums würde erst in einer speziellen Halle erfolgen. Der Leiter der Spurensicherung teilte Vera mit, dass die Türgriffe abgewischt worden waren und es keine verwertbaren Spuren im Umfeld des Fahrzeuges gab. Die Stadtreinigung hatte einen Tag zuvor das komplette Gelände gesäubert.

Vera bedankte sich. Der Leiter der Spurensicherung versprach, sich mit der Auswertung zu beeilen. Vielleicht bringe die gründliche Auswertung der Spurenlage im Labor noch wertvolle Ergebnisse, man müsse eben abwarten, so der abschließende Kommentar des Kollegen. Ein kurzes Nicken, dann fuhr Vera Rademann wieder zur Dienststelle zurück.

Noch vor dem Feierabend traf sie im Präsidium ein. Dr. Gäbler wartete schon auf sie. Mit kurzen, knappen Worten berichtete Vera von ihren Ermittlungen. Dann erfuhr sie von Gäbler, dass er den Leitenden Oberstaatsanwalt Templin in Kenntnis gesetzt hatte. Wie Gäbler sagte, war dieser nicht sehr glücklich darüber, dass einer seiner Mitarbeiter plötzlich in den Kreis der Verdächtigen gerückt war. Da aber das Verhalten von Maier völlig indiskutabel war, hatte er einer Befragung sofort zugestimmt. Man war übereingekommen, es bei einer

Befragung zu belassen, erstmal, wie Veras Vorgesetzter hinzufügte.

Sie hatten sich geeinigt, Maier in Dr. Gäblers Zimmer zu empfangen. Vera sollte den aktiven Part übernehmen, und Gäbler wollte den stillen Zuhörer spielen. Vera schaute auf ihre Uhr. Rhythmisch sprang der Sekundenzeiger weiter, als teilte er ihre Ungeduld. Dr. Gäbler bemerkte ihren wiederholten Blick auf die Uhr. „Nur Geduld! Einige Minuten hat er ja noch. Sie können es wohl kaum erwarten?“ Ein leises Lächeln umspielte seine Mundwinkel. Überrascht schaute Vera hoch. „Ist mir das so direkt ins Gesicht geschrieben?“

„Nun, direkt nicht, aber wir kennen uns nun schon eine ganze Zeit und ich glaube, ich kann gut beurteilen, wie es in Ihnen aussieht.“

Jetzt lächelte Vera. „Und wie sieht es in mir aus?“

„Entschuldigen Sie meinen Vergleich, aber es kommt mir vor wie beim Pferderennen. Die heißblütigen Galopper warten in der Startbox unruhig auf den Rennbeginn. Und scharren dabei mit den Hufen. Manchmal werden sie zu wild und es geht schon mal was zu Bruch.“

Vera lachte laut auf. „Ich - ein Rennpferd? Also, mit Respekt, Herr Dr. Gäbler, ich wurde schon mit manchem Getier verglichen, aber mit einem Rennpferd ...?“

„Bitte Sie, mich nicht falsch zu verstehen. Es geht mir mehr um die Sache als um … nun, wie soll ich es sagen?“

„Ist schon gut.“

Vera legte die Hand auf Dr. Gäblers Unterarm. „Aber - um bei Ihrem Vergleich zu bleiben - wenn, dann komme ich mir mehr wie ein Traber vor. Die schnellste Gangart ist verboten, und hinterdrein muss man noch einen Sulky ziehen.“

„Ha, und in dem sitze dann ich?“ Jetzt lachte Gäbler.

„Nein, so habe ich das nicht gemeint!"

„Ist schon gut, ich verstehe Sie ja, und der Vergleich ist gar nicht schlecht gewählt. Denn bei unbekannten Bodenverhältnissen soll man nicht in den Galopp verfallen, da ist ein ruhiger Trab angebrachter, um sicherer vorwärtszukommen. Übrigens, waren Sie schon mal auf der Rennbahn in Bad Doberan? Kann ich Ihnen nur empfehlen."

Als Vera antworten wollte, meldete Gäblers Sekretärin das Eintreffen von Staatsanwalt Maier.

Der Tag hatte auf dem weißen Hemd Maiers Spuren hinterlassen. Die Stulpen waren angestoßen, dazu wirkte es leicht geknittert, und das heiße Wetter hatte sich mit Schweißrändern unter den Achseln verewigt.

„Ich grüße Sie!" Maier schüttelte Dr. Gäblers Hand und bequemte sich dann zu einem „Und Sie natürlich auch", wobei er jovial zu Vera winkte. So musste es früher ausgesehen haben, wenn der Kaiser seinen Untertanen einen kurzen Gruß zuwarf. Veras linke Augenbraue zuckte nach oben, nur ganz kurz, aber Gäbler registrierte diese kleine Gemütsregung. Fast unmerklich schüttelte er den Kopf. Maier, ganz auf sich bezogen, bemerkte von diesem stummen Zwiegespräch nichts.

„Womit kann ich dienen? So kurz vor dem Feierabend?" Er schaute zu Gäbler. Dieser wies auf einen Stuhl und meinte dann: „Feierabend ist für uns noch lange nicht. Und wir haben einige Fragen an Sie. Bitte, Frau Rademacher."

Maier ließ sich auf den Stuhl fallen und drehte sich demonstrativ zu Gäbler. Seine Aktentasche hatte er vor sich auf den Tisch gestellt, sodass sie wie eine Mauer zwischen ihm und der Kriminalistin stand. „Nun gut, wenn es schnell geht. Ich höre?" Er fuhr sich mit einer Hand durchs Haar. Eine

Pose, die einem Dirigenten zur Ehre gereicht hätte.

Vera schlug die Akte 'Thieme' auf. „Herr Maier, wir haben im Rahmen unserer Ermittlungen festgestellt, dass Sie das Opfer kannten. Warum haben Sie uns diesen Umstand verschwiegen?"

Der Staatsanwalt drehte langsam den Kopf in Veras Richtung. Sein rechter Mundwinkel war in die Höhe gezogen. Spott und ein wenig Verwunderung lagen in seinem Blick. „Kennen, kennen ist doch wohl ein wenig zu viel gesagt - und überhaupt, was soll das?!" Er schlug die Beine übereinander und schaute zu Dr. Gäbler. Die Finger seiner rechten Hand trommelten einen lautlosen Marsch auf die Tischplatte. Gäblers ernstes Gesicht sprach Bände. „Beantworten Sie bitte die Fragen. Erstens ist das hier kein Spaß, und zweitens wollten Sie doch schnell den Feierabend genießen, also bitte …"

Maiers eben noch spöttischer Gesichtsausdruck war plötzlich wie fortgewischt. Seine Augen weiteten sich und er wurde rot. Die Schlagader über der Stirn schwoll an und er schluckte mehrmals, dann brach es aus ihm heraus: „Wenn das ein Verhör werden soll, dann nur zu. Hier gilt: NEGATIVA NON SUNT PROBANDA - Für Sie übersetzt, Frau Rademacher: Das Nichtbestehen von Tatsachen braucht nicht bewiesen zu werden."

Vera lehnte sich auf ihrem Stuhl zurück, schlug lässig ein Bein über das andere, ließ den Fuß langsam wippen und sagte dann ganz ruhig: „Bei diesen Tatsachen, um bei dem von Ihnen gewählten Terminus zu bleiben, fallen mir gleich zwei Sätze ein: RES IPSA LOQUITOR und NARRA MIHI FACTUM, DABO TIBI IUS. Für Sie übersetze ich auch gerne. 'Die Sache selbst redet' und 'Erzähle mir den Sachverhalt, und ich werde darüber Recht sprechen'."

Maiers Blick war konsterniert. Verwundert schaute er auf die Frau, die lächelnd vor ihm saß, als sehe er sie zum ersten Mal. Das Blut wich aus seinem Gesicht, die Schlagader zog sich wieder zurück und die Sommerbräune neigte jetzt mehr zu einem blasseren Ton. Er bemerkte nicht den erstaunten Blick von Dr. Gäbler, der das verbale K.o. des Staatsanwaltes mit einem versteckt nach oben gerichteten Daumen honorierte. Seine Selbstsicherheit war fortgewischt. Er sah eher aus wie ein vertrottelter Lehrling, den der Meister zur Werkzeugausgabe geschickt hatte und der dort gesagt bekam, dass es kein verstellbares Augenmaß gebe.

Die Kommissarin beugte sich nach vorn und schaute Maier direkt an.

„Also, wollen Sie weiter den Macho spielen und gewisse Tatsachen verschweigen oder fangen wir an, sachlich und konstruktiv zu arbeiten? Seit wann kannten Sie Thieme?"

Die Fragen gingen nahtlos ineinander über. Maier hatte kaum Zeit zum Luftholen, als die nächste Aufforderung kam.

„Nun, worauf warten Sie?"

Er schüttelte sich kurz, wohl um festzustellen, dass das alles kein Traum war, und begann dann stockend zu reden.

„'Kennen' ist zu viel gesagt. Wir spielten einige Male eine Partie Golf zusammen."

„Wie oft?" Vera ließ ihm keine Zeit zum Überlegen.

„Fünf oder sechs Mal vielleicht."

„Und sonst?"

„Wie 'und sonst'?" Er schaute über den Tisch.

„Hatten Sie sonst noch Kontakt mit Thieme, außerhalb des Golfplatzes, im Klub oder privat?"

„Nein!" Er schüttelte langsam den Kopf. Es ähnelte mehr einem schnellen Drehen als einem Schütteln.

„Wobei …"
„Ja?"
„Ich glaube, wir haben noch zweimal zusammen im Klubrestaurant gespeist."
„Glauben Sie! Aha!"
„Ja, glaube ich. Wer kann sich denn an so etwas hundertprozentig erinnern? Ich nicht!"
„Na gut. Was für ein Mensch war Thieme?"
Vera machte sich kurze Notizen.
„Intelligent, höflich, immer korrekt, alles in allem ein angenehmer Zeitgenosse."
Maier fand langsam zu seiner Selbstsicherheit zurück. Die Kriminalbeamten, die dies bemerkten, holten zum nächsten Schlag aus.
„Warum haben Sie uns damals auf der Seebrücke nicht schon mitgeteilt, dass Sie den Toten kannten? Warum ließen Sie uns Kleinkleinarbeit verrichten?"
Maier zuckte mit den Achseln. „Auf der Seebrücke habe ich Thieme nicht erkannt. Wie auch? Eine Wasserleiche, an der sich die Möwen und Fische gütlich taten, ist nicht gerade der Anblick, den man sich wünscht."
„Und einige Zeit später, als Sie die Ermittlungsakte auf den Tisch bekamen? Spätestens da muss Ihnen doch bewusst geworden sein, wer der Tote ist. Hier steht's doch!"
Vera hatte die Akte aufgeschlagen und zeigte auf das Foto von Thieme. „Hier steht es schwarz auf weiß, um wen es sich handelt. So viele Bekannte mit dem Namen Thieme, die zufällig auch in einem Museum arbeiten, werden Sie doch nicht haben, oder?" Unmerklich hatte sie die Stimme gehoben und bekräftigte ihre Worte, indem sie die Akte auf den Tisch klatschte. Maier zuckte zusammen.

„Natürlich nicht, aber ich habe einfach den richtigen Zeitpunkt verpasst. Irgendwie …" Hilflos sah er jetzt aus. Auf seiner Stirn bildeten sich kleine Schweißtropfen. Sein Atem ging schneller, und er wischte sich fahrig über das Gesicht. „Sie müssen mir glauben, ich habe mit dem Tod dieses Mannes nichts zu tun. Dass ich einige Male mit ihm Golf gespielt habe und zweimal mit ihm zu Mittag aß, hat doch keinerlei Bedeutung. Warum sollte ich ihn umbringen?"

„Ja, warum?" Dr. Gäbler blickte den Staatsanwalt an. „Warum bringen Menschen einander um? Glauben Sie mir, Herr Maier, diese Frage habe ich mir während meiner Dienstzeit oft gestellt, aber eine befriedigende Antwort kann ich Ihnen bis heute noch nicht geben. Und ich bezweifle, dass Sie tatsächlich eine Antwort erwarten - aber eines weiß ich genau: Die meisten Taten sind Beziehungstaten." Er machte eine wegwerfende Handbewegung. „Aber was erkläre ich Ihnen dies alles. Das wissen Sie ja alleine. Genauso, wie Sie hätten wissen müssen, dass Ihre Bekanntschaft mit Thieme nicht im Dunkeln verborgen bleiben würde. Herrgott, Maier, was ist bloß in Sie gefahren - und das als ermittelnder Beamter?"

Maier wollte gerade etwas erwidern, als Vera ihn unterbrach. „Sagen Sie, hat Thieme irgendwann mal über seine Arbeit gesprochen, über Feinde, Probleme oder über sein Privatleben?"

Maier überlegte. Vera konnte ihm ansehen, dass er sich jetzt Mühe gab, den Kriminalbeamten behilflich zu sein.

„Thieme war sehr zugeknöpft, um das mal so zu sagen, was sein Privatleben betraf. Er redete nicht viel von sich, über seine Arbeit schon eher."

„Was genau?"

„Er erzählte von seinen Bildern und welche Freude es ihm

machte, sie neu zu arrangieren und zu präsentieren. Er nannte sie, warten Sie mal … ja, 'Spiegel einer vergangenen Zeit'. Ich wunderte mich damals über diesen Ausdruck, aber irgendwie hatte er recht damit."

„Erwähnte er Corinth oder das Thema Kunstfälschungen?"

„Nein, nie!"

„Wirklich nicht?"

„Wenn ich Nein sage, dann meine ich auch Nein!" Maier sah verärgert aus. Dass er hier saß, war schon eine Demütigung, aber dass jetzt auch noch an seinen Worten gezweifelt wurde, das war zu viel.

„Und worüber redeten Sie sonst?"

„Belangloses!" Maier warf das Wort so hin.

„Geht es etwas genauer? Wenn man den Gerüchten Glauben schenkt, dann werden auf dem Golfplatz die tollsten Geschäfte getätigt. Und Sie wollen nur Belangloses beredet haben?"

Der Staatsanwalt lachte gequält und gekünstelt.

„Zwei Landesbedienstete, was meinen Sie, was für tolle Geschäfte wir auf dem Golfplatz ausbaldowern? Da hätte ich mit Unger, dem Versicherungsfutzi, spielen müssen. Der versucht jedem eine Lebensversicherung anzudrehen. Obwohl, warten Sie, einmal war Thieme richtig verärgert. Das war, als das neue Gesetz über die Besteuerung von Kapitalerträgen durch war … "

Die Kriminalbeamten warteten gespannt, dass Maier fortfuhr. „Er war richtig wütend. Unkonzentriert schlug er die Bälle ins Nirgendwo. Als ich ihn fragte, was er habe, da erzählte er von der Gesetzesänderung und über den politischen Unsinn dieser Regelung. Ich meine, er hatte ja Recht. Erst wird gesagt: 'Leute, spart für schlechte Zeiten und fürs Alter!', und dann kürzt man die Erträge auf ein Minimum zusammen. Ist doch politischer Irrsinn, oder?“ Er schaute sich um, als wollte er Zustimmung erheischen.

„Hat er in diesem Zusammenhang über seine Vermögensverhältnisse gesprochen?“

„Nein, natürlich nicht. Dass er nicht arm war, war mir bewusst, doch dass er so viel Geld sein Eigen nannte, erfuhr ich erst durch Ihre Ermittlungen.“

„Verborgte er Geld?“

„Thieme? Nie im Leben.“

„Das wissen Sie genau?“

„Hundertprozentig! Ein Golffreund hatte mal sein Portemonnaie vergessen. Thieme mochte ihm nicht aushelfen. Meinte, man kann nur Geld ausgeben, das man besitzt.“

„Na ja, auch eine Einstellung. Hatte Thieme Freunde oder Feinde?“

Maier schüttelte nur den Kopf.

„Wen zählte Thieme zu seinen guten Bekannten?“

„Keine Ahnung. Ich weiß es wirklich nicht, bitte glauben Sie mir das. Thieme war nur ein flüchtiger Bekannter, nur dass wir zwei im gleichen Golfklub Mitglied waren, besagt doch nichts. Ich habe mit dem Tod von Thieme nichts ...“

Dr. Gäbler unterbrach ihn. „Mann, hören Sie bloß auf. Das können Sie morgen alles Ihrem Vorgesetzten erzählen. Der erwartet Sie pünktlich um acht Uhr in seinem Dienstzimmer. Er bat mich, Ihnen das auszurichten. Haben wir noch Fragen an Herrn Maier, Frau Kollegin?“

„Eine noch! Wo waren Sie, Herr Staatsanwalt, in der Zeit von Freitagabend bis Sonnabend, sagen wir bis 22 Uhr?“

Maier atmete einige Male tief ein und aus. Die Ader auf seiner Stirn erschien wieder, und das Blut war ihm ins Gesicht geschossen. Er musste sich sehr zusammenreißen, um nicht loszubrüllen, aber er schaffte es, sich unter Kontrolle zu halten. Seine Karten waren mehr als schlecht, und so antwortete er: „Ich war mit meiner Familie übers Wochenende verreist. Von Freitagnachmittag bis Sonntagabend waren wir bei meinen Schwiegereltern in Hamburg. Sie können es gerne nachprüfen. Hier ist die Anschrift." Er hatte einen Kugelschreiber gezückt und notierte die Adresse in sein Notizbuch. Mit einer heftigen Bewegung riss er die Seite heraus und schob sie über den Tisch. Als Vera den Zettel nahm, fügte er hinzu: „Aber bitte mit Anstand und Diskretion, mein Schwiegervater ist in leitender Stellung und es nicht gewohnt, von der Polizei ausgefragt zu werden."

Vera nickte nur kurz, schaute zu ihrem Vorgesetzten und meinte dann: „Wer ist das schon?"

Dr. Gäbler erhob sich. „Sie können dann gehen, Herr Maier. Das Protokoll der Befragung können Sie morgen unterschreiben. Einverstanden?" Maier nickte kurz und ging dann schnell aus dem Zimmer. Sein Abgang glich mehr einer Flucht und sein Einverständnis war nur formal.

Dr. Gäbler schaute zu Vera. Sie saß nachdenklich da und kaute an ihrer Unterlippe. Alles in allem machte sie einen unzufriedenen Eindruck.

„Alles in Ordnung?"

„Ja, alles im Lot. Wobei …"

„Ja?" Er trat einen Schritt dichter.

„Die ganze Befragung brachte kaum was Neues. Keinen neuen Anhaltspunkt. Warum Maier verschwieg, mit Thieme bekannt gewesen zu sein, konnte er auch nicht so richtig erläutern. Mit ist und bleibt dieser Mann suspekt."

„Na ja, bisschen dünn war das Ganze schon." Er kratzte sich am Kopf. „Wobei ich es ihm abnehme, was er zu seiner

Bekanntschaft mit Thieme sagte, und auch, dass er den richtigen Zeitpunkt verpasste, uns reinen Wein einzuschenken. Okay, ich schlage vor, wir machen für heute Feierabend. Das Protokoll hat bis morgen Zeit. Legen Sie die Kladde meiner Sekretärin auf den Tisch. Sie tippt es dann ins Reine. Und jetzt raus, Frau Rademacher! Ihre Kinder werden sicher auf Sie warten." Freundlich, aber bestimmt schob er sie aus seinem Dienstzimmer.

13

Freitagfrüh saß Vera Rademann mit ihrem Kollegen Volker Stuhr zusammen, und sie ordneten ihre Erkenntnisse. Seit einer Woche war Thieme nun schon tot, und sie hatten immer noch keinen Tatverdächtigen. In diesem Fall schien nichts zusammenzupassen. Thieme hatte keine Verwandten, und er pflegte keine Freundschaften. Es zeichnete sich immer mehr das Bild eines Eigenbrötlers ab. Jemand, der ganz in seiner Arbeit aufging, kaum soziale Kontakte hatte und zurückgezogen sein Leben lebte.

Der endgültige Autopsiebericht lag vor. Die Todesursache wurde bestätigt. Der toxikologische Befund war negativ. Weder Gifte noch Rauschmittel oder Narkotika hatte der Mann vor seinem Tod zu sich genommen. Vera legte den Bericht der Gerichtsmedizin zurück auf ihren Schreibtisch. Auch hier ergaben sich keine neuen Ansatzpunkte.

„Was erbrachte denn die Befragung der weiteren Nachbarn in Seevitz?", wandte sie sich an Stuhr.

„Zwei riesige Blasen an den Füßen, möchtest du sie mal sehen?" Stuhr streckte seine Beine in ihre Richtung.

„Untersteh dich, mir hier deine Käsefüße zu präsentieren."

Vera rümpfte die Nase, doch ihr Lachen stand dazu im Widerspruch. „Ich meine Ermittlungsergebnisse, Herr Kriminalkommissar Stuhr!"

Stuhr zog die Beine wieder an und berichtete: „Also, ich habe die restlichen Einwohner von Seevitz befragt. Keiner kannte Thieme genauer. Einige bestätigten mir, dass sie ihn vom Sehen her kannten, und das auch erst, nachdem ich ihnen ein Foto von Thieme gezeigt hatte." Stuhr schlug in seinem Notizbuch nach. „Außer einer Frau Hinrichs. Die sagte aus, ihr Mann habe von Thieme vor etwa einem halben Jahr eine Musikanlage preisgünstig gekauft. Herrn Hinrichs konnte ich nicht befragen, der ist zurzeit in Schweden, als Handwerker. Kommt am Dienstag zurück und hat dann vierzehn Tage Urlaub, der Glückliche."

„Und sonst?"

„Sonst nichts an verwertbaren Informationen. Frau Hinrichs sagte aus, ihr Mann habe mit Thieme das Geschäft gemacht. Sie hat Thieme nur einmal kurz gesprochen, als dieser nach ihrem Mann fragte."

„Ihr Eindruck von Thieme?"

„Sie beschreibt ihn als gepflegt, ruhig und freundlich. Er machte auf die Frau einen positiven Eindruck. Wobei die Leute, die sich an ihn erinnern, ihn alle ähnlich beschrieben haben."

„Weißt du, was mir zu denken gibt?"

„Nee, schieß los." Stuhr beugte sich vornüber und blickte Vera interessiert an.

„Der Mann wohnt drei Jahre in Seevitz, und keiner der Nachbarn kennt ihn näher. Mit keinem geht er eine Bekanntschaft ein, von Freundschaft ganz zu schweigen. Ab und zu spielt er Golf, aber auch im Golfklub geht er keine engeren

Verbindungen ein. Keine Liebschaften, keine verlassene Freundin, die um ihn weint. Der Mann hat ja gelebt wie ein Mönch!"

„Vielleicht war er schwul!?" Stuhr klatschte die Hände auf die Oberschenkel. „Ich koch mir jetzt einen Kaffee, und zwar einen starken. Möchtest du auch einen?"

„Bei der Wärme? Lass mal gut sein. Ich hol mir ein Wasser." Sie ging hinaus zum Getränkeautomaten, der auf dem Flur stand. Das kühle Wasser würde ihr gut tun. In ihrem Büro nahm sie das Zwiegespräch mit Stuhr wieder auf.

„An deinem Einwand könnte was dran sein, doch keiner hat bisher irgendeine Vermutung in dieser Hinsicht geäußert. Thieme und homosexuell? Wo ist dann sein Freund? Wenn da jemand wäre, den er liebte, warum fanden wir keine Fotos von diesem Menschen? Egal, ob Frau oder Mann. Und wenn ich mir seinen Einzelgesprächsnachweis des Telefons vom letzten Monat ansehe, führte er nur Gespräche mit dem Museum und ein Gespräch mit seiner KFZ-Werkstatt. Keine weiteren Telefonate. Das zeigt doch, dass es keine Person gab, die ihm nahestand."

„Und wenn diese Person mit ihm zusammen gearbeitet hat und sie gar nicht miteinander zu telefonieren brauchten, weil sie sich ja täglich sahen?"

„Dann solltest du am Montag diesem Gedanken nachgehen. Geh ins Museum und befrag die Mitarbeiter diesbezüglich. Vielleicht fällt dir etwas auf, oder sie reden mit dir offener."

„Na ja, mag ja sein, dass mir die Leute einiges mehr erzählen als dir, aber glauben tue ich es nicht." Vorsichtig pustete er in seinen Kaffee, um dann genüsslich einen kleinen Schluck zu nehmen.

„Glauben ist Religionssache! Übrigens, Religion: Welcher

Glaubensrichtung gehörte Thieme an?"

„Moment mal." Stuhr stellte die Tasse auf den Tisch und kramte in den Papieren, die auf seinem Schreibtisch lagen. „Konfession: evangelisch, hier hab ich's." Wie eine Trophäe schwenkte er ein Blatt Papier.

„Wann schaffst du Ordnung in diesem Chaos?"

„Chaos? Das ist kreative Ordnung!" Stuhr widmete sich wieder seinem Kaffee.

„Räum auf! Das ist eine dienstliche Weisung. Vielleicht fällt dir noch etwas auf, wenn du deine kreative Ordnung in eine allgemeingültige Ordnung verwandelst. Hast ja bis zum Feierabend Zeit dafür." Vera trank den letzten Rest des Wassers aus. Dann schaute sie zu Stuhr, der keinen glücklichen Eindruck machte. „Hast du den Pastor der Seevitzer Kirche auch befragt?"

Stuhr schüttelte den Kopf. „Ehrlich gesagt, an den habe ich gar nicht gedacht. Ich bin zwar mehrmals an der Kirche vorbei gelaufen, aber …"

„Kein Problem. Ich fahr selbst zu ihm und befrage ihn. Und du räumst auf! Ein schönes Wochenende!" Vera war aufgestanden und winkte Stuhr lächelnd zu.

In Seevitz angekommen, parkte Vera auf dem Parkplatz neben der Kirche. Am frühen Nachmittag war die Hitze des Tages besonders zu spüren. Kein Lüftchen wehte, und keine Menschenseele war zu sehen. Wahrscheinlich sind alle am Strand, dachte die Kriminalistin, als sie ihr Auto abschloss. Sie durchschritt die große Pforte und ging den Hauptweg, vorbei an alten Gräbern, in Richtung Kirche. Stolz, fast trutzig stand der Backsteinbau leicht erhöht am Rande des alten Friedhofes. Große Bäume spendeten Schatten. Vera schaute sich um. Hier musste es sich angenehm liegen. Die alten Grabsteine zeugten vom Reichtum längst vergangener Zeiten. Je näher sie der Kirche kam, umso älter und prachtvoller wurden die Begräbnisstätten. Große steinerne Engel oder riesige eiserne Kreuze zierten die Gräber, mit Jahreszahlen meist vor 1900. Sie drückte die große Klinke des Kirchenportals nieder, doch die Tür war verschlossen. Sie rüttelte mehrmals, dann trat sie einige Schritte zurück. Leise flüsterte sie: „So'n Schiet!“ Den Kopf im Nacken betrachtete sie den Kirchturm. Der goldene Wetterhahn blinkte hoch oben und reflektierte das Sonnenlicht.

„Besichtigungen immer vormittags! Gottesdienst ist am Sonntag und Orgelkonzert am Donnerstag!“

Vera fuhr herum. Sie brauchte einen Augenblick, bis ihre Augen sich an die veränderten Lichtverhältnisse gewöhnt hatten und sie denjenigen ausmachte, der sie angesprochen hatte. Im Schatten einer großen Ulme stand ein schlanker Mann, nicht größer als einen Meter siebzig, in blauer Latzhose, einen braunen australischen Lederhut auf dem Kopf und grasgrüne Gartenclogs aus Gummi an den Füßen. Auf Socken hatte er verzichtet, wie auch auf ein Hemd oder T-Shirt. Er schien im gleichen Alter wie die Kriminalistin zu sein.

„Ich wollte nicht die Kirche besichtigen!“, versuchte Vera sich zu rechtfertigen.

„Nein?“

„Nein! Ich suche den Pastor!“

„Aha! Und warum suchen Sie den Pastor?“

„Das sage ich ihm dann schon selber. Wissen Sie, wo ich ihn finden kann?“

Vera ging einige Schritte auf den Mann zu. Dieser lehnte sich an den Stamm der Ulme und sagte dann:„Weiß ich.“

„Und würden Sie es mir dann auch verraten?“ Sie stand jetzt

dicht vor dem Unbekannten. „Gerne.“ Um die Augen des Fremden zuckten kleine Lachfältchen und sein Mund lächelte ebenfalls.

„Und was muss ich tun, damit Sie so gnädig sind und es mir sagen?“

Vera lächelte ebenfalls. Dieser Mensch schien Humor zu haben, und sie mochte Leute mit Humor.

„Mir verraten, wer Sie sind!“

Vera zog ihren Dienstausweis aus der Tasche. „Zufrieden?“

Er verglich ihr Passbild sehr genau mit ihrem Gesicht und meinte dann: „Bin ich, bin ich.“ Er lüftete seinen Hut und fügte dann hinzu: „Gestatten, Pastor Kühnemann.“

Die Kriminalistin trat einen Schritt zurück. „Sie sind …“ Ein musternder Blick tastete den Pastor von oben nach unten ab.

„Ja, ich bin's … Auch wenn ich gerade nicht wie Gottes Stellvertreter auf Erden aussehe. Entschuldigen Sie bitte meinen Aufzug, aber ich rechnete nicht mit Damenbesuch, und die Karnickel brauchen Futter.“ Er wies hinter sich, wo eine Schubkarre voll mit gemähtem Gras stand, obendrauf eine Harke und die Sense.

„Ich komme wegen eines Bewohners. Sagt Ihnen der Name Thieme etwas?“ Vera versuchte, einen dienstlichen Ton anzuschlagen. Ihr Gegenüber nickte. „Ja, traurige Sache! Wenn Sie ein wenig Zeit haben, lassen Sie uns zum Pfarrhaus gehen.“ Die Lachfältchen waren verschwunden.

„Ja, gern. Sie kannten ihn also?“

„Natürlich!“ Er nahm die Schubkarre und wies mit dem Kopf hinter das Kirchenschiff. „Dahinten geht's raus … Mein schönes Fräulein, darf ich wagen, Arm und Geleit ihr anzutragen?“

„Oh, Goethe!"

„Ja, Goethe war der größte Deutsche, nicht nur der größte deutsche Dichter!"

„Zitat Pastor Kühnemann?"

„Nein, Karl Marx!"

Ruckartig blieb Vera stehen und drehte sich um. „Sie scherzen?"

„Nein, warum sollte ich." Pastor Kühnemann schüttelte den Kopf. „Marx war kein Dummer!"

„Das habe ich auch nicht gesagt. Es ist nur so: Ich habe noch keinen Pastor getroffen, der Marx zitiert."

„Tja, Sie wissen ja, alles Vortreffliche ist selten. Das sagte übrigens Cicero. Wenn wir jetzt weiter könnten? Sonst verhungern mir noch meine Kaninchen."

„Ja, klar! Immer geradeaus?" Vera zeigte mit der Hand nach vorn.

„Ja, bis zu der kleinen Pforte. Wenn Sie so nett wären, mir diese zu öffnen?"

Vera hörte wieder hinter sich das rhythmische Klappern des Sensenbaumes und des Harkenstiels, die bei jedem Schritt auf die Schubkarrenkante schlugen. Als es leicht bergab ging, wurde das Klappern schneller. Vera hielt die Pforte auf, und als der Pastor mit der Schubkarre durch war, ließ sie das Tor zufallen. Er stellte die Karre ab und holte aus der Brusttasche der Latzhose einen Schlüssel, mit dem er die Pforte abschloss. „Sicher ist sicher. Sonst nutzen die Leute den Weg über den Kirchhof und den Friedhof nur als Abkürzung."

„Und dieses Privileg steht nur Ihnen zu, richtig?"

„Genau! Das sind die kleinen Vergünstigungen, die der Beruf mit sich bringt. Wie das Futter hier." Er hob die Karre wieder an, und nun ging er voraus.

„Wie soll ich das verstehen?“

„Nun, die Wiese gehört zum Pfarrhaus. Früher hielt man sich noch Kühe und Schweine, aber das war lange vor meiner Zeit. Daher auch das Lied von Herrn Pastor sien Kau.“

„Ach so.“ Vera trabte hinterher. Pastor Kühnemann hatte an Tempo zugelegt. Entweder wollte er aus der gleißenden Sonne, denn Schatten war hier nicht, oder aber seine Kaninchen hatten tatsächlich Hunger.

Keine dreißig Meter entfernt sah Vera das Pfarrhaus. Alt war es und aus ebenso rotem Backstein erbaut wie die Kirche. Links und rechts neben dem Eingang standen Bauernrosen in verschiedenen Farbtönen.

„Wir müssen hinten rum.“

Pastor Kühnemann fuhr am Haus vorbei. „Wenn Sie so freundlich wären …?“ Er zeigte auf die kleine Gartenpforte.

„Gewiss!“ Vera sprang nach vorne und öffnete sie. Der Garten, den sie betraten, war von meisterlicher Hand angelegt. An uralten Apfelbäumen rankten sich Kletterrosen empor, und mehrere Blumenrabatten leuchteten um die Wette. Alles sah wie natürlich gewachsen aus. Groß wechselte sich mit Klein ab, Grün mit Bunt. Herrlich, dachte die Kriminalistin. Wenn ihr Garten nur halb so schön wäre!

Hinter großen Rhododendronbüschen waren die Ställe. Hühner scharrten in diesem abgesperrten Teil im Sand, und die Kaninchen lagen träge in ihren Buchten. Jedes der Tiere bekam eine Portion Futter. Vergnügt schaute Vera ihnen beim Mümmeln zu. Sie vergaß fast, warum sie hier war, so schön war die Idylle.

„Wenn Sie mitkommen möchten?“

Einladend wies der Pastor in Richtung eines Gartenpavillons, an dem wilder Wein und Clematis um die Wette rankten. Gern ließ sich die Kriminalistin im schattigen Pavillon nieder.

Pastor Kühnemann nahm seinen Hut ab und holte aus einer Tasche seiner Hose ein riesiges kariertes Taschentuch hervor, mit dem er sich den Schweiß vom Gesicht wischte. Lachend sagte er: „Einen Moment Geduld bitte. Ich muss mich erst umziehen. Wenn Sie so lange alleine bleiben könnten?"

Vera nickte freundlich. Interessiert schaute sie sich um. Viele Insekten besuchten die weit geöffneten Clematisblüten, die mit ihrem dunklen Violett und reinen Weiß einen herrlichen Kontrast zum dunkelgrünen Weinlaub abgaben. Es summte und brummte um sie herum. Schwerfällige Hummeln dröhnten und Bienen tauchten ihren Rüssel in die Blüten, so flink, als wenn sie Angst hätten, dass jemand ihnen zuvorkommen könnte. Die Kriminalistin lehnte sich zurück und schloss die Augen. Herrlich!

Die Stimme von Pastor Kühnemann holte sie in die Wirklichkeit zurück. „Entschuldigung, ich wollte Sie nicht stören."

„Nein!" Vera wehrte ab. „Wenn sich jemand entschuldigen muss, dann ich. Erst komme ich unangemeldet hierher, und dann schlafe ich fast ein. Aber es ist so schön hier …"

„Das ist das Verdienst meiner Frau. Den Garten hat sie angelegt. Ich habe uns etwas zum Trinken mitgebracht." Er stellte ein Tablett auf den Tisch, setzte zwei Gläser und eine Karaffe mit Eistee vor sich.

Beim Einschenken konnte Vera ihn beobachten. Er trug jetzt ein helles Hemd und eine Leinenhose. Dort, wo vorhin der australische Lederhut saß, sah man schwarzes Haar, das von grauen Strähnen durchzogen war. Nur ein roter Striemen an der Stirn kündete noch von dem Hut. Jetzt konnte sie ihn sich im Talar auf der Kanzel beim Gottesdienst vorstellen.

„Herr Kühnemann, Sie sprachen vorhin von Orgelkonzerten in Ihrer Kirche."

„Stimmt. Jeden Donnerstagabend spielt meine Frau. Und unter uns gesagt, sie spielt herrlich." Er prostete ihr zu. „Wobei ich anerkennen muss, dass unsere Orgel auch nicht schlecht ist. Das gute Stück wurde 1996 restauriert, müssen Sie wissen. Eine historische Mehmelorgel! Und die Konzerte geben wir schon seit 25 Jahren." Er nahm einen großen Schluck aus seinem Glas.

Vera trank auch. Ihr wurde erst jetzt bewusst, wie durstig sie war. Die Hitze des Tages forderte Tribut. Wunderbar kühl war der Tee.

„Um an vorhin anzuknüpfen, Sie kommen wegen Herrn Thieme?" Pastor Kühnemann schaute Vera an.

„Ja. Ich bin auf der Suche nach Menschen, die ihn näher kannten. Nachbarn, Freunde, eben sein engeres Umfeld. Und Sie kannten ihn?" Den letzten Satz sprach sie mit Nachdruck.

„Kennen? Wie heißt es im ersten Korintherbrief: 'Welcher Mensch weiß, was im Menschen ist?' Sagen wir mal, er war mir nicht unbekannt."

Vera nickte. Sie verstand genau, was der Pastor sagen wollte. „Seit wann waren Sie mit Herrn Thieme bekannt?" Sie hatte ihr Notizbuch aufgeschlagen. Ihre Worte bekamen dadurch einen dienstlichen Charakter.

„Kurz nachdem er in unsere Gemeinde gezogen war. Er kam zu mir und stellte sich vor."

„Also ein Schäflein, das seinen Hirten suchte, und nicht umgekehrt?"

„In diesem Fall war es so, obwohl … Wissen Sie, Jesaja sagte: 'Wer glaubt, der flieht nicht.'"

„Und Thieme floh? Wovor?"

Der Pastor zuckte die Schultern. „Ich weiß es nicht. Zuerst nahm ich an, seine Arbeit nähme ihn sehr in Anspruch, aber das konnte es nicht sein. Familie hatte er auch nicht. Damals, als er hierher zog, glaubte ich, ein Gemeindemitglied gewonnen zu haben, das sich aktiv einbringt, doch …" Er machte eine lange Pause, um dann nach einiger Zeit weiterzureden. „Ja, wie gesagt, ein aktives Mitglied, dachte ich. Doch er machte sich rar. Kam zwar zum Gottesdienst oder auch zu Veranstaltungen und zu einigen Konzerten, aber um etwas zu bewegen, da musste man ihn ansprechen."

„Hatte er mit irgendjemandem näheren Kontakt?"

„Nein. Manchmal kam er her, und wir tranken ein Glas Wein. Er bevorzugte Badischen Riesling, und ich hielt mich an Chilenischen Merlot. Dann philosophierten wir ein wenig, so über Gott und die Welt."

„Trank er viel und gerne?"

„Ach, herrje! Bei Herrn Thiemes Weingenuss wäre jeder Winzer pleitegegangen. Ein halbes Fläschchen – höchstens, und das vielleicht alle drei Monate. Da kenne ich ganz andere Schluckspechte. Fragen Sie mal unseren Johansen, der braucht jeden Tag seine Flasche Korn. Wenn der keinen Köm hat, dann ist er krank. Prost!" Pastor Kühnemann nahm einen großen Schluck Eistee.

„Und sonst? Wie war Thieme sonst? Hatte er keine Freunde oder eine Freundin? Hatte er Streit mit jemandem aus der Gemeinde?"

Der Pastor schüttelte den Kopf. „Streit? Nicht, dass ich wüsste. Thieme war Pazifist. Richtig streiten konnte der sich gar nicht. Glaube ich zumindest. Und Freunde oder Freundin? Nee. Da war auch niemand. Hat so manchen bei uns gewundert. Er war gebildet, nicht hässlich - wobei ich nicht sagen möchte, dass man den Menschen nach seinem Äußeren beurteilen soll." Er hatte die Hände gehoben. „Hatte Arbeit und Geld, aber da war niemand, an den er sein Herz verlor."

„Wussten Sie, wie vermögend Herr Thieme war?"

„Sein Sparbuch hat er mir nicht gezeigt, wenn Sie das meinen, aber Geld hatte er schon. Er war immer großzügig, wenn es um unsere Kirchengemeinde ging. Hat viel gespendet. Wobei er immer anonym bleiben wollte."

„Ach! Er wollte nie genannt werden?"

„Nein! Ich fragte ihn mal beim Wein danach. Er antwortete mir, dass es in dieser Region, wo so viele von Sozialhilfe leben, unangebracht sei zu protzen. Dieses überlasse er anderen."

„Löblich, diese Einstellung, aber etwas ungewöhnlich in unserer Zeit."

„Stimmt. Er wollte nicht mal eine Spendenbescheinigung. Nicht eine einzige, dabei hätte er sicher einiges von der Steuer absetzen können. Möchten Sie noch etwas trinken?" Er hatte die Karaffe angehoben. Vera nickte. „Ja, gerne." Sie hielt ihm ihr Glas entgegen. „Bei der Hitze kann man gar nicht genug trinken."

„Ja, der Sommer meint es dieses Jahr gut mit uns. Die Urlauber freut es, und die Bauern stöhnen. Regen täte gut."

Sie nickte. „Welche Projekte unterstützte Herr Thieme, oder dürfen Sie das nicht sagen?"

„Warum nicht? Ich glaube, ich bin an mein Versprechen, das ich Herrn Thieme gab, nicht mehr gebunden. Wenn Sie es nicht an die große Glocke hängen?"

„Warum sollte ich?"

„Ja, warum sollten Sie?" Pastor Kühnemann drehte sein Glas einen Augenblick in den Händen hin und her, dann sprach er weiter. „Er unterstützte unseren Kirchenchor finanziell. Dann setzte er sich für unsere Kinderferienwoche ein. Dieses Projekt lag ihm sehr am Herzen. Er zitierte einmal Novalis, warten Sie, 'Wo Kinder sind, da ist ein goldenes Zeitalter', ja, genau! Dann gab er auch noch Geld für unsere Seniorenfeier und für die Sozialstation. Die Spende für die Sozialstation übergab er mir erst vor drei Wochen."

„Viel?"

„Ja. 5000 Euro für das Nötigste, sagte er. Wenn es nicht reiche, solle ich ihn ansprechen, er wolle sich dann kümmern."

„Was genau macht die Station?"

„Wir wollen jedem Schulkind in unserer Umgebung ein kostenloses Mittagessen ermöglichen. Dafür haben wir Räumlichkeiten zur Verfügung gestellt, und die benötigten Lebensmittel bekommen wir als Spende. Aber es fehlte an Töpfen, Pfannen, Geschirr und Ähnlichem. Als Herr Thieme von unserem Dilemma erfuhr, kam er abends vorbei und brachte mir das Geld, damit wir pünktlich zum Schulanfang starten können, und das können wir jetzt." Der Pastor verschränkte die Arme vor der Brust. Die Kriminalistin sah es ihm förmlich an, wie stolz er auf das Erreichte war. Gebührend lobte sie ihn.

„Ihr Lob in allen Ehren, aber wie wäre es, wenn Sie uns unterstützen würden?"

„Sie meinen finanziell?" Vera war überrascht.

„Nein, nicht unbedingt. Ich dachte mehr an eine Zusammenarbeit auf geistiger Ebene. Es gibt doch einige Jugendliche, die, sagen wir es vorsichtig, ein wenig über die Stränge schlagen."

„Und an diese Jugendlichen dachten Sie?"

„Ja. Wenn wir uns nun an diese Jugendlichen wenden

würden, mit speziellen Angeboten, dann müsste es uns doch möglich sein, sie von größeren Dummheiten abzuhalten." Er hatte sich bei diesen Worten weit über den Tisch gebeugt.

„Mmh … Wissen Sie, wir haben mehrere Projekte zu laufen. Unter anderem gegen Gewalt an Schulen und gegen illegale Graffiti. Das wäre schon etwas, wenn es uns gelänge, dies auf breitere Füße zu stellen … Ich gebe Ihnen mal die Telefonnummer von unserem Pressesprecher, der koordiniert solche Sachen. Und am Montag spreche ich mit meinem Vorgesetzten. Einverstanden?"

„Einverstanden! Darauf erhebe ich mein Glas."

Lachend stießen sie mit dem Rest des Eistees an. Vera schaute auf die Uhr. Sie hatte seit einer Stunde Feierabend. Mein Gott, wie schnell war die Zeit vergangen. Der Pfarrer bemerkte ihren Blick.

„Noch etwas vor?", fragte er.

„Ja, meine Kinder werden auf ihre Mutter warten."

Vera trank den letzten Schluck und erhob sich dann. „Vielen Dank für die Zeit und das Gespräch."

„Das ist doch nicht der Rede wert. Es war ja von gegenseitigem Vorteil." Er zeigte auf den Zettel mit der Telefonnummer des Pressesprechers.

Vera verabschiedete sich. Der Pastor brachte sie bis zur kleinen Friedhofspforte, damit sie schneller bei ihren Kindern war und keinen Umweg zu laufen brauchte, wie er sagte. Im Auto dachte sie über das Gehörte nach. Wenige Minuten später startete sie den Wagen und fuhr nach Hause.

Dort empfing sie ein leeres Haus. Nur ihr Kater, Nebukadnezar, strich ihr um die Beine. Laut miauend forderte er sein Futter. „Ja doch, mein Kleiner, es gibt ja gleich was." Vera streichelte das Tier. Auf dem Küchentisch fand sie einen Zettel von ihren Kindern. Diese teilten ihr mit, dass sie am Strand seien und erst am Abend vom Baden zurückkämen. „Na toll!“, dachte Vera. Sie ging in die Speisekammer, um dem Kater sein Futter zu geben. Es war nur noch eine Dose im Regal. Ihr fiel ein, dass das Wochenende bevorstand und sie noch einkaufen musste. „Auch das noch. Freitagnachmittag und Einkaufen.“ Nebukadnezar schaute verständnislos auf sein Frauchen. Was hatte sie bloß? Hatte er ihr nicht eine Maus auf die Schwelle gelegt? Warum schaute sie dann so böse drein? An ihm konnte es wohl nicht liegen. Laut schmatzend machte er sich über den Inhalt der Dose her, den ihm sein Frauchen in den Napf geschüttet hatte.

Vera beobachtete das fressende Tier. Der Kater hatte es doch gut. Er brauchte sich keine Gedanken über Familie, Einkaufen, Kindererziehung und Mordfälle zu machen. Sie kontrollierte den Inhalt des Kühlschranks, der Speisekammer und der Küchenschränke. Der Einkaufszettel fiel recht lang aus. Am meisten ärgerte sie, dass ihre Kinder keine Getränke geholt hatten. Jetzt musste sie sich wieder mit den schweren Flaschen abschleppen. Andere Frauen trugen ihren Männern das Bier nach Hause, sie schleppte für ihre Kinder Saft und Wasser. Ärgerlich klappte sie mit den Türen der Küchenschränke.

Der Kater beendete sein Mahl und beschloss, das Haus zu verlassen. Im sonnigen Hof konnte man sich genauso gut putzen, und dort war es stiller. Er huschte Vera durch die Beine, als diese das Haus zum Einkaufen verlassen wollte. „Verflucht, musst du mir ein Bein stellen?“, hörte er noch, dann war er auf dem Hof. So laut war sein Frauchen selten, dachte er bei sich, dann widmete er sich der Fellpflege.

Vera warf sich mehr in ihr Auto, als dass sie einstieg. Das

muss die Hitze sein, dachte sie. Hauptsache, es kommt bald Regen - und mit ihm endlich Abkühlung. Dann startete sie den Wagen.

14

Der Regen kam erst Montagnacht. Der Wetterbericht hatte ihn angekündigt, doch Vera hielt nicht viel auf die Vorhersagen der Meteorologen. Das Grollen des Donners weckte sie. Der Wecker zeigte kurz nach drei Uhr früh. Die Gardine im Schlafzimmer wurde vom kräftigen Wind aufgebläht. Wie ein Spinnaker ragte sie ins Zimmer. Vera stand auf, um das Fenster zu schließen. Auf halbem Weg leuchtete ein Blitz hell auf und tauchte das Zimmer in ein kaltes, bläulichweißes Licht. Sekunden später folgte der Donner. Sie schaute aus dem Fenster. Der Wind hatte zugenommen und zerrte an den Rosen und den Bäumen. Sand wurde an die Scheibe geweht. Sie schloss schnell das Fenster. Barfuß lief sie durch das Haus, um zu kontrollieren, ob alle anderen Fenster geschlossen waren. Das Ochsenauge im Zimmer ihres Sohnes stand sperrangelweit offen und Kevin schlief tief und fest. Vera schloss auch dieses Fenster und deckte dann ihr Kind zu. Die nächtliche Kühle kroch an ihren nackten Beinen hoch. Leise lief sie in ihr Zimmer zurück. Blitz und Donner folgten jetzt dicht hintereinander. Das Gewitter musste direkt über Mönchgut stehen.

Unterwegs stieß sie auf Nebukadnezar, der zitternd Zuflucht suchte. „Komm mit, Kleiner." Vera sprach beruhigend auf das Tier ein. Sie rutschte unter ihre Decke, ein leises Klopfen auf die Matratze, und Nebukadnezar sprang auf das Bett und rollte sich dicht an ihrer Hüfte ein. Ihre Hand streichelte sein weiches Fell, und er bedankte sich mit heftigem Schnurren. Draußen tobten die Elemente, und als der Wind sich legte und das Rauschen des Regens einsetzte, schlief sie wieder ein.

Als der Wecker klingelte, brauchte sie einen Moment, um sich zu orientieren. Nebukadnezar schaute sie mit großen Augen an, die wie polierter Bernstein glänzten. Dann machte er einen riesigen Katzenbuckel und sprang aus dem Bett, als wollte er ihr den Weg zeigen. „Ja, ja, ich komme“, brummelte Vera und steckte die Beine aus dem Bett. Das Gewitter war abgezogen, und auch der Regen hatte aufgehört. Ihre Kinder schliefen noch. Sie ließ den Kater raus, und nach der Morgentoilette und einem schnellen Frühstück fuhr sie ins Präsidium.

Die Dienstbesprechung begann pünktlich. Hier wurden die letzten Ermittlungsergebnisse ausgewertet und die neuesten Fälle besprochen. Vera konnte, dank dem Gespräch mit Pastor Kühnemann, einige neue Erkenntnisse besteuern. Sie beschlossen, die genaue Untersuchung des gefälschten Bildes und die Spurenanalyse des gefundenen Autos abzuwarten. Bis dahin sollten alle anderen Spuren ausgewertet und abgearbeitet werden.

In ihrem Büro beriet sie sich mit Stuhr. Ein Klopfen an der Tür unterbrach die Unterhaltung. Herein trat eine junge Frau mit kurzen bunten Haaren, kecken Sommersprossen auf der Nase und einem Lächeln im Gesicht.

„Hallo! Mein Name ist Heise, Doreen Heise. Ich soll mich bei Ihnen melden.“

„Aha, und weswegen?“ Stuhr war aufgestanden und starrte fasziniert auf die bunte Haarpracht, die in allen Farben des Regenbogens leuchtete.

„Ich darf mein Praktikum hier absolvieren. Bin ich richtig?“ Sie schaute von Vera zu Stuhr.

„Ja, sind Sie. Herzlich willkommen.“ Er ging der jungen Frau entgegen und schüttelte ihr die Hand. „Wir warten schon auf Sie!“

„Bin ich zu spät?“ Sie warf ungläubig einen schnellen Blick auf ihre Armbanduhr.

„Nein, so habe ich das nicht gemeint.“ Stuhr entschuldigte sich. „Wir warten auf Sie, weil wir so viel Arbeit haben. Also, wie gesagt, herzlich willkommen.“ Stuhr machte einen Schreibtisch der erkrankten Kollegen frei. Auch Vera hieß die Praktikantin herzlich willkommen und zeigte ihr dann das Büro. Sie wiesen die neue Kollegin in den aktuellen Fall ein.

Mitten im Gespräch klingelte das Telefon. Dr. Gäbler teilte Vera mit, dass in zwei Stunden jemand vorbeikäme, um den Safe in Thiemes Wohnung zu öffnen. Sie ließ sich die Telefonnummer des Fachmanns geben. Das Gespräch mit ihm war kurz. Vera verabredete sich mit ihm in Thiemes Wohnung und gab ihm die Anschrift. Ein flüchtiges Lächeln trat in ihr Gesicht. Eventuell kamen sie heute wieder einen Schritt weiter. Ihr ging noch immer alles zu langsam. Die Auswertung der Kunstsachverständigen ließ auch noch auf sich warten. Sie besprach sich mit Stuhr. Der versprach, sollten am Nachmittag noch keine Ergebnisse aus Leipzig vorliegen, dort noch mal Druck zu machen.

„Es muss doch herauszukriegen sein, wann dieses vermaledeite Bild gemalt wurde und von wem. So viele Fälscher wird es doch nicht geben, oder? Wann wurde es ausgetauscht? Im Museum, auf dem Transport oder erst in Leipzig?“ Stuhr ging durch das Büro.

„Und wenn du jetzt noch die Rolle von Thieme erwähnst,

dann hast du vielleicht alle Teile des Puzzles zusammen."

„Ja, aber auch nur vielleicht. So einen beschissenen Fall hatten wir schon lange nicht mehr. Ehrlich gesagt, da sind mir die klaren Fälle lieber. 'Ehefrau erschlägt ihren Mann im Suff' oder 'Kneipenschlägerei führt zum Tod', das sind Fälle, die nicht schön sind, Gott bewahre, nein, aber die hat man ruck, zuck gelöst. Bei diesem hier sind wir kaum einen Schritt weiter." Er wurde immer lauter.

„Ich versteh' dich ja." Vera begab sich ebenfalls auf eine Wanderung durch das Büro. „Aber nun sag mir, wo sollen wir ansetzen? Trotzdem, Kneipenschlägerei hin oder her, ich löse diesen Fall! Mensch, Stuhr, wir haben die höchste Aufklärungsquote, und das wird so bleiben!" Sie war vor dem Weg-Zeit-Diagramm stehen geblieben.

„Schau dir das an, viel zu viele Lücken." Ihre Hand klopfte an die Wand. „Thieme - das Phantom? Äh, das glaube ich nicht." Sie machte eine abwertende Handbewegung.

„Dieser Mensch lebte zwar unauffällig, aber er lebte hier auf der Insel. Irgendeiner muss ihn genauer kennen, und irgendjemand hat ihn auch gesehen. Und diese Personen müssen wir finden - und dann den Mörder." Sie schaute zuerst auf Stuhr und dann auf die Praktikantin. „Was ist mit seiner Vergangenheit? Bevor er auf die Insel zog?" Stuhr stand dicht vor Vera. „Wenn wir hier alle Spuren abgearbeitet haben, dann können wir von mir aus bei seiner Geburt beginnen. Ich glaube nicht, dass der Grund für seinen Tod so weit in seiner Vergangenheit zu suchen ist. Mich interessiert vor allen Dingen, woher kommt die Fälschung!? Im Geschäft wird man so etwas ja nicht zu kaufen bekommen."

„Vielleicht doch!" Vera und Stuhr schauten überrascht zu ihrer neuen Praktikantin.

„Wie meinen Sie das?“ Vera hatte sich als Erste gefasst. „Kennen Sie ein Geschäft, wo man Fälschungen kaufen kann?“

„Nein! Kenne ich natürlich nicht. Aber schauen Sie mal.“Sie breitete das OSTSEEBLATT vor Vera aus. „Hier, die Annonce: Kopien berühmter Gemälde, Galerie an der Promenade in Binz.“

Vera und Stuhr schauten erst die Anzeige, dann einander und zum Schluss die Praktikantin an.

„Das ist ein Ding!“ Stuhr ließ einen leisen Pfiff ertönen. „Fast vor der Haustür. Wenn da mal nicht das Leipziger Bild herstammt.“

Vera notierte sich die Anschrift aus der Anzeige und sagte dann: „Abwarten, Kollege. Da fahre ich, nachdem der Safe geöffnet wurde, vorbei.“ Und zur Praktikantin gewandt: „Willkommen im Team, Frau Heise.“

Etwas leiser fügte sie hinzu: „Warum habe ich die Anzeige nicht gesehen? Von wann ist die Zeitung?“

„Von heute früh.“ Frau Heise strahlte. Ihr Gesicht war von einer zarten Röte überzogen.

„Na, dann“, sagte Vera. „Vor heute Abend käme ich gar nicht dazu, sie zu lesen. – Also, ich fahre jetzt zu Thiemes Wohnung. Mal sehen, was sich in seinem Safe befindet. Ihr dürft Büroarbeit machen. Sie, Frau Heise, werden sich die Akte Thieme ansehen. Alles, was Ihnen unklar erscheint, wird notiert. Ebenso, wenn Sie neue Lösungsansätze erkennen. Kollege Stuhr als ihr Betreuer wird Sie unterstützen. Und du“, sie zeigte auf Stuhr, „kümmerst dich mal um die räumliche Darstellung. Mich interessiert, wieso das Auto von Thieme in Sassnitz gefunden wurde, und ob er dort sein letztes Bad genommen haben kann. Unser Ort-Zeit-Diagramm kann auch ergänzt werden. Alles klar?" Sie wartete keine Antwort ab, sondern war beim letzten Satz schon halb aus der Tür.

In Seevitz musste sie warten. Der Fachmann zum Öffnen des Safes stand im Stau. Vera nutze die Zeit für einen kleinen Spaziergang. Sie beobachtete Spatzen, die in einer Pfütze ein Bad nahmen. Laut schilpend plusterten sie sich auf und stritten um die besten Plätze. Wie bei uns Menschen, dachte Vera. In wenigen Stunden würden die Spatzen ihren kleinen Badesee verloren haben. Die Sonne schien wieder mit ganzer Kraft. Die Pflanzen, die unter der Trockenheit der letzen Wochen stark gelitten hatten, sahen heute etwas frischer aus. Doch auch dies würde schnell wieder vergehen. Vera wischte sich den Schweiß von der Stirn. Ein Blick noch in den wolkenlosen, blauen Himmel, dann ging sie zu Thiemes Wohnung.

Vor dem Haus gab es ein wenig Schatten. Sie zog sich dahin zurück: Raus aus der prallen Sonne und einen Augenblick die Stille genießen. Doch ihr Genuss wurde jäh von Autogedröhn unterbrochen. Der Fachmann für den Safe fuhr vor. Heftig warf er die Autotür zu, und mit Schwung zog er einen großen Koffer aus dem Heck.

„Schöner Mist! Tut mir leid, dass ich mich verspätet habe, aber dieser Stau …" Unmutsfalten auf der Stirn unterstrichen seine Worte.

Vera schloss erst die Haustür, dann die Wohnungstür auf. Sie zeigte ihm den Tresor. Ein prüfender Blick von ihm, und er holte einen zweiten Koffer. „So, jetzt kann es losgehen!" Minutenlang arbeitete er schweigend. Vera beobachtete ihn, wie er sich mit verschiedenen Werkzeugen den Schlössern näherte. Wie ein Chirurg, dachte sie, vorsichtig, aber doch zügig.

„Da haben Sie mir aber ein schweres Stück Arbeit aufgehalst." Er schaute sich um und blickte Vera in die Augen.

„Mögen Sie keine Herausforderungen?" Sie hielt seinem Blick stand.

„Doch, doch … Aber diese neuen Schränke haben wenig Seele. Ich mag mehr die alten Tresore. Das war noch Handarbeit par excellence." Er widmete sich wieder seiner Arbeit.

„Und die neuen Safes? Die sind nicht mehr so schön?"

„Nein!" Er arbeitete und redete jetzt gleichzeitig. „Die haben keine Seele mehr. Früher waren die Schlösser wahre Meisterwerke der Handwerkskunst, und jeder Meister versuchte, den anderen zu übertreffen. Heute kommt immer mehr Elektronik dazu. Früher war alles mechanisch." Er kam ins Schwärmen. Vera erfuhr vieles über den Aufbau von Tresoren, über Zahlen- und Kombinationsschlösser und über die Vergesslichkeit ihrer Besitzer. Nach über drei Stunden war der Safe offen. Mit einer gewissen Genugtuung öffnete der Fachmann die schwere Tür. „Voilà! Wieder jemand, der mir nicht widerstehen konnte." Er zeigte in das Innere und lächelte Vera an.

„Schön! Dann bitte ich Sie, nun als Zeuge zu fungieren."

„Wie? Ich habe noch einen Auftrag zu erledigen." Das Lächeln war wie fortgewischt.

„Dauert nicht lange." Nun lächelte Vera den Mann an. Der Tresor enthielt wenig. Einen Ordner mit Versicherungspolicen und Bankurkunden sowie einen Hefter mit Garantieurkunden und Quittungen. Ganz unten allerdings fand Vera einen Laptop und eine externe Festplatte. Sie protokollierte alles und ließ den Zeugen gegenzeichnen.

Eine Viertelstunde später versiegelte sie die Wohnung neu. Der Fachmann für den Safe war mit durchdrehenden Reifen gestartet. Eine Staubfahne lag noch in der Luft, als

Vera das Haus verließ, in den Händen einen Karton mit den Fundsachen. Ein Blick auf die Uhr, und sie beschloss, zuerst den Karton ins Büro zu bringen.

Stuhr und die Praktikantin saßen brütend über den Aufzeichnungen. Sie bat die beiden, sich nicht stören zu lassen, dann war sie auch schon wieder aus dem Zimmer. Sie wollte nach Binz, in die Galerie.

Vera suchte einen Parkplatz. Jetzt, in der Saison, war es schwierig, im Ort einen freien Platz zu finden. Wer wollte schon gerne weit zum Strand laufen? Einige Meter vor ihr rangierte ein Mercedesfahrer seinen Wagen aus einer Lücke. Geduldig wartete sie, bis der ältere Herr ausgeparkt hatte. Hinter ihr stauten sich die Fahrzeuge. Manch ein Fahrer hupte nervös, doch das war ihr egal. Zügig parkte sie ein und strafte alle Lügen, die behaupten, Frauen können nicht einparken. Noch schnell ein Geldstück in die Parkuhr, und sie begab sich zur Galerie. Zwei Querstraßen weiter lächelte ihr von einem Aufsteller die Mona Lisa entgegen. Große Fenster mit bekannten Bildern zogen die Blicke der Vorbeigehenden an. Vera trat ein und sah sich um. Die Galerie war hell und gut besucht. Im Hintergrund umringte eine Menschengruppe einen Mann. Groß war er und dunkelhaarig. Mit sonnengebräuntem Gesicht schaute er lächelnd auf die Menschen, die um ihn standen.

Vera trat näher. Er unterhielt sich mit den Leuten in einer Sprache, die Vera fremd war. Sie glaubte, dass es Schwedisch war. Er schaute kurz zu ihr und nickte dann grüßend. In seinem Blick lag ein Ausdruck, als wollte er sich entschuldigen. Vera vermutete in ihm den Inhaber. Sie nickte zurück und sah sich weiter um. Aquarelle betrachtete sie und Ölgemälde. Doch auch einige Skulpturen waren vorhanden sowie eine Vitrine mit Schmucksachen. Bernstein und Silber sah sie, kombiniert mit Holz und Leder. Interessante Stücke, die einen Hauch Küste in sich trugen. Die Gruppe, die den dunkelhaarigen Mann beschäftigt hatte, drängte fröhlich zum Ausgang. Eine merkwürdige, fast museale Stille trat ein.

„Darf ich behilflich sein?“ Leise sprach er, mit angenehmem Timbre, wie Vera feststellte. „Gerne.“ Sie drehte sich um und sah in zwei braune Augen, in denen kleine silberne Splitter zu funkeln schienen.

Sie wies sich aus, und ein musternder Blick ging zwischen ihrem Dienstausweis und ihrem Gesicht hin und her.

„Sie kommen dienstlich?“ Er lächelte.

„Ja, ich bin dienstlich hier. Herr …“

„Grabowski, Torsten Grabowski.“ Eine leichte Verbeugung begleitete die Vorstellung.

„Herr Grabowski, sind Sie der Inhaber dieser Galerie?“

„Ja, der bin ich, aber was kann ich für Sie tun?“

„Nun“, Vera überlegte einen Augenblick, „ich bräuchte einige Auskünfte bezüglich Ihrer Bilder.“

„Ja?“ Er lächelte immer noch, und dieses Lächeln war so ansteckend, dass Vera ebenfalls lächelte.

„Ja, und zwar suche ich einen Corinth.“

„Als Kunstdruck oder gemalt?“

„Kein Kunstdruck.“ Vera machte eine abwehrende Handbewegung. „Ich suche eine Fälschung. Um genau zu sein, suche ich ‘Das Mädchen mit dem Blumenkorb’.“

Das Lächeln aus seinem Gesicht war verschwunden.„Da kann ich Ihnen leider nicht weiterhelfen. Ich handle nicht mit Fälschungen.“ Er trat zurück, und eine Augenbraue hatte er in die Höhe gezogen.

„Sondern?“

Vera war der Stimmungsumschwung nicht verborgen geblieben.

„Sie finden hier nur Originale und Kopien, dazu Kunstdrucke und Schmuck. Fälschungen kommen mir nicht ins Haus!“

Ein Paar betrat die Galerie. Herr Grabowski entschuldigte sich bei Vera und wandte sich seiner Kundschaft zu. Vera tat so, als betrachte sie die Schmuckstücke vor sich in der Vitrine, doch sie beobachtete Grabowski. Ruhig und immer mit einem Lächeln auf den Lippen führte er die Verkaufsverhandlungen. Es schien um einen größeren Auftrag zu gehen. Nach circa dreißig Minuten war man handelseinig. Grabowski ließ sich den Auftrag schriftlich bestätigen. Nach den Gesichtern zu urteilen, musste es sich um ein Geschäft zum gegenseitigen Vorteil handeln. Freundlich begleitete der Galerist seine Kundschaft zur Tür. Dann kam er zu Vera.

„Wo waren wir stehen geblieben?“

„Sie erklärten mir, dass es bei Ihnen keine Fälschungen gebe.“

„Ah, ja. Genau, Frau Rademacher.“ Sieh an, dachte Vera, er hat sogar meinen Namen behalten, ohne dass ich ihn genannt habe. Der Galerist schien jemand zu sein, der genau beobachtete und sich merkte, was er sah. Viele hätten nur das Wort ‘Polizei’ auf ihrem Dienstausweis gelesen und vielleicht noch ihr Passfoto betrachtet, doch er hatte ihren Namen wahrgenommen und behalten. „Aber ich könnte bei Ihnen einen nachgemachten Corinth kaufen?“ Grabowski begann zu lachen. „Entschuldigung, aber Sie sind lustig“, brachte er nach einer Weile hervor, als er sich wieder beruhigt hatte. „Nachgemacht - wie sich das anhört. Kommen Sie mal mit.“

Er nahm sie am Arm und zog sie vor ein Gemälde. „Und, was sehen Sie?“, fragte er sie dann.

„Ein Bild, auf dem eine junge Frau mit Sonnenschirm spazieren geht. Wenn mich nicht alles täuscht, ein Monet, und da sich das Original in Paris befindet, muss es sich wohl um eine Fälschung handeln."

„Nein, eben nicht. Das ist eine Kopie des von Ihnen richtig beschriebenen Bildes. Eine Fälschung hat andere Attribute. Warten Sie mal." Er nahm das Bild von der Wand und drehte es um. „Schauen Sie!" Die Kopistin hatte sich auf der Rückseite verewigt, und deutlich prangte das Wort 'Kopie' auf der Leinwand. Er drehte das Gemälde wieder um. „Sie finden auch keine Patina, keine Risse oder Vergilbungen. Und es gibt immer kleine Abweichungen zum Original. Der Maler versucht, sich dem alten Künstler zu nähern. Er horcht sozusagen in den Meister hinein." Vorsichtig hängte er das Bild wieder an seinen Platz. „Sagen Sie mal …", er hatte sich zu Vera umgedreht, „Sie wussten sofort, dass es sich um eine Kopie von Monet handelt und dass sich das Original in Paris befindet?"

„Ja, im Musée d'Orsay, genau an der Seine." Ein träumerischer Zug trat in ihr Gesicht. „Und wenn ich mir Ihre Kopie so betrachte, ist sie fast so gut wie das Original."

„Sie kennen das Original?"

Vera nickte. „Ja! Ich war 1989 dort. Leider ist das schon viel zu lange her. Und Sie?"

„Ich? 1991 war ich in Paris, und 2004 noch einmal. Tolle Stadt, nur sehr teuer." Er rieb symbolisch Daumen und Zeigefinger gegeneinander.

„Oh, ja." Vera nickte. „Aber um auf die Kopien oder Fälschungen zurückzukommen: Kann jemand eine Kopie zur Fälschung verändern?"

Grabowski überlegte kurz und sagte dann: „Ja, mit ein wenig

Geschick und wenn die Kopie sehr gut ist. Wissen Sie …“, er zeigte auf den Monet, „das Bild müsste signiert sein. Wir lassen keines der Bilder signieren, damit sie nicht als Fälschungen Verwendung finden. Manche Künstler und Galerien tun dies aber. Dann muss das Gemälde künstlich gealtert, also Patina aufgetragen und Risse erzeugt werden. Und das Wichtigste - die Rückseite der Kopie muss behandelt werden. Jede Kopie ist auf der Rückseite als solche gekennzeichnet. Wenn Sie mich fragen, ein großer Aufwand.“

„Aber ein Aufwand, der sich rechnen könnte?“ Vera schaute auf den Monet.

„Eventuell. Sobald aber ein Fachmann solch ein Bild in die Hände bekäme, würde die Sache auffliegen.“

„Warum?“ Die Kriminalistin hatte sich zu Grabowski gedreht.

„Bei einer Kopie versucht der Maler, sich dem ursprünglichen Künstler zu nähern. Seine Technik zu ergründen, seine Geheimnisse zu erschließen. Und bei diesem Versuch wird es immer zu Abweichungen kommen zwischen Original und Kopie. Bei einer Fälschung versucht der Fälscher, ein Duplikat zu erstellen. Einen Eins-zu-eins-Abklatsch sozusagen. Und wenn man dann noch bedenkt, wie die Analyseverfahren in den letzten Jahren vervollkommnet wurden …“

Er winkte ab.

„Sie geben der Fälschung also keine Chance. Aber man liest und hört doch immer wieder, dass Fälschungen in den Kunsthandel kommen.“

„Sehen Sie, und das will ich ja erklären. Wenn ich eine Fälschung produzieren will, dann möchte ich sie später auch am Kunstmarkt platzieren. Für die reine Augenweide würde eine Kopie ja ausreichen. Ich muss mich in die Zeit des Künstlers hineinversetzen, mir altes Papier, Holz, Leinwand oder anderen Malgrund aus der Zeit des Künstlers besorgen. Das ist die kleinste Schwierigkeit. Papier kann man aus alten Büchern gewinnen, Holz von alten Möbeln tut es auch, und Leinwand, da werden billige Bilder herhalten müssen. Man kratzt das alte Bild einfach ab, schon hat man eine alte Leinwand, die man neu bemalen kann. Nun brauche ich Farben und Pinsel. Ich muss die Geheimnisse der Farbpigmente kennen und wissen, mit welchen Pinseln in den jeweiligen Epochen gemalt wurde. Ein kleines Haar, welches sich aus dem Pinsel löst und auf dem Gemälde verbleibt, kann mich überführen. Wenn ich diese Probleme gelöst habe, dann brauche ich ein Motiv. Ein bekanntes Bild kopieren?“ Er schüttelte den Kopf. „Keine Chance. Jeder weiß, dass zum Beispiel die Mona Lisa sich im Louvre befindet. Sollte sie woanders auftauchen, kann sie nur gestohlen oder eine Fälschung sein.“

Vera nickte. Grabowski fuhr fort: „Also erfinde ich ein neues Motiv. Dazu muss ich den Künstler genau kennen. Wissen, was und wie er zu unterschiedlichen Zeiten gemalt hat. Und zu guter Letzt muss ich mich handwerklich genau in den Künstler hineinversetzen, und das ist das Schwierigste.“ Er fuhr sich mir der Zunge über die Lippen. „Jetzt hab ich Durst. Darf ich Ihnen etwas anbieten?“

„Ja, gerne!“

„Dann kommen Sie mal mit.“

Er geleitete Vera in eine Nische, die geschickt vom Hauptraum abgetrennt war. Dort stand ein Tisch in einem Rot, wie es Vera bei Möbeln noch nie gesehen hatte. Glänzend, an einen alten Rotwein erinnernd stand er da, strahlend schön. „Setzen Sie sich bitte.“ Er zeigte auf die Stühle aus schwarzem Metall, die mit hohen Rückenlehnen um den Tisch standen.

Vera hob einen etwas an. Er war schwer, um genauer zu sein, sehr schwer. Tief einatmend stellte sie das Sitzmöbel wieder ab. Dieses Gewicht hätte sie den Stühlen gar nicht zugetraut. Sie sahen grazil aus, und ihr Schwarz harmonierte sehr gut mit dem glänzenden Rot des Tisches. Grabowski brachte Gläser, eine Flasche Wasser.

„Ich hoffe, Sie mögen Wasser. Leider habe ich zurzeit nichts anderes da."

„Wasser ist okay. Bei der Hitze, die wir die letzten Tage hatten, ist Wasser das beste Mittel gegen den Durst." Ihre Hand fuhr vorsichtig über die Tischplatte. Es war wie ein Streicheln. „Schön!" Leise sprach sie, als hätte sie Angst, dass der Tisch sich verändern könnte.

„Ja, und ein Unikat. Jedenfalls hier."

„Wieso?" Die Kriminalistin streichelte immer noch den Tisch.

„Das Holz ist roter Eukalyptus, auch Blutbaum genannt. Sein Saft soll rot wie Blut sein. Na ja, wie Sie sehen, steht das Holz dem in keiner Weise nach. Hat mir ein Bekannter aus Australien besorgt."

Vera hörte mit dem Streicheln auf. Schon wieder Australien, dachte sie. Erst Pastor Kühnemann mit seinem Hut und jetzt ein Tisch aus rotem Eukalyptus. Sie trank einen Schluck.

„Um auf unser Gespräch zurückzukommen: Sie sagten, dass die Schwierigkeit im Hineinversetzen bestehe."

„Stimmt." Grabowski, der auch einen Schluck getrunken hatte, setzte sein Glas ab. „Jeder Künstler entwickelt seinen eigenen Stil, seine eigene Handschrift. Und wie bei Handschriften auch, verändert sich diese im Laufe der Zeit. Der Fälscher muss also genau wissen: Wie malte der Künstler, als er vergleichbare Bilder schuf?"

„Wenn er dies alles berücksichtigt, dann kann er seine Fälschung in Umlauf bringen?"

Grabowski nickte. „Das wäre dann die nächste Schwierigkeit, aber mit ein bisschen Raffinesse und Fingerspitzengefühl kann man auch dieses Hindernis umgehen."

„Und wie?"

„Die letzten großen Kunstfälscher flogen auf, weil zu viele Raritäten auf den Markt kamen. Der Kunstmarkt ist zwar ein Moloch, der alles verschlingt und immer neue Nahrung braucht, wenn aber stetig Werke von berühmten Malern auf den Markt schwemmen, dann wird man stutzig. In den letzten Jahren ist man dazu übergegangen, vergleichsweise unbekannte, aber doch geschätzte Meister zu fälschen. Man verdient zwar keine Millionen an einem Werk, doch hier wird über die Masse der große Reibach gemacht."

„Und das fällt nicht auf?" Vera war erstaunt.

„Nein, warum auch. Wenige dieser Bilder landen bei Fachleuten oder in Museen, vielmehr werden sie von Privatpersonen gekauft, und davon sind die wenigsten Sammler und Fachleute. Ich möchte gar nicht wissen, wie viele Bilder, die bei Ärzten oder Rechtsanwälten hängen, Fälschungen sind. Viele meinen, Kunst sei eine todsichere Geldanlage und alles, was gemalt wurde, ist wertvoll. Gier frisst Hirn, kann ich nur sagen."

Kopfschüttelnd nahm sie einen großen Schluck aus dem Glas. „Und wenn ich ein Bild malen ließe, um es gegen ein - sagen wir - bekanntes auszutauschen?" Grabowski musterte die Kriminalistin. „Würden Sie mir verraten, was mit dem 'Mädchen mit dem Blumenkorb' geschehen ist? Hat man etwa festgestellt, dass es sich um eine Fälschung handelt?"

„Wie kommen Sie darauf?"

„Erst fragen Sie nach dem Corinth, dann möchten Sie wissen, wie Fälschungen entstehen, und ob man sie in den Kunsthandel bringen kann, und zum Schluss offerieren Sie mir den Austausch eines Bildes. Also, was ist mit dem Corinth?"

Vera wich seinem Blick aus. „Ich kann Ihnen heute noch nicht Genaues sagen. Bitte verstehen Sie mich."

„Aber Ihre Fragen zielten auf den Corinth?" Vera nickte.

„Und wenn ich Sie richtig verstanden habe, dann hängt hier im Schlossmuseum eine Fälschung?"

„So würde ich es nicht formulieren, aber, wie gesagt, ich kann …"

„Ja, ich habe verstanden … Bitte entschuldigen Sie, dass ich Sie unterbrach, aber …"

„Ihre Neugierde war stärker?" Vera musste schmunzeln bei so viel Engagement.

„Neugierde möchte ich nicht sagen, eher Besorgnis. Wo kann man solche Bilder betrachten, ohne weit reisen zu müssen? Hier im Schlossmuseum haben wir drei Gemälde von Corinth, und die befinden sich nicht in Paris, New York oder München. Nein, hier auf unserer kleinen Insel können Besucher solche Meisterwerke betrachten. Das ist doch fantastisch." Man konnte ihm seine Begeisterung förmlich ansehen. Seine Augen glänzten und sein Gesicht wurde von einer leichten Röte überzogen.

„Herr Grabowski, woher bekommt man eine Kopie des Gemäldes von Corinth? Kann ich die bei Ihnen erhalten?"

„Ja." Grabowski nickte und fügte hinzu: „Leider nur nicht heute. Ich müsste erst eine Kopie bestellen."

„Was erzielt ein echter Corinth heute auf dem Kunstmarkt? Haben Sie da für mich eine Größenordnung?"

„Ich schau mal nach. Einen kleinen Moment, bitte." Er war

aufgestanden und ging in den angrenzenden Raum, aus dem er vorher schon das Wasser geholt hatte. Wenige Minuten später kam er wieder und legte zwei Computerausdrucke vor Vera auf den roten Tisch. „Wie Sie sehen, ist der Kunstmarkt immer wieder für Überraschungen gut. Vor vier Jahren wurden bei einer Auktion 600 000 Euro für ein Bild von Corinth erzielt. Vor acht Jahren hätten Sie ein Selbstporträt von ihm, in London, für knapp 18 000 Mark ersteigern können."

„Moment mal! Das sind ja gute neuntausend Euro, und vier Jahre später … mein Gott, ist eine solche Preisentwicklung normal?"

„Na ja, was ist schon normal? Die Preise sind in den letzten Jahren exorbitant nach oben geschnellt. Die Kunstwerke verstorbener Maler sind begrenzt, aber es gibt immer mehr Sammler, die bereit sind, viel Geld auszugeben. Deswegen auch die Bereitschaft, nicht groß nach der Herkunft des Bildes zu forschen, was Fälscher ausnutzen."

„Und legen Sammler auch, nun, sagen wir mal, kriminelle Energie an den Tag, um in den Besitz bestimmter Kunstwerke zu kommen?"

„Natürlich. Kunstraub und Kunstfälschung sind ein häufiges Verbrechen und gar nicht selten. Gestohlen wird alles, was gesammelt wird und was Gewinn verspricht, von Gemälden über archäologische Funde bis hin zu sakralen Werken. Und gefälscht wird auch alles, was irgendwie auf Interesse stoßen könnte, aber das war schon immer so. Nur, dass man so etwas heutzutage organisiert und professionell macht."

„Also Einzeltäter gibt es in diesem Gewerbe nicht?"

„Selten! Es ist ja nicht mit der Produktion der Fälschung getan, man möchte diese auch verkaufen. Das bedarf schon einer gewissen Vorbereitung und eines Netzwerkes. Bestimmt wird es auch den einen oder anderen Einzeltäter geben, aber im Großen und Ganzen glaube ich an mehrere Leute."

Vera klappte ihr Notizbuch zu und trank den letzten Rest ihres Wassers aus. „Wenn ich noch Fragen haben sollte, werde ich mich wieder bei Ihnen melden."

Sie stand auf, und Grabowski erhob sich ebenfalls. „Gerne." Sie verabschiedeten sich. Das Hinausgehen erwies sich als nicht so einfach. Eine größere Gruppe Urlauber strömte in den Laden.

Auf der Straße lächelte die Mona Lisa auf dem Aufsteller noch immer ihr geheimnisvolles Lächeln. Ihr schien die Wärme nichts auszumachen. Urlauber quirlten durcheinander und es herrschte ein babylonisches Sprachgewirr.

Es war Hochsaison, und Vera ließ sich einfach vom Strom der Massen treiben. An der Ecke leistete sie sich ein Softeis. Eine kleine Erfrischung für unterwegs. Jetzt am Strand liegen und sich nicht den Kopf zerbrechen müssen, dachte sie, als sie ihr Eis schleckte. Sie beobachtete die Urlauber, die gebräunt und zufrieden schlenderten. Am Auto angekommen, riss sie sich aus der Idylle heraus, und der Mordfall Thieme bestimmte wieder ihr Handeln.

Ihr Büro war leer. Stuhr und die Praktikantin hatten schon Feierabend gemacht. Vera brachte die beschlagnahmten Utensilien aus Thiemes Wohnung noch in die Spurensicherung, dann brach auch sie nach Hause auf.

15

Als Vera am Dienstagmorgen das Büro betrat, stand Stuhr an der Wand und steckte Fähnchen auf die Karte der Insel Rügen.

„Schon da?“, begrüßte Vera ihn.

„Bin auch vor Kurzem erst gekommen.“ Akribisch steckte er die bunten Markierungen an Stellen, deren Koordinaten er von einem Blatt Papier ablas.

„Schön sieht das aus. Eine Übersichtskarte?“

Stuhr nickte nur.

„Wo ist die Kollegin Heise?“

„War schon hier und kommt gleich wieder“, gab er Auskunft und steckte sich mehrere der kleinen Fähnchen zwischen die Lippen.

Vera schüttelte lächelnd den Kopf und telefonierte mit Leipzig. Die Kollegen teilten ihr mit, dass noch keine Resultate vorlägen. Man konnte ihr aber wenigstens den Versicherer nennen, der den Bestand des Schlossmuseums versichert hatte. Sie bat um schnelle Übermittlung der Untersuchungsergebnisse und um die Telefonnummer der Person, die die Fälschung entdeckt hatte. Sie wollte die Doktorandin gerade anrufen, als eine Stimme sie aus ihren Gedanken riss.

„Guten Morgen, Frau Rademacher.“ Die Praktikantin stand mit einem kleinen Paket hinter ihr.

„Guten Morgen. Und - wie war der erste Tag?“ Vera schaute über die Schulter zu Frau Heise.

„Spannend. Ich habe mir erlaubt, Frühstück mitzubringen, das ist sozusagen mein Einstand.“ Sie deutete auf das kleine Päckchen und ging zum Tisch. Stuhr strahlte. Er hatte immer Hunger.

Nach dem Frühstück telefonierte Vera mit der Doktorandin. Diese teilte ihr mit, dass sie zuerst nicht bemerkt habe, dass es sich bei dem Bild um eine Fälschung handelt. Die Art des Malens und das Alter der Leinwand sowie der Stempel des Schlossmuseums mit Inventarnummer ließen auf ein Original schließen. Erst die Untersuchungen mit verschiedenen Lichtspektren hätten auf Unregelmäßigkeiten hingewiesen. Wann die Fälschung gemalt wurde, konnte sie Vera nicht sagen. Eventuell würden eingehende Untersuchungen in diesem Punkt Klarheit schaffen. Eines konnte sie aber mit Gewissheit sagen: Die Fälschung hatte ein Könner gemalt, der sich in den Stil von Corinth perfekt hatte hineindenken können. Auf Veras Frage, wer dazu in der Lage sei, solche Qualität zu liefern, bekam sie nur zur Antwort, dass man, so wörtlich, in solchen Kreisen nicht verkehre und auch nicht verkehren werde!

Sie fühlte förmlich, wie die Doktorandin plötzlich das Gespräch beenden wollte. Irgendwie hatte die Kriminalistin einen wunden Punkt berührt. Na, wenn schon, dachte sie, so empfindlich braucht niemand zu reagieren. Sie bedankte sich für die erhaltenen Auskünfte und schmiss den Hörer auf den Apparat. „Mein Gott, hat die sich bepi … bepieselt. Tut ja gerade so, als wenn ich sie der Fälscherei bezichtigt hätte. Blöde Kuh!“ Sie drohte mit der Faust in Richtung des Telefons, stand schließlich auf, ging zur Wand und betrachtete das Weg-Zeit-Diagramm. Dann musterte sie die Karte, auf welcher die Fähnchen von Stuhr leuchtend abstachen. Sie wandte sich an ihren Kollegen. „Was sagt die Spurensicherung?“

Stuhr brauchte nicht im Bericht nachzuschauen. Er hatte die wesentlichen Einzelheiten sofort parat. „Tja, wenige Fingerabdrücke wurden sichergestellt. Der Wagen ist gereinigt worden. Weder an den Türgriffen, innen wie außen, noch am Lenkrad sind Fingerspuren gefunden worden. Die Fingerabdrücke, die sichergestellt wurden, gehören dem Opfer, außer einem Abdruck. Dieser ist nicht in unserer Kartei gespeichert.“ Vera nickte. „Die von mir eben erwähnten

Abdrücke befinden sich an den unmöglichsten Stellen. Einer an der Innenseite des Sicherungskastens, ein anderer an der Innenseite der Tankklappe - beide vom Opfer. Der unbekannte Abdruck ist auch an der Innenseite des Sicherungskastens gefunden worden. Ich vermute mal, von einem der Kfz-Schlosser. Wenn es dir recht ist, fahren Frau Heise und ich nachher mal in Thiemes Werkstatt, um das zu überprüfen." Wieder nickte Vera. „An einer Lüftungsdüse fanden die Kollegen eine weiße Baumwollfaser. Die gefundene Faser ist von derselben Art wie diejenigen, die auf Thiemes Kleidung sichergestellt wurden. Haare fand man im Kofferraum, und auf der Kofferraummatte einen winzigen Blutstropfen. Haare und Blut, die im Kofferraum gefunden wurden, sind eindeutig Thieme zuzuordnen. Die Kollegen von der Spurensicherung meinen, Thieme wurde in dem Kofferraum transportiert, und zwar, nachdem er ermordet worden war. Die Wasserschutzpolizei bestätigte mir gestern, dass Thieme in oder bei Sassnitz ins Wasser geworfen worden sein kann. Strömungen und Windrichtung der letzten Tage scheinen diese Annahme zu bestätigen."

„Alles?"

„Nein!" Stuhr war aufgestanden. „Der Wagen war fast steril. Keine Parkzettel, Tankquittungen oder Ähnliches. Auf den Fußmatten waren leichte Schmutzränder. Die Kollegen der Spurensicherung untersuchten die Fußmatten Millimeter für Millimeter im Labor. Auf der Mittelkonsole und dem Armaturenbrett fand man nur einige Staubkörner."

„Wer immer dieses Fahrzeug fuhr, war sehr reinlich."

„Und das wohl mit Absicht. Wer hinterlässt nicht mal Fingerabdrücke, nicht mal am Spiegel. Den muss sich schließlich jeder Fahrer individuell einstellen. Dass die Kollegen von der Spusi noch einige Schmierspuren fanden, spricht für die Tatsache, dass der oder die Täter klar Schiff gemacht haben. Eine Sache gibt es noch. Die gefundenen Haare in Thiemes Wagen gehören alle ihm, und jetzt kommt es, bis auf eines. Das stammt von einer unbekannten Person."

„Lass mich raten, vielleicht auch von einem der Schlosser, die Thiemes Wagen pflegten?"

„Vielleicht ja, vielleicht nein. Wenn wir nachher in der Werkstatt sind, werde ich mir von jedem Mitarbeiter eine Haarprobe geben lassen und Fingerabdrücke."

„Und du meinst, die Staatsanwaltschaft gibt uns dazu ihren Segen? Maier wartet doch nur darauf, uns die Arbeit schwer zu machen. Obwohl … Seit wir ihn wegen seiner Bekanntschaft mit Thieme befragt haben, ist unser Supermacho ganz umgänglich geworden."

„Wobei ich mich wundere, dass er in diesem Fall überhaupt noch als Staatsanwalt weiterermitteln darf."

„Warum nicht? Sein Vorgesetzter meinte, dass jeder Fehler machen könne, und Maier werde ja kontrolliert. Aber einen schönen Einlauf hat er verpasst bekommen, der kleine arrogante Stiesel."

Vera rieb sich die Hände und rollte ihre Stirn. Ein Trick, den ihr Vater ihr beigebracht hatte. Damals war sie keine zehn Jahre alt gewesen, und wann immer sie die Stirnmuskulatur anspannte und wieder rhythmisch entspannte, erntete sie verwunderte Blicke. Stuhr hatte leider nicht hingeschaut.

„Hier, schau!" Er griff hinter sich und zog ein Blatt Papier vom Tisch. „Er hat schon seinen Segen gegeben. Als der Bericht der Spurensicherung eintraf, war Dr. Gäbler gerade hier. Wir besprachen die Einzelheiten von Frau Heises Praktikum." Vera schaute ungläubig zu Stuhr, der ihren Blick falsch deutete.

„Na, ich bin doch verantwortlich für die Praktikumszeit, nun schau doch nicht so!"

„Mensch, doch nicht deswegen. Ich wundere mich nur über Maier, wie handzahm der jetzt ist."

„Och, den hat Dr. Gäbler kurz mal angerufen, und heute früh hatten wir die Genehmigung, sogar von Herrn Staatsanwalt persönlich überbracht."

Er faltete das Papier und steckte es ein. „Wir machen uns auf den Weg und melden uns hiermit ab."

„Ist gut. Ich halte die Stellung."

Vera setzte sich wieder an ihren Schreibtisch und telefonierte mit der Versicherung. Nach einigen Minuten und mehrmaligem Verbinden hatte sie den richtigen Ansprechpartner am Apparat. Das Gemälde, welches der Versicherung damals vorlag, sei echt gewesen, so sagte er. Er habe die drei Bilder von Corinth zweimal begutachtet. Einmal vor einigen Jahren, als der Bestand des Museums neu versichert wurde, und zuletzt vor drei Wochen, als die Transportversicherung abgeschlossen wurde. Natürlich lägen Expertisen vor. Die Kopien werde er Vera gerne zusenden. Die Versicherungssumme bezifferte er für 'Das Mädchen mit dem Blumenkorb' auf 200 000 Euro. Er wies aber darauf hin, dass sich der künstlerische Wert nicht in Zahlen ausdrücken ließe, die genannte Summe sei nur symbolischer Natur. Auf ihre Frage, ob denn so ein Gemälde verkauft werden könne, erntete sie erst ein Lachen, dann teilte der Versicherungsmensch ihr in überlegenem Ton mit, es gebe für alles einen Markt und mancher Sammler frage eben nicht nach der Herkunft eines Bildes. Er fügte hinzu, dass es schön wäre, wenn die Polizei das Original wiederbeschaffen würde. Er hege aber wenig Hoffnung, dieses Bild jemals wieder in den Händen halten zu können.

Enttäuscht legte Vera auf. Kein Vertrauen in ihre Arbeit - das kränkte sie.

Sie ging ins Labor der Spurensicherung. Eventuell konnte Dr. Brauner ihr etwas über den Inhalt von Thiemes Safe sagen. Er begrüßte sie freundlich. „Welch seltener Gast. Sie warten sicher auf die Analyse der Schmutzpartikel von dem Peugeot?"

Vera verneinte. „So kann man das nicht sagen, Dr. Brauner. Es wäre schön, wenn wir da ein wenig mehr wissen würden. Ich komme eigentlich nur, um etwas über den Inhalt des Tresors zu erfahren."

„Ah, nur!" Er lächelte. „Dann kommen Sie mal mit, Frau Rademacher." Er führte sie in sein Büro. „Die Unterlagen, die Sie uns brachten, sind verschiedener Natur. Wir haben hier Versicherungsunterlagen, meist Versicherungspolicen. Einmal vom Kraftfahrzeug, dann eine private Haftpflicht, die Krankenversicherung, ebenfalls privat, und dann die Hausratversicherung. Sie sehen, wie in fast jedem Haushalt. Was nicht vorhanden war - eine Lebensversicherung!"

„Thieme war ledig und hatte keine weiteren Angehörigen."

„So, so." Dr. Brauner dachte kurz nach. „Interessanter waren die Bankunterlagen. Der Verstorbene war ja nicht gerade arm."

„Ja, stimmt. Er hatte mehrere Konten bei einer hiesigen Bank, mit hohen Guthaben."

„Nicht nur dort!"

Dr. Brauner wartete gespannt auf Veras Reaktion. Diese ließ nicht auf sich warten. Überrascht schaute Vera ihren Gesprächspartner an und legte die Stirn in Falten. „Wie - nicht nur dort? Gibt es noch andere Konten?"

Der Leiter der Spurensicherung nickte. „Ja. Laut Unterlagen, die Sie uns gestern brachten, hatte er Bundesschatzbriefe gekauft, ein Aktiendepot bei einer Direktbank eröffnet sowie mehrere nachrangige Namensschuldverschreibungen erworben."

„Bei einer ortsansässigen Bank wurden diese Geldgeschäfte getätigt?"

„Nein! Das Ganze lief über Direktbanking, wahrscheinlich über das Internet."

„Da müsste doch was auf der Festplatte oder dem Laptop zu finden sein." Vera rutschte auf ihrem Stuhl hin und her.

„Sicher, aber da kommen wir nicht ran." Dr. Brauner hob entschuldigend die Hände. „Jedenfalls zurzeit nicht."

„Wie das?" Vera hielt inne.

„Die Festplatte und der Laptop wurden verschlüsselt. Da ist kein Rankommen. Der Laptop bootet nicht einmal ohne Eingabe des richtigen Passwortes."

„Kann man so was nicht knacken oder umgehen?"

„Nicht bei diesem Programm. Da hat Thieme richtig viel Geld für investiert, das ist sozusagen der Rolls-Royce unter den kryptischen Programmen. Die Kollegen von der technischen Abteilung haben sich mit dem Hersteller der Software in Verbindung gesetzt. Vielleicht gibt es einen Noteingang, aber das müssen wir erst sehen und uns bis dahin in Geduld üben."

Vera stöhnte auf. „Ich werde noch wahnsinnig! Immer ist irgendwas. Erst ein wahnsinnig teurer Safe und dann diese Software, abgesichert wie die Goldreserven von Fort Knox. Wer macht so etwas?"

„Wahrscheinlich jemand, der nicht möchte, dass in seiner Privatsphäre geschnüffelt wird."

„Und dann so ein Aufwand? Safe und Programm?" Vera

war aufgestanden. Sie erwartete keine Antwort auf diese rein rhetorische Frage, und Dr. Brauner gab ihr auch keine.

„Haben Sie noch mehr solcher Überraschungen?" Sie schaute auf den Leiter der Spurensicherung.

„Das war doch wohl genug, wie mir scheint. Aber warten Sie mal, da war noch ein Ordner mit Garantieurkunden, Kassenzetteln, Verkaufsbelegen und einem Abschnitt von der Spielbank Stralsund. Spielte der Tote?"

Vera überlegte und schüttelte dann den Kopf. „Bisher haben wir nichts darüber gehört. Gehört hatten wir aber auch noch nichts von Aktienspekulationen. Mir erzählte sein Banker, Thieme sei konservativ und vorsichtig gewesen, was seine Geldgeschäfte anging. Festgeldanlagen seien das Höchste der Gefühle gewesen. Wie hoch ist der Anlagewert überhaupt?"

„Laut Depotauszug vom Jahresende hatte er im Depot Aktien für eine halbe Million Euro."

„Und die Tendenz war steigend oder fallend?"

„Steigend! Ich wünschte mir, ich hätte so ein Glück. Als ich vor einigen Jahren Aktien kaufte, gingen die vier Wochen nach dem Kauf den Bach runter." Er machte mit der rechten Hand eine dementsprechende Bewegung.

„Sie sagten etwas von Verkaufsbelegen. Wer hat wem was verkauft?"

„Schauen Sie selbst, werte Frau Kollegin." Dr. Brauner gab ihr den Hefter, den sie gestern aus Thiemes Safe genommen hatte. „Hier, sehen Sie! Verkauf einer Musikanlage, eines Laptop, eines DVD-Players, mehrerer Fernseher … Sagen Sie mal, hatte der Beziehungen zu einem Elektrogroßmarkt?"

„Nee, bestimmt nicht. Der Mann wollte bei der Unterhaltungselektronik nur immer auf dem neusten Stand sein, vermute ich mal. Sie hätten mal Stuhrs Augen sehen sollen, als wir die Wohnung betraten. Die wurden größer als der Fernseher, und der nahm die halbe Wand ein. Ein riesiges Ding. Wäre mir persönlich viel zu groß!"

„Na ja, jedem Tierchen sein Pläsierchen, sag ich immer."

Vera schaute die Verkaufsbelege durch. „Einige Sachen verkaufte er an Privatpersonen, anderes wieder an Gebrauchtwarenhändler auf der Insel, in Stralsund und Greifswald. Hier haben wir ja den Beleg von der Anlage, die er der Familie Hinrichs verkauft hat. Und hier, ach nee, wie interessant." Sie hatte innegehalten und schaute auf einen der Belege.

„Was gefunden?" Dr. Brauner schaute ihr über die Schulter.

„Mal sehen. Das hat mir Herr Höffken gar nicht erzählt. Er hat von Thieme einen Laptop gekauft, und das war vor einem halben Jahr." Die Kriminalistin blätterte die Belege weiter durch. „Ach, und der Museumsdirektor kaufte von Thieme einen PDA, vor neun Monaten."

„Ihr Toter scheint ja das halbe Museum mit Technik versorgt zu haben. Hat er sonst noch was an seine Kollegen verscherbelt?"

Vera schaute sich die restlichen Papiere an und schüttelte dann den Kopf. „Nein, sonst nichts weiter. Na ja, wird wohl auch nichts zu bedeuten haben. Wegen Garantieansprüchen wird ihn wohl keiner umgebracht haben."

„Bestimmt nicht. Tja, das wäre es erst mal von meiner Seite. Sobald ich die Analyse der Fußmatten abgeschlossen habe, gebe ich Ihnen Bescheid. Genauso, wenn die Softwarefirma mir weiterhelfen konnte. Einverstanden?"

„Einverstanden, Dr. Brauner." Sie schüttelten sich die Hand, und Vera verließ mit den Unterlagen das Labor.

In ihrem Dienstzimmer sichtete sie die Papiere und Bankunterlagen in Ruhe. Dr. Brauner hatte eine Zusammenstellung der Bankbelege angefertigt. Die Summe, die alle Anlagen betraf, war hoch. Fast so hoch wie das Festgeldkonto, das Thieme auf der Insel unterhielt. Da würde Bankdirektor Kasparek aber staunen, wenn sie ihm diese Neuigkeit unter die Nase rieb. Hoffentlich brach ihm kein Zacken aus seiner Krone. Aber bei seiner jugendlichen Selbstsicherheit würde er wohl darüber hinwegkommen, dass Thieme auch andere Banken als die Seine beehrt hatte. Mit Höffken und dem Direktor musste sie auch noch mal sprechen. Keiner von den beiden hatte die Verkäufe erwähnt.

Ihr Magen knurrte. Langsam wurde es Zeit, Mittag zu essen. Auf die Kantine hatte Vera keine Lust. Sie beschloss, unterwegs eine Kleinigkeit zu sich zu nehmen.

In den Straßen stand die Hitze. Am Himmel war keine Wolke zu sehen, und auch der gestrige Wetterbericht hatte keine Änderung angesagt. Vera pustete heftig. Mein Gott, dachte sie, wie warm soll es noch werden? Den Urlaubern schien die Hitze nichts auszumachen. Jetzt, zur Mittagszeit, waren die Straßen voll.

Vera entschied sich für einen Salat beim Italiener. Das Mittagsmahl dauerte nicht lange, und so war sie kurze Zeit später bei der Bank. Direktor Kasparek zeigte sich erstaunt, die Kriminalistin wiederzusehen. Sein Erstaunen wurde noch größer, als Vera ihm von den anderen Konten und dem Depot berichtete.

„Bundesschatzbriefe und nachrangige Namensschuldversch reibungen passen in die Anlagestrategie von Herrn Thieme, aber Aktien? Sind Sie sich ganz sicher?“Kasparek schaute die Kriminalistin ungläubig an.

„Wir haben in diesem Punkt keine Zweifel. Sie wussten nichts davon?“

„Nein! Herr Thieme hat diesbezüglich nichts geäußert. Sagen Sie, Frau Rademacher, könnten Sie mir bitte sagen, wie hoch die Summe war, die Herr Thieme angelegt hatte?“

Genüsslich spielte Vera diesen Trumpf aus. Kasparek wurde blass. Seine Selbstsicherheit war mit einem Schlag weggewischt. Sein Lächeln auch.

„Das … das …“ Er schluckte mehrmals, bevor er den Satz vollendete. „Das kann nicht sein! Herr Thieme war mit unserem Hause doch immer zufrieden. Warum hatte er dann noch andere Konten?“

Er schaute Vera an, als ob diese die Antwort wüsste. Doch sie zuckte nur die Schultern.

„Ich kann mir darauf keinen Reim machen. Entschuldigen Sie bitte.“ Mit zittrigen Händen goss er sich ein Glas Wasser ein, das er mit einem Zug leerte. Der Kriminalistin bot er nichts an.

„Hat Herr Thieme nie damit gedroht, das Unternehmen zu wechseln oder sich Konkurrenzangebote einzuholen?“

„Nein! Nie! Ich hätte doch sofort reagiert. Als ich ihm eine Anlage in Aktien vorschlug, winkte er ab.“

„Wann war das?“

„Was? - Na, das war vor einigen Wochen. Genau kann ich es Ihnen nicht mehr sagen. Ich schätze, im April oder Mai.“

„Herzlichen Dank, Herr Kasparek. Für heute soll es das gewesen sein. Wenn ich noch Fragen haben sollte, melde ich mich.“

Vera verabschiedete sich. Bankdirektor Kasparek schien um Jahre gealtert. Sein Gesicht war auffallend blass, und nervös fingerte er an seinem Binder umher. Der Hemdkragen schien auf einmal zu eng geworden zu sein. Die Kriminalistin verkniff sich ein Lächeln. Der Mann hatte eben eine seiner größten

Niederlagen einstecken müssen. Wer verlor schon gern solch einen Privatkunden? Und die Gefahr war, laut gefundener Unterlagen, vorhanden. Aber mordete man deswegen?

Nach dem klimatisierten Büroraum war die Hitze auf der Straße im ersten Moment sehr angenehm. Es dauerte einige Minuten, bis Vera sich wieder akklimatisiert hatte. Ein Blick auf die Uhr, und sie beschloss, sofort ins Museum zu fahren.

Direktor Dr. Fengler bestätigte ihr den Kauf des PDA. Ja, vor einem knappen Jahr hätte ihm Thieme so ein Gerät zum Kauf angeboten. Der Preis war günstig und das Gerät gerade ein Jahr alt, da habe er nicht lange überlegt. Einen Kassenzettel und den Garantieschein sowie das Handbuch habe Thieme ihm ausgehändigt. Auf seine Frage, ob er denn mit dem Gerät jetzt Schwierigkeiten bekäme, fragte die Kriminalistin: „Warum? Mit dem Kauf ist alles in Ordnung. Wir überprüfen nur einige Hinweise." Dr. Fengler konnte Vera bezüglich weiterer Verkäufe nicht helfen. Er habe nur dieses eine Gerät gekauft, und ob andere Angestellte des Museums Waren von Thieme erworben haben, entziehe sich seiner Kenntnis.

Sie bedankte sich und begab sich auf die Suche nach Museumsmitarbeiter Höffken, den Fengler in einem der Ausstellungsräume vermutete. Also ging Vera durchs Museum, mit schnellen Blicken die Exponate streifend. Die Gemälde an den Wänden, die Skulpturen und die alten Möbel konnten sie nicht lange aufhalten. Sie suchte den Konservator, und sie fand ihn schließlich vor einer geöffneten Schauvitrine. Er betrachtete die Exponate.

Die Steinschlosspistole, die Vera noch vor einigen Tagen auseinandergenommen gesehen hatte, strahlte wieder in alter Schönheit. Sie teilte sich die Vitrine mit einem reich verzierten

Degen, dessen Edelsteine an der Glocke taubeneigroß waren, einem Stilett, dessen Griff feinste Ziselierungen aufwies, und einem Degenbrecher, dessen breite, schwere Klinge auf der einen Seite wie ein Kamm aussah. Das Ganze wurde abgerundet durch zwei Pulverflaschen, eine aus Elfenbein und die andere aus Silber.

Vera war herangetreten und sagte: „Schön! Und wie ich sehe, haben Sie die Pistole wieder zusammengesetzt."

Höffken fuhr herum. „Ach, Sie!" Es dauerte einige Sekunden, bis er wieder in der Wirklichkeit angekommen war. „Schön, wenn es Ihnen gefällt. Das ist für unsere Sonderausstellung 'Waffen des 17. Jahrhunderts'." Er schloss vorsichtig die Vitrine. „Wie kann ich Ihnen helfen?"

Auf Vera machte er in diesem Moment den Eindruck, als wolle er ihr einen Gebrauchtwagen verkaufen. Der Tonfall und sein Lächeln unterstrichen dieses Gefühl noch.

„Sagen Sie, Herr Höffken, haben Sie einen Laptop von Herrn Thieme gekauft?"

„Ja, stimmt. Ist aber schon ein halbes Jahr her. Warum fragen Sie?" Langsam drehte er den Schlüssel, um die Vitrine zu verschließen.

„Nur so. Wie kam es dazu?"

„Puh, Moment mal … Thieme war mit dem Gerät nicht zufrieden. Er brauchte wohl einen schnelleren Computer, und auf meine Frage, was mit dem alten passieren solle, bot er mir den zum Kauf an. Zu einem super Preis, muss ich hinzufügen, fast geschenkt. Nur die Software musste ich selber installieren, aber das ging schnell."

„Kam es öfter vor, dass Thieme Geräte verkaufte?"Höffken schürzte die Lippen und verneinte dann die Frage. „Haben Sie das Geschäft bei Thieme zu Hause abgewickelt?"

„Ach wo. Das wäre doch viel zu umständlich gewesen. Er brachte das Ding mit zur Arbeit, und im Büro gab ich ihm das Geld und er mir die Belege und den Laptop. Warum sollte ich da bis nach Seevitz fahren?"

„Ja, warum? Sagen Sie, Herr Höffken, noch eine Frage: Gab Herr Thieme Ihnen eine Quittung?"

„Ne Quittung ist gut! Einen Kaufvertrag hatte er aufgesetzt, in zweifacher Ausfertigung, mit allem Pipapo! Ich hab mich damals gewundert. Wer macht denn so etwas heute noch? Ja, bei einem Auto hätte ich das verstanden, aber bei einem Computer?"

„War Herr Thieme immer so genau?"

„Ja, möchte ich schon sagen. Manchmal fast pedantisch." Er lachte.

„Zum Schluss nur noch eines: Ist Herr Schneider heute da?"

„Ja, der harkt die Petersilie, im Schlosshof."

Vera schaute ungläubig drein. „Was macht er?"

„Der pflegt die Blumenrabatten. Wir sagen immer 'Petersilie harken' dazu. Entschuldigung!"

Vera lächelte. „Ach so! Und ich dachte schon, Sie betreiben nebenbei noch einen Kräutergarten."

„Um Gottes Willen!" Höffken hob die Hände. „Soll ich Sie bringen? Wenn wir hier durchgehen, sparen Sie sich das ganze Gerenne um das Schloss." Er zeigte in Richtung des schweren Samtvorhangs, der eine der Wände verdeckte.

„Gerne. Bei der Hitze bin ich um jeden Meter froh, den ich nicht laufen muss."

„Dann haben wir ja was Gemeinsames. Wenn Sie mir folgen möchten …" Er öffnete den Vorhang ein Stückchen, und eine Tür wurde sichtbar. Wenige Minuten später stand

Vera im Schlosshof, wo ein graumelierter Mittfünfziger die Blumen goss. Er unterbrach seine Arbeit und bestätigte Vera, dass er beim Verpacken der Bilder anwesend war. Er hatte nichts bemerkt, und er war auch nie allein mit den Gemälden gewesen. Herr Höffken hatte ihm bei Arbeitsbeginn mitgeteilt, dass er mithelfen solle, die Bilder versandbereit zu machen. Das Ganze habe über eine Stunde gedauert und sei eine Abwechslung im Arbeitsalltag gewesen.

Das Gespräch mit Schneider dauerte nur einige Minuten und brachte der Kriminalistin keine neuen Erkenntnisse. Sie bedankte sich und ging dann nachdenklich zu ihrem Auto. Im Hintergrund hörte sie das leise Plätschern von Wasser und das Geklapper der Gießkannen. Vera beschloss, noch nach Seevitz zu fahren. Stuhr hatte ihr erzählt, dass Herr Hinrichs heute zu Hause sein sollte.

16

Das Dorf war wie ausgestorben. Irgendwo krähte ein Hahn, doch sonst herrschte Stille. Vera fand das ‚Hinrichs-Haus' sofort. In der Auffahrt stand ein Auto, doch das Tor war geschlossen. Vera öffnete eine kleine Pforte neben dem Tor. Sie hatte erst einige Meter zurückgelegt, als ein Schäferhund ihr den Weg versperrte. Das Tier blockierte den einzigen Weg, der zum Haus führte. Vera blieb ruckartig stehen, und der Hund ließ sich auf die Hinterpfoten nieder. Himmel, dachte sie, wie soll ich mich verhalten?

Ihre Überlegungen wurden von einem Ruf unterbrochen. „Scharik, Fuß!" Das Tier hörte aufs Wort. Blitzschnell setzte es sich auf und lief dann zur Rückseite des Hauses. Die Kriminalistin stieß die Luft aus, die sie angehalten hatte. Mit zittrigen Knien wollte sie zur Haustür gehen, doch die gleiche Stimme, die den Hund gerufen hatte, hinderte sie. „Kann ich helfen?“ Vera erblickte einen Mann, mindestens 1,90 Meter groß, mit Händen, die sie an Bratpfannen erinnerten. Das graue Haar war ganz kurz geschnitten.

„Ich suche Herrn Hinrichs!“, rief Vera aus.

„Dann können Sie jetzt aufhören zu suchen. Den haben Sie gefunden.“

Vera ging vorsichtig auf den Riesen zu, der sie misstrauisch musterte. Sie stellte sich vor und wies sich aus. Das Misstrauen auf seinem Gesicht blieb.

„Sie waren schon mal hier? Meine Frau erzählte davon.“ Er hatte die Hände in die Hüften gestemmt.

„Mein Kollege hat Ihre Frau befragt. Sie erzählte ihm, dass Sie eine Musikanlage von Herrn Thieme gekauft haben.“

„Stimmt. Ist mit der Anlage irgendetwas nicht in Ordnung?“

„Nein, alles im grünen Bereich. Ich habe nur noch einige Fragen zu Herrn Thieme.“

„Na, dann kommen Sie mal mit.“ Er wies einladend hinter sich. „Stört es Sie, wenn wir draußen bleiben?“

Vera verneinte. Sie war einerseits froh, die Befragung nicht in einem stickigen Zimmer durchführen zu müssen, andererseits störte sie der Hund. Der hatte sich vor der Terrasse niedergelassen, zu der Hinrichs sie führte. Ein großer Sonnenschirm spendete Schatten. Hinrichs rückte einen Stuhl zurecht und Vera setzte sich. Auf dem Tisch lag ein aufgeschlagenes Buch.

„Sie interessieren sich für die griechische Mythologie?“ Sie wies auf das Buch.

„Nicht nur für die Sagen und Geschichten. Griechenland

ist ein fantastischer Ort, gastfreundliche Menschen, tolles Essen, mildes Klima, und für alles haben die Griechen eine kleine Geschichte. Herrlich!" Diese Schwärmerei konnte die Kriminalistin nur bedingt teilen. Natürlich hatte Hinrichs in diesen Punkten recht, aber deswegen freiwillig solch ein Buch lesen? Sie hatte schon in der Schule Schwierigkeiten mit den griechischen Sagengestalten gehabt. Zeus, Kirke und wie sie alle hießen, hatten sie nie begeistern können, und so wechselte sie das Thema.

„Herr Hinrichs, Sie haben vor einiger Zeit eine Musikanlage von Herrn Thieme gekauft. Wie ist es dazu gekommen?"

„Er bot sie mir an."

„Einfach so?"

Hinrichs strich mit der Hand über sein Kinn, als wenn er prüfen müsste, ob sich eine Rasur schon lohnte. Wahrscheinlich brauchte er diese kleine Pause, um sich seine Antwort zurechtzulegen. „Wir kamen irgendwie ins Gespräch."

„Wann war das?"

„Mit der Anlage?"

Vera nickte.

„Das muss so ein halbes Jahr her sein. Ich glaube, gleich im neuen Jahr war das. Wenn Sie es ganz genau wissen wollen, dann hole ich den Kaufvertrag." Er wollte aufstehen.

„Bleiben Sie bitte sitzen, Herr Hinrichs." Sie wollte ungern mit dem Hund allein sein. Der hatte den Kopf auf die Vorderpfoten gelegt und beobachtete sie mit zusammengekniffenen Augen. „Haben Sie Herrn Thieme erst durch den Kauf kennengelernt?"

„Nein!" Hinrichs schüttelte den Kopf. „Schuld ist Scharik." Kaum hörte der Hund seinen Namen, richtete er sich auf.

„Wie das?"

„Wenn ich zu Hause bin, dann drehe ich immer mit dem Hund meine Runden. Vergangenes Jahr traf ich bei einem Spaziergang Herrn Thieme, und dank des Hundes kamen wir ins Gespräch. Er interessierte sich für die Rasse."

„Das ist doch ein Schäferhund?" Vera zeigte in Richtung des Tieres.

„Ja, aber er ist einer der letzten seines Standes."

„Wieso?"

„Hier im Osten wurde eine andere Art des Deutschen Schäferhundes gezüchtet. Robuster gebaut und dichteres Fell und, was ganz wichtig ist, er fällt hinten nicht so stark ab wie sein westdeutscher Verwandter."

„Aha, und Herr Thieme sprach Sie an?"

Hinrichs überlegte kurz und sagte dann: „Ja, er schaute sich den Hund an, und so kamen wir ins Gespräch. Er berichtete mir, dass er als Kind und Jugendlicher selber einen Schäferhund hatte."

„Wann war das?"

„Oha, jetzt fragen Sie mich aber was. Das muss im September oder Oktober vergangenen Jahres gewesen sein. Es war noch verhältnismäßig schön draußen. Ich glaube, eher Anfang Oktober."

„Und wie war das mit der Musikanlage?"

„Außer unserem Interesse an Schäferhunden teilten wir auch die Leidenschaft für klassische Musik miteinander. Da müssen wir irgendwann mal auf die Klangwiedergabe gekommen sein, und er erzählte mir von dem Kauf einer Musikanlage, von der ich nur zu träumen wagte."

„Die Anlage, die Sie dann auch kauften?"

„Nein, er verkaufte mir das Vorgängermodell. Ich hab ihm wohl gezeigt, wie sehr ich ihn um die neue Anlage beneidete, und da bot er mir seine alte zum Kauf an. Wobei - alt ist übertrieben. Die war knapp ein Jahr alt, und das Ganze zu einem Preis, da konnte ich nicht nein sagen."

„Herr Hinrichs, was für ein Mensch war Herr Thieme?"

Hinrichs lehnte sich zurück, nahm sein Kinn zwischen Daumen und Zeigefinger und sagte nach einiger Zeit: „Schwer zu sagen. So genau kannte ich ihn ja nicht. Die paar Mal, wo wir uns unterhielten ..., da ist es schwer, einen Menschen zu charakterisieren. Er war intelligent, ein ruhiger Zeitgenosse, ja, fast zurückgezogen lebend, möchte ich sagen."

Vera konnte ihm direkt ansehen, wie er überlegte. Er wog jedes seiner Worte ab. „Und sonst, wie war sein Verhältnis zu den Nachbarn? Auf dem Dorf kennt doch sonst jeder jeden!"

Er winkte ab. „Das ist lange vorbei. Heute macht jeder sein Ding und gut is es. Wer kümmert sich denn noch um die Nachbarn aus dem Dorf? Höchstens um die, neben denen man wohnt, aber sonst?"

„Hatte er keine Kontakte oder Ärger mit jemandem?"

Hinrichs schüttelte den Kopf. „Ärger? Nicht, dass ich wüsste. Warum auch? Er lebte unauffällig, fuhr kein protziges Auto und fiel auch sonst nicht auf."

„Ein angenehmer Mitmensch, wenn ich Sie richtig verstanden habe?"

„Ja, haben Sie." Hinrichs lächelte Vera an. „Und was er hatte: Hundeverstand. Das meine ich im positiven Sinne", fügte er hinzu, als er Veras fragenden Gesichtsausdruck bemerkte. „Herr Thieme verstand dich! Nicht wahr, Scharik?" Sofort setzte sich der Hund wieder auf und schaute mit hellwachen Augen auf sein Herrchen.

„Sagen Sie bitte, Herr Hinrichs, der Name ihres Hundes, hat der was zu bedeuten?"

Hinrichs schaute auf die Kriminalistin, und sein Lächeln wurde zu einem breiten Grinsen. „Sie sind wohl nicht von hier. Ich meine, aus dem Osten?" „Nein, wieso?" „Weil unsere Generation diese Frage nur stellt, wenn sie aus dem Westen ist oder wenn sie keinen Fernseher hat. Der Hundename stammt aus einer polnischen Fernsehserie, die wohl nie wieder gezeigt wird." Das Letzte sagte er mit einem bedauernden Gesichtsausdruck.

„Sehen Sie, Herr Hinrichs, das sind die kleinen Unterschiede. Die einen wurden mit dem Sandmännchen groß und die anderen mit der Sesamstraße. Meine Kinder konnten beides sehen!" Sie stand auf. „Ich bedanke mich, Herr Hinrichs."

Er geleitete sie bis zum Gartentor, an seiner Seite immer der Hund. Als die Pforte ins Schloss fiel, fühlte sich Vera sicherer. Katzen waren ihr doch lieber.

17

Am Donnerstag hatte Vera die Analyse der Fußmatten aus Thiemes Auto auf ihrem Schreibtisch. Die Kollegen von der Spurensicherung hatten Spuren von Splitt darauf gefunden. Eine Vergleichsanalyse hatte ergeben, dass es mehrere Stellen auf der Insel gab, wo diese Sorte Verwendung gefunden hatte. Als Vera begann, das Protokoll vorzulesen, hatte Stuhr nur noch einen Kommentar: „Scheiße!" Die betreffende Sorte Splitt wurde häufig zum Wegebau verwendet. Unter anderem am Schlossmuseum, in der Nähe des Golfplatzes und an zehn weiteren Stellen auf der Insel. Diese Spur führte ins Nichts. Die Kollegen hatten aber noch etwas gefunden. Kleinste Spuren von Erde hatten sich in die Fußmatte gedrückt. Waldboden, wie es ihn in der Nähe von Sassnitz gab. Stuhr konnte ein neues farbiges Fähnchen auf seine Landkarte stecken.

Frau Heise hatte sich in den letzten Tagen in die Akten hineingelesen. Zusammen mit Stuhr hatte sie jeden An- und Verkaufsladen aufgesucht, von dem sie eine Rechnung in Thiemes Hefter gefunden hatten.

Vera hatte mit den Banken telefoniert, bei denen Thieme Konten und Depots eröffnet hatte. Sämtliche Nachbarn waren befragt worden. Alle Kollegen von Thieme hatte man aufgesucht. Jeder Einzelne hatte die zurückgezogene Lebensweise von Thieme bestätigt. Unauffällig, höflich und scheinbar ohne Feinde hatte der Mann gelebt. Ihre Hoffnungen ruhten jetzt auf der Analyse der Fälschung und auf Thiemes Computer. Gemeinsam lasen sie sich durch mehrere Bücher, die sich mit Kunstfälschungen beschäftigten. Stuhr hatte die Ermittlungsakten der letzten zehn Jahre zu Verurteilungen von Kunstfälschern anfordern wollen. Nachdem er aber deren Anzahl erfahren hatte, nahm er Abstand von diesem Vorhaben und ließ sich nur die drei spektakulärsten Fälle schicken. Gewissenhaft las er Zeile für Zeile, machte sich Notizen und verglich alles mit den bisherigen Ermittlungsergebnissen. Irgendwo musste es doch einen neuen Ansatzpunkt geben.

Am Freitag lagen die ersten Erkenntnisse zum Gemälde vor. Die Kunstexperten waren sich einig. Wer immer die Fälschung angefertigt hatte, war ein Könner auf seinem Gebiet. Das Bild war nicht älter als ein Jahr und künstlich gealtert. Wie, das konnten die Experten noch nicht sagen. Die Leinwand stammte aus der Zeit der Jahrhundertwende. Bei den Farben hatte der Fälscher gepatzt. Diese waren alle neueren Datums. Auf dem Gemälde wurde Pollen des Tulpenbaumes gefunden. Dass sie sich in den obersten Schichten des Bildes befanden, untermauerte die Altersbestimmung der Fälschung. Botaniker hatten bestätigt, dass der Baum erst ab einem Alter von zwanzig Jahren zu blühen beginnt, und zwar in den Monaten Mai bis Juli. Na toll, dachte Vera, jetzt brauchen wir nur noch ein Studio zu finden, in dessen Nähe ein Tulpenbaum steht, der älter als zwanzig Jahre ist.

Sie nahm sich die Kopie der Quittung der Spielbank und beschloss, nach Stralsund zu fahren. Ab Samtens ging es nur noch im Schritttempo weiter. Vera hatte genügend Zeit, den Fall neu zu überdenken. Es war das erste Mal, dass sie einem Stau etwas Gutes abgewinnen konnte. Dieser Fall gab ihr mehr Rätsel auf, als ihr lieb war. Sie kannten nur die ungefähre Tatzeit. Diese auf eine oder zwei Stunden einzuschränken war unmöglich. Das Opfer lebte sein Leben, ohne groß in Erscheinung zu treten. Der Mann war vermögend, aber von seinem Tod profitierte niemand. Es gab kein Testament und keine Angehörigen. Wenn er das Gemälde ausgetauscht hatte, warum hatte er das getan? In seiner Wohnung hatten sie keine Hinweise gefunden, die darauf schließen ließen, dass er Sammler oder mit solchen in Kontakt war. Es galt festzustellen, wer wann das Opfer zuletzt gesehen hatte und vor allem wo. Eigentlich hatten sie nichts in der Hand, keine konkrete Tatzeit, keinen Tatort, sondern nur den Fundort, und kein Motiv.

Hinter ihr wurde gehupt. Vera schreckte aus ihren Gedanken auf. Die Kolonne hatte sich in Bewegung gesetzt. Sie startete den Wagen und schloss auf. In Stralsund angekommen parkte sie im Parkhaus neben der Spielbank. Verärgert musste sie feststellen, dass nur das Automatenspiel geöffnet war. Das Live Game begann erst am Abend.

Vera fragte bei der Aufsicht nach einem Verantwortlichen und wurde in das Büro des Chefs begleitet. Dieser bestätigte ihr, dass die Quittung aus seinem Hause stammte, aber wer den Geldbetrag gewechselt hatte, konnte er nicht sagen. Immerhin war der Beleg sechs Monate alt. Vera zeigte ihm ein Foto von Thieme, doch auch hier verneinte der Spielbankleiter. Dieser Mann sei ihm unbekannt. Auch die Aufsicht kannte Thieme nicht. Der Chef bat Vera um das Foto. Er wollte die Croupiers befragen, vielleicht konnten die sich an Thieme erinnern. Wieder kein Erfolg, dachte Vera, als sie die Heimfahrt antrat.

18

Freitagnachmittag schob Vera einen vollen Einkaufswagen durch den Supermarkt. Es wäre schön gewesen, wenn jemand ihr den Einkauf hätte abnehmen können. Doch wer sollte das sein? Ihre Kinder? Leider war ein Einkauf ohne Kraftfahrzeug fast unmöglich geworden. Kleinigkeiten konnte man so besorgen, wie das Brot oder die Brötchen vom Bäcker und den Braten vom Fleischer, einen kompletten Wochenendeinkauf aber nicht. So hatte sie sich geduldig in das Einkaufsgewühl gestürzt und auch die langen Schlangen an den Kassen in Kauf genommen. Was blieb ihr weiter übrig.

Nur mit Mühe wuchtete sie später die schweren Tüten in den Kofferraum ihres Autos. Jetzt nur noch nach Hause! Auspacken konnten die Kinder. Sie würde sich heute Abend ausruhen. Eventuell noch ein schnelles Bad in der Ostsee nehmen, und dann gehörten die Couch und die Fernbedienung ihr.

Sie drehte den Zündschlüssel, der Starter drehte, doch der Motor sprang nicht an. Verzweifelt versuchte sie es wieder und wieder, bis sie enttäuscht aufgab. Sie öffnete die Verriegelung der Motorhaube und stieg aus. Irgendwann musste es ja dazu kommen. Wie oft wollte sie schon wegen der Startprobleme in die Werkstatt, und nun stand sie hier am Freitagnachmittag und konnte nicht nach Hause.

Ungläubig schaute sie in den Motorraum. Der sah aus wie immer.

„Na, kann ich helfen?“

Sie drehte sich um und blickte in zwei braune Augen und ein lächelndes Gesicht. „Er springt nicht an, Herr Grabowski.“

„Ach, herrje!“ Er ruckelte an einigen Kabeln und schüttelte dann den Kopf. „Also, fest ist alles. Ich glaube, da muss ein Fachmann ran.“

„Das befürchte ich auch.“ Vera war zum Heulen zumute. Wie hatte sie sich auf den Feierabend und ihre Kinder gefreut, und jetzt das. Der Galerist sah sie an und sagte: „Nicht traurig sein. Nehmen Sie es positiv, Frau Rademann. Sonst hätten wir uns vielleicht nie wiedergesehen.“

Vera verzog die Mundwinkel. „Ein schwacher Trost. Ehrlich gesagt, ein Auto, das fährt, wäre mir lieber.“

Grabowski lachte auf. „Ja, das glaube ich Ihnen gerne. Wissen Sie was, ich verstaue meinen Einkauf, und Sie rufen in der Zwischenzeit Ihre Werkstatt an.“ Er zeigte auf seinen Einkaufswagen, der halb gefüllt in der Nähe stand. „Vielleicht bekommen die ihn wieder fit, und wenn nicht, dann fahre ich Sie.“ Vera schüttelte den Kopf. „Wenn nicht, dann nehme ich mir einen Leihwagen von der Werkstatt.“ „In Ordnung! Aber Gesellschaft darf ich Ihnen doch leisten, während Sie warten?“ Vera nickte. Die Werkstatt versprach, sofort jemanden zu schicken. Nach zwanzig Minuten bog der Abschleppwagen auf den Parkplatz ein.

Die Diagnose des Schlossers wer ernüchternd. Veras Auto musste in die Werkstatt. Hier konnte er nichts tun, und einen Leihwagen konnte er der Kriminalistin auch nicht anbieten, die waren alle unterwegs. Er bot Vera an, sie nach Hause zu fahren. Sie winkte ab. Das hätte ihr noch gefehlt, sie im Abschleppwagen und ihr altes Auto huckepack hinterdrein. Sie nahm daher Grabowskis Angebot an. Gemeinsam luden sie den Einkauf um. Vera holte die restlichen Sachen aus ihrem Auto. Auf dem Rücksitz lag noch immer die Zeichnung der Malerin. Der Galerist war begeistert, als er sie sah.

„Wissen Sie, was Sie da so achtlos im Auto zu liegen haben?" Er hatte die Zeichnung auseinandergerollt und betrachtete sie.

„Eine Zeichnung!" Vera war nicht nach Gesprächen mit kulturellem Hintergrund. Sie wollte nur noch nach Hause.

„Ja, das sehe ich auch, aber die ist von Frau Mörler! Sie sollten sich einen schönen Rahmen für das Bild kaufen und es an exponierter Stelle in Ihre Wohnung hängen."

„Werde ich tun, aber könnten wir jetzt zu mir fahren?"

„Entschuldigung!" Er wurde rot wie ein Schuljunge, dann riss er die Beifahrertür auf.

Auf der Fahrt erzählte er Vera einiges über das künstlerische Schaffen von Frau Mörler, und als er den Wert der Zeichnung auf einige Hundert Euro taxierte, sah Vera das Bild mit anderen Augen. Es war wirklich für die Rückbank zu schade.

Auf der Bank vor ihrem Haus saß ihre Tochter.

„Hallo, mein Schatz." Sie küssten sich, und Veras Tochter begutachtete den Mann, der soeben aus dem Auto stieg. Leise sagte sie zu ihrer Mutter: „Der sieht aber gut aus. Glückwunsch!" Jetzt wurde Vera rot und schaffte es gerade noch, ihrer Tochter ein „Psst!" zuzuraunen. Sie berichtete von dem kaputten Auto.

„Wo ist Kevin?", suchend sah sich Vera um. „Der kann mithelfen beim Tragen und Auspacken." Julia zeigte nach oben. „Der Herr hat sich in seinem Zimmer eingeschlossen. Heute früh hat er einen Teil der Möbel auf den Flur gestellt, irgendwelchen Kram in seine Bude geschleppt, und seit dem Mittag ist Ruhe. Keine Ahnung, was er wieder ausgeheckt hat." Vera spürte, wie sich ihr Magen zusammenzog. Von einem unguten Gefühl getrieben, bat sie ihre Tochter, beim Ausladen der Waren zu helfen. Mit Grabowskis Hilfe war dies schnell getan. Vera eilte die Treppe empor. Der Ruf „Kevin, mach bitte die Tür auf!", schallte bis hinunter in die Küche, wo sich der Galerist und Veras Tochter Julia am großen Tisch mit Eis niedergelassen hatten. Einen Augenblick später gellte ein wütender Schrei durch das ganze Haus.

Grabowski und Julia schauten sich an, dann sprangen sie auf. Das Eis fiel auf den Tisch, und beide stürmten die Treppe empor. Die Kriminalistin kam ihnen wortlos entgegen. Blass taumelte sie an ihrer Tochter vorbei, und auch Grabowski beachtete sie nicht. Fast automatisch lenkte sie ihre Schritte aus dem Haus und ließ sich auf die Bank sinken, wo bis vor einigen Minuten noch ihre Tochter gesessen hatte.

Als Julia und der Galerist nach ihr schauten, sahen sie in ihren Augen Tränen schimmern. Julia nahm ihre Mutter in den Arm und fragte: „Hat Kevin was angestellt?" Vera nickte nur. Ihr fehlte die Kraft zum Sprechen.

Grabowski kehrte in das Haus zurück. Er ging die Treppe empor und lugte vorsichtig in Kevins Zimmer. Veras Sohn hatte sich in das Bett verkrochen, das Deckbett bis zu den Augen hochgezogen. Sein Zimmer sah aus, als wenn eine Abrissbrigade darin getobt hätte. Farbe war auf dem Fußboden vergossen und breitgetreten worden. Tapete hatte sich von den Wänden gelöst, und manche Bahn hing nur noch am unteren Drittel. Die verbliebenen Möbel wiesen Farbspritzer auf, und der Glasschirm der Lampe hatte einen Sprung. Genauso leise, wie er hinaufgegangen war, stieg Grabowski hinunter. Er ging zur Bank und ließ sich neben Julia nieder. Vera schaute zu ihm und sagte dann: „Tut mir leid, aber heut' ist ein Scheißtag." Sie knüllte das Taschentuch zusammen und atmete tief ein und aus. Energisch setzte sie dann hinzu, „So kommt er mir nicht davon!"

Grabowski räusperte sich. „Wenn ich einen Vorschlag machen dürfte?" Er wartete nicht auf Veras Zustimmung, sondern fuhr gleich fort. „Noch hat der Baumarkt offen, und morgen ist Wochenende … wenn Sie möchten, dann kann ich helfen."

Vera wollte verneinen, doch ein Rippenstoß ihrer Tochter ließ sie verstummen.

„Haben Sie einen Zollstock?" Grabowski hatte das Kommando übernommen, und Vera wehrte sich nicht. Zu viel war heute auf sie eingestürmt. Adé, du schöner Feierabend, dachte sie, dann stand sie auf, um das Gewünschte zu bringen.

Eine halbe Stunde später erzählte Grabowski Vera, dass er vor seinem Kunststudium auf Drängen seines Vaters einen Beruf erlernen musste. So entschloss er sich, Maler zu werden. Wenn er schon keine Bilder malen durfte, dann wollte er wenigstens Räume streichen. Hauptsache, etwas mit Farben. Später, beim Studium, half ihm der Beruf über einige finanzielle Engpässe hinweg. Handwerker waren gefragt in der DDR, und so manche Wohnung hatte er tapeziert.

Vera hatte den ersten Schock überwunden. Ihr Sohn war zu keiner geistreichen Erklärung fähig gewesen. Er verwies nur auf den eintönigen Zustand seines Zimmers. Vera drückte sich in die Polster des Autositzes. Grabowski ließ eine CD in den Player gleiten, und leise Musik von OMEGA erfüllte den Wagen.

Im Baumarkt war der Teufel los. Ausgerechnet am Freitagabend herrschte ein Andrang, als wenn es die nächste Woche nichts mehr zu kaufen gäbe. Sonderangebote, mitten in den Gängen platziert, ließen das Gefühl der Enge noch anwachsen. Rentner schoben ihre Wagen bedächtig durch die Reihen und Pärchen schlenderten verliebt an den Angeboten vorbei. Vera wähnte sich im falschen Film, doch Grabowski steuerte zielstrebig zur Farben- und Tapetenabteilung. Den kleinen Zettel mit den Raummaßen vor Augen füllte er den Einkaufswagen routiniert und zügig. Die Farbauswahl bereitete Vera kaum Kopfzerbrechen. Kevins Zimmer würde ein zartes Lindgrün zieren. Grabowski ließ die gewünschte Menge gleich mischen. Trotz des Andrangs saßen sie eine halbe Stunde später wieder im Auto und schauten sich in die Augen.

„Warum tun Sie das für uns?"

„Ja, warum?" Er überlegte einen Augenblick und meinte dann: „Vielleicht mag ich Sie und Ihre Kinder? Oder eventuell will ich Sie ausfragen, ob Sie im Fall Corinth schon etwas wissen? Und wenn das noch nicht reichen sollte, vielleicht habe ich nur Langeweile und Angst vor einem Wochenende, so ganz alleine?" Vera zeigte ihm einen Vogel. Er lächelte und ließ den Motor an. Die Fahrt zurück verbrachten sie schweigend.

Zu Hause warteten schon die Kinder. Veras Älteste hatte das Kommando übernommen, und Kevin beugte sich dem harten Regiment. Beide hatten das Zimmer leergeräumt und begonnen, die Tapete von der Wand zu lösen. Die meisten Bahnen ergaben sich kampflos und ließen sich ohne großen

Widerstand von den Wänden ziehen. Manches Stück Papier, das sich der Renovierung widersetzen wollte, wurde mit einem Spachtel entfernt. Kevins Gesicht war von der Anstrengung gerötet - oder war es die Scham, die sein Blut pulsieren ließ? Opa Busch steuerte seinen alten Tapeziertisch bei. Vor dem Haus wurde er aufgestellt, und die Männer begannen, die Bahnen zuzureißen, während der Kleister in einem Eimer quoll. Grabowski, der keine Arbeitskleidung mithatte, steckte in einer alten Hose von Opa Busch, ein blau-weiß gestreiftes Fischerhemd vervollständigte die Kostümierung. Die Hose, viel zu weit im Bund, schlackerte bei jedem Schritt, nur gehalten von zwei breiten Hosenträgern. Vera und ihre Tochter trugen die alte Tapete, in Säcken gestopft, aus dem Haus. Oma Busch hatte beschlossen, alle mit Abendbrot zu versorgen. Opa Busch stand neben Grabowski und musterte dessen Arbeit. Rolle für Rolle wurde zugeteilt und danach Bahn für Bahn eingekleistert.

Die kleine Pfeife qualmte mächtig in Opa Buschs Mund, als er sprach: „Na, mien Jung', up dat gaut geiht? So väl Tapet op eens? Krichst dau de ok all anne Wänn ?"

„Ja, gelernt ist gelernt. Zureißen und Kleistern dauert manchmal länger als das Kleben." Er wischte sich den Schweiß von der Stirn. „Willste auch mal?" Und er hielt Opa Busch den Quast hin.

„Ne, lat mal sin, ik ollen Kierl un so'n Gedrief. Ne, ne!" Er schüttelte den Kopf, dass die wenigen grauen Haare danach wirr abstanden, und wieder schmauchte die Pfeife heftig.

„Darf ich mal?" Schüchtern war Kevin an die Männer herangetreten. Hinter Opa Busch gedrückt hatte er die Worte fast geflüstert.

„Klar! Komm ran. Jede Hand wird gebraucht!" Grabowski

hielt Kevin den Quast hin. „Schön eintauchen und ganz gleichmäßig auf der Tapete verteilen. Schau, so!“ Er führte des Jungen Hand, und nach der zweiten Bahn hatte das Kind den Bogen raus. Grabowski nahm die ersten Bahnen und ging ins Haus. Nach einer halben Stunde war er wieder da und legte sich die nächsten Bahnen auf den Arm.

„Sien de annern schon wech?“ Opa Busch schaute überrascht zu Grabowski.

„Ja, die hängen an der Wand.“ Grabowski drehte sich um und ging wieder in Richtung Tür. Die weite Hose machte schlackernd die Drehung mit. Opa Busch legte die Stirn in Falten, klopfte die Pfeife in der Hand aus und beschloss, im Haus nach dem Rechten zu sehen. Als er Kevins Zimmer betrat, stand Grabowski auf einer Leiter und klebte gerade eine weitere Bahn an die Wand. Geschickt passte er sie an und geschwind strich er dann mit der Tapezierbürste fischgrätenartig das Papier glatt. Der kurze Rest, der am Fußboden überstand, wurde mithilfe einer Schiene abgerissen. Es roch nach nassem Papier und Tapetenkleister.

Grabowski, der den Eintretenden bemerkt hatte, schaute nur kurz über die Schulter: „Abnahme ist aber erst nachher.“ Er schob die Leiter ein Stückchen weiter und griff sich eine neue Bahn.

„Ik möt mal kieken. Kann dat garnich glöben. Dat geiht ja ganz fix. Ran un wech.“ Bewundernd schaute er auf den Mann, der wieder die Bürste streifen ließ.

„Gelernt ist gelernt. Früher ging‘s noch schneller, aber mit der Zeit …“ Er vollendete den Satz nicht, sondern widmete sich wieder der Tapete.

Opa Busch merkte, dass Grabowski aufs Tempo drückte. Er wollte nicht stören, und so ging er wieder die Treppe hinunter, hinaus an die frische Luft, wo die Abendsonne den Hof in angenehmes Licht tauchte.

Kevin hatte die letzten Bahnen gekleistert und, wie von Grabowski gezeigt, zusammengelegt. Der Junge sah zufrieden, aber geschafft aus.

„Na, fertig?“ Opa Busch stopfte sich seine kleine Pfeife erneut.

Kevin nickte. „Ich glaub schon. Mehr Tapete ist nicht da, und vom Kleister gibt es auch nur noch einen Rest.“ Er zeigte auf den Eimer, dessen Boden knapp bedeckt war.

Beide setzten sich auf die Bank und streckten die Beine aus. Vera und ihre Tochter brachten Getränke, Cola für den Jungen und Bier für Opa Busch. Vera eilte die Treppe hinauf, in der einen Hand eine Flasche Pilsner und in der anderen Cola.

Als sie Kevins Zimmer betreten wollte, stieß sie beinahe mit Grabowski zusammen. Dieser war auf dem Sprung die Treppe hinunter, um die letzten Bahnen zu holen. Klirrend stießen die Flaschen vor Veras Brust zusammen. Grabowski hielt Vera an den Schultern. Sie spürte seine warmen Hände durch die dünne Bluse. Schweiß stand auf seiner Stirn und unter den Achseln leuchteten dunkle Ränder.

„Durst?“, brachte sie mühsam heraus. Er nickte. „Bier?“

„Lieber eine Cola.“ Er nahm die Hände von ihren Schultern, widerwillig, wie ihr schien, und griff nach dem Getränk. Seine Hände zitterten leicht, als er die Flasche öffnete. Ohne abzusetzen trank er sie leer.

Die Kohlensäure stieg ihm in die Nase und er musste niesen. Lachend sagte er: „Das tut gut und kribbelt so schön.“ Er rieb sich die Nase und sah in diesem Augenblick wie ein kleiner Junge aus. Auch Vera musste lachen.

Kevin steckte in diesem Moment den Kopf zur Haustür

herein und rief nach oben: „Was ist denn so lustig?"

Vergnügt rief Vera nach unten: „Nichts für dich, mein Sohn!"

Grabowski schob sich an ihr vorbei, immer noch lächelnd wie ein Kind. Er sprang mehr die Treppe hinunter, als dass er ging. Einen Augenblick später kam er mit den letzten Tapetenbahnen wieder hinauf.

„Noch etwas zu trinken?" Vera schaute zu Grabowski, der vorsichtig die Bahnen ablegte.

„Jetzt nicht, aber so in einer halben Stunde wäre schön."

„Okay, Ihr Wunsch ist mir Befehl. Ich schau dann mal nach dem Abendbrot." Sie strich sich mit der freien Hand durchs Haar, drückte die Flasche Bier an ihren Körper, ging langsam die Treppe hinunter und vorbei an ihrem Sohn und einem verschmitzt und wissend lächelnden, an der Pfeife nuckelnden Opa Busch.

Eine halbe Stunde später war Kevins Zimmer fertig tapeziert. Opa Busch schaute auf die Uhr. „Dunnerlüchting, knappemang tweennhalf Stunn', un de Stuf is farig. Dei Mann is driftig." Anerkennung lag in seinem Tonfall, als Grabowski nach unten kam.

Kevin und Opa Busch drückten sich an Grabowski vorbei die Treppe hinauf, und Vera mit ihrer Tochter folgten. Staunend standen sie im Zimmer, das vor einigen Stunden noch wie eine Baustelle gewirkt hatte. Akkurat hingen die Bahnen, Stoß an Stoß, Feuchtigkeit verströmend. Am Fenster, das einen Spalt geöffnet war, hingen Wassertropfen, und wie Landkarten zeichneten sich die Spuren der Flüssigkeit auf den Tapeten ab. Morgen würden sie den Raum streichen. Kevin stand mitten im Zimmer und meinte: „Klasse!" Seine Stimme schallte durch den Raum.

„Ja, klasse. Vor allem deine Aktion heute. Darüber ist noch nicht das letzte Wort gesprochen, mein Sohn, und jetzt bedank dich bei Herrn Grabowski." Vera zeigte mit dem Daumen in Richtung des Erdgeschosses. Kevin lief hinunter und tat, wie ihm geheißen. Grabowski war das Ganze, wie es aussah, unangenehm. Er meinte: „Lass gut sein, Kevin. Ist schon in Ordnung."

Als Vera hinunterkam, saßen die drei Männer einträchtig auf der Bank und genossen den wohlverdienten Feierabend.

„Hunger?", fragte sie. „Und wie sieht es aus mit einer Dusche?"

„Duschen? Nee! Was haltet ihr von einem Bad in der Ostsee?" Grabowski war aufgestanden.

„Und das Abendbrot? Oma Busch wartet bestimmt schon auf uns." Vera zeigte zum Nachbarhaus. Aus dem weit geöffneten Küchenfenster drang Geschirrgeklapper.

„Ich frag mal, Mutsch." Veras Tochter lief die wenigen Schritte hinüber, steckte den Kopf durchs Fenster und wechselte einige Worte. Dann drehte sie sich um und rief ihnen zu: „Ihr habt eine viertel Stunde, dann ist das Essen fertig!"

„Na, dann los." Grabowski und Kevin liefen in Richtung Strand. Vera stand alleine und schaute zu Opa Busch.

„Na, mien Diern, dann man hinneran." Er zeigte mit der Pfeife in Richtung Wasser.

„Aber die Handtücher und die Badesachen!"

„Du, ik glöw, de bruken kein Baadbüxen. Bring mal por Handäuker un frisch Tüüch, un denn is gaut."

Schnell raffte Vera ein paar Sachen zusammen, griff sich einige Handtücher und lief zum Strand. Grabowski und ihr Sohn waren schon im Wasser und schwammen um die Wette. Sie schaute kurz zu ihnen und sammelte dann die Bekleidung ihres Sohnes zusammen, die kreuz und quer hingeworfen war. Ganz im Gegensatz zu Grabowskis Arbeitssachen. Sauber und ordentlich lagen diese auf einem Haufen.

Vera schaute hinaus auf das Meer. Die beiden Schwimmer hatten ihren Wettkampf beendet, lagen auf dem Rücken und ließen sich von den Wellen wiegen. Der Strand lag verlassen und leer vor ihr. Vera zog sich aus, und schnell ging es ins Wasser. Die kühle Ostsee erfrischte sie augenblicklich: Die Last des Tages fiel von ihr. Das Wasser wusch den Schweiß, den Ärger und die Anstrengung wie einen Schmutzfilm von ihr ab.

Kevin und Grabowski schwammen in ihre Richtung, und Vera zog im Schein der untergehenden Sonne schnell noch ein paar Bahnen. „Los raus! Abendbrot wartet!“, rief sie ihnen schließlich zu, und die beiden kamen widerspruchslos mit aus dem Wasser.

Glutrot stand die Sonne jetzt über der Wasserkante und tauchte alles in ein zartes, feines Licht. Ihr Sohn hielt krampfhaft seine Boxershorts fest. Die Schwerkraft zog an der vom Wasser durchtränkten Hose, und nur mit Mühe hielt er sie über den Hüften.

„Warum gehst du denn nicht nackig ins Wasser, Kevin?“

Vera schüttelte den Kopf. Er deutete mit dem Finger einen Vogel an und griff dann schnell wieder den Saum seiner Shorts, die einen Teil des aufgenommenen Wassers in mehreren Rinnsalen wieder preisgaben. Grabowski schmunzelte. Er war wie Vera splitterfasernackt und brauchte keine Hose festzuhalten. Am Ufer trockneten sie sich schnell ab. Vera drängte zum Aufbruch. Sie wusste, Oma Busch wartete nicht gerne mit dem Essen. Den Rückweg legten sie fast im Laufschritt zurück, um nicht zu spät zu kommen. Das

Abendbrot verlief recht schweigend. Beim matten Schein einer 25-Watt-Glühlampe war es gemütlich, aber die Anstrengung des Tages steckte allen in den Knochen.

Nur Opa Busch schaute vergnügt von einem zum anderen. Offen musterte er Grabowski, der kräftig zulangte. Oma Busch hatte eine große Schüssel Königsberger Klopse gemacht, die vortrefflich mundeten. Kevin füllte sich die dritte Portion auf. Vera war es ein Rätsel, wo der Junge die Mengen von Kalorien ließ. Bei dem, was er täglich aß, müsste er das Dreifache wiegen. Als das Sättigungsgefühl einsetzte, kam auch die Müdigkeit. Der Tag forderte seinen Tribut.

19

Als Vera am Montag auf Arbeit erschien, war sie die Erste im Büro. Die Praktikantin kam kurz nach ihr, und Stuhr war der Letzte, der das Dienstzimmer betrat.

„Na, schönes Wochenende gehabt?", fragte er in die kleine Runde.

Vera zog eine Flunsch und meinte nur: „Klar, ganz toll."

„Ach, nee!" Stuhr schaute zu seiner Kollegin. „Erzähl mal."

Vera goss erst einmal drei Tassen Kaffee ein. Genüsslich nahm sie einen ersten Schluck.

„Nun erzähl schon", drängelte Stuhr. Er hatte ein Gespür für Situationen und merkte, dass Vera etwas auf der Seele brannte. Sie ließ sich auch nicht lange bitten und setzte die beiden ins Bild. Als sie den vorgefundenen Zustand von Kevins Zimmer schilderte, ließ die Praktikantin ein „Oh Gott!" hören, und Stuhr meinte: „Das sollte mal meiner sein! Und Farbe an die Wände, wann habt ihr das gemacht?" Stuhr war aufgestanden und goss sich noch ein wenig Kaffee nach. Wortlos hielt er die

Kanne in Richtung der Frauen, doch beide schüttelten den Kopf.

„Sonntag, zwischen zehn Uhr und dem Mittagessen. Ich sag dir, noch einmal so eine Aktion, und ich werde zur Furie!"

Stuhr lächelte. „Hatte doch auch was Gutes." Er sah Veras ungläubiges Gesicht und beeilte sich zu ergänzen: „Erstens hat dein Sohn ein frisch renoviertes Zimmer und zweitens … wenn mich meine Nase nicht täuscht, hat es dich gepackt."

„Was hat mich gepackt?"

„Du bist verliebt!", sagte er im Brustton der Überzeugung und verschränkte die Arme.

Vera tippte sich gegen die Stirn. „Du hast sie ja nicht mehr alle. Quatscht schon rum wie Opa Busch." Gekonnt imitierte sie den alten Mann. „Na mien Dirn, dat is en feinen Kierl. Ik glöw, de Leef is intröckt." Heftig setzte sie die Kaffeetasse ab. „Sag mir lieber, was du am Wochenende getan hast."

Stuhr lachte kurz auf. „Sieh an, sieh an! Es fällt auch andern auf … Aber um dich wieder zu beruhigen, ich habe gearbeitet."

„Du, am Wochenende, an deinen freien Tagen." Fast fragend sprach Vera die Worte aus.

„Genau! Schön im Liegestuhl habe ich die letzten drei Akten studiert. Ich sag dir, Kunstfälschung kommt immer mehr in Mode. Da wird von Summen geredet - unvorstellbar!"

„Berichte!" Eine unsichtbare Spannung hatte Besitz von ihr ergriffen. Aufrecht stand sie vor Stuhr und verfolgte dessen kurze Zusammenfassung der Aktenlage.

„Also, um es kurz zu machen: Ich habe mir drei Akten mit nach Hause genommen, und zwar die, die mir am interessantesten erschienen. Der erste Täter fälschte Antiquitäten, zumeist Möbel und Schnitzereien, die er über seinen Antikhandel in Umlauf brachte. Er wurde zu gierig und schluderte bei seinen Arbeiten. Mehrere Kunden beschwerten sich und die Sache flog auf. Er bekam drei Jahre und acht Monate und ist seit zwei Jahren wieder auf freiem Fuß. Der zweite war ein regelrechter Filou. Er bot Drucke und Grafiken an, zuerst, um einige Euros zu verdienen, später meldete er sogar ein Gewerbe an und verkaufte seine Fälschungen munter über das Internet. Warte mal, er sagte wörtlich ...", Stuhr griff zur Akte und blätterte kurz darin, bis er die richtige Seite gefunden hatte: „ 'Es fing mal alles ganz klein an, ich hatte aus Geldnot den Versuch unternommen und wollte weitermachen, bis die erste Beschwerde eingeht. Zu meiner Überraschung waren die Resonanz und der Ablauf allerdings derart positiv und problemlos, dass ich nicht nur langsam massiv am Verstand der Menschheit zweifelte, sondern sich daraus auch ein mittlerweile gewerblich angemeldetes, umsatzreiches Unternehmen mit hunderten Verkäufen entwickelte. Die Anonymität des Internets half mir genau so wie die Gier der Menschen nach dem Einzigartigen, dem Besonderen'." Stuhr legte die Akte zurück auf den Schreibtisch. „Ein Jahr und sechs Monate hatte er Zeit, über seine Geschäfte nachzudenken."

„Mehr nicht?" Vera zog eine Augenbraue hoch.

„Nein, mehr nicht. Unser Künstler fälschte nur unbedeutende Maler und Grafiker und belieferte den Kunstmarkt des kleinen Mannes. Ganz anders Nummer drei. Der hatte es wirklich drauf."

„Du machst mich neugierig." Vera hatte wieder Platz genommen, und auch die Praktikantin hörte mit großen Augen zu. Stuhr genoss seinen Auftritt. Er schritt langsam durch das Büro und deklamierte die folgenden Sätze: „Nummer drei war, wie schon gesagt, ein ganz Großer – vielmehr ist er es immer noch, da er ja noch lebt. Aber nicht mehr fälscht … weil er einsitzt."

Irgendwie hatte er den Faden verloren, und Vera schaute zu Frau Heise, die sich ein Lachen verkniff. „Kommst du auch mal zum Punkt?"

Stuhr war stehengeblieben und begann seinen Vortrag aufs Neue. „Der Mann sitzt noch ein. Er bekam vier Jahre und drei Monate, aufgrund der Schwere der Tat. Er fälschte alles, was Rang und Namen hat. Von Salvador Dali bis Vincent van Gogh, von Malewitsch bis Kandinsky. Er fälschte Künstler verschiedener Stilrichtungen aus den unterschiedlichsten Epochen, und das mit einer Perfektion, die ihresgleichen sucht."

„Fälschte er auch Corinth?"

„Darüber stand nichts in den Akten. Ein Gesamtverzeichnis seiner Fälschungen ist anbei, aber Corinth wurde nicht aufgeführt." Stuhr schüttelte den Kopf.

„Wo verbüßt er seine Strafe?"

„Einen Moment!" Stuhr griff sich die Computertastatur, und einen Moment später sagte er: „Justizvollzugsanstalt Hannover! Die letzten vier Monate noch, dann wird er entlassen."

„Okay! Ruf bitte für mich dort an und mach einen Termin klar. Ich möchte mich mit diesem Menschen mal unterhalten. Grabowski meinte auch, ich möchte mich lieber mit einem Fälscher über Fälschungen unterhalten, als mit ihm über dieses Thema zu debattieren." Vera war aufgestanden und nahm sich die Akte von Stuhrs Schreibtisch. „Die brauche ich - und mach es dringend in der JVA." Mit der Akte wedelnd verließ sie das Büro. Stuhrs Gemurmel, das sich wie 'So, meinte Herr Grabowski!' anhörte, nahm sie nicht mehr wahr. Die Praktikantin und er tauschten einen vielsagenden Blick.

Stuhr hatte kaum das Gespräch mit der JVA beendet, als das Telefon klingelte. Frau Heise nahm ab, aber mehr als 'Schade!' und 'Wirklich nicht?' sowie 'Na, dann danke.' kam nicht über ihre Lippen. Sie informierte Stuhr über den Inhalt des Telefonats: Der Leiter der Spielbank hatte sich gemeldet. Keiner seiner Angestellten kannte Thieme, und keiner konnte sich erinnern, Thieme in der Spielbank gesehen zu haben. Sie hatten die alten Schichtpläne durchgeschaut, aber sechs Monate waren eine zu lange Zeit. So hatte sich die gefundene Quittung der Spielbank auch als eine Spur erwiesen, die ins Leere führte.

„Also, wenn Sie mich fragen, die Quittung wurde nur irrtümlich mit abgeheftet." Die Praktikantin lehnte sich auf ihrem Bürostuhl zurück und verschränkte die Arme vor der Brust. Stuhr schaute auf: „Das erklären Sie mir mal." Frau Heise gab ihre lockere Haltung auf, rieb sich mit der rechten Hand die Nase, als brauche sie einen Augenblick Zeit, um sich die passenden Worte zurechtzulegen, und erklärte: „Dieser Beleg passt doch gar nicht zu den anderen Quittungen und Schreiben, die man in Thiemes Wohnung gefunden hat. Wo ist der Zusammenhang? Keiner kennt ihn in der Spielbank. Keiner seiner Kollegen oder Bekannten erwähnte auch nur, dass Thieme in eine Spielbank geht. Warum heftet er so sorgfältig diesen blöden Zettel ab?"

„Genau das wollen wir ja rausbekommen." Stuhr legte den Kugelschreiber aus der Hand und stand auf. „Gerade Puzzlesteine, die scheinbar nicht ins Bild passen wollen, dienen oft der Lösung des Falles", dozierte er. „Wir müssen nur die richtige Stelle finden, um diese Steine schlüssig in das Gesamtbild einfügen zu können. Übrigens - ein Zettel kann nicht blöd sein. Er ist ja auch nicht intelligent!" Er setzte sich wieder, auf den Lippen ein Lächeln. Frau Heise zog beim letzten Satz eine Flunsch. Stuhr und seine Auslegung bestimmter Worte. Alles musste er auf die Goldwaage legen. „Das war doch nur so gesagt! Wir sollten uns mehr auf das Museum konzentrieren und auf seine Bekannten. Achtzig Prozent aller Morde sind Beziehungstaten!"

„Liebe Frau Heise! Bitte, verschonen sie mich mit Statistiken. Ich kenne diese Zahlen auch." Er zog die Stirn kraus. „Und ich gebe Ihnen ja Recht, wahrscheinlich kannten sich Opfer und Täter, und wahrscheinlich haben auch das Museum und das gefälschte Gemälde etwas mit dem Tod von Thieme zu tun, aber eben nur wahrscheinlich. Spekulieren bringt uns nicht weiter." Er schnappte sich eine Ausgabe einer älteren Kriminalistikzeitschrift und verließ das Büro in Richtung der Toiletten. Frau Heise schaute ihm verwundert nach, dann widmete sie sich wieder ihrem Aktenstudium.

Als Vera eine halbe Stunde später erneut das Dienstzimmer betrat, saß Stuhr an seinem Schreibtisch und blätterte in der Zeitschrift. Die Praktikantin hatte mehrere Bücher vor sich aufgeschlagen und schrieb eifrig einzelne Passagen daraus ab.

„Und, was sagt die JVA?"

Stuhr unterbrach seine Zeitschriftenlektüre und sagte: „Wenn du möchtest, kannst du schon morgen einem der größten Kunstfälscher des Jahrzehnts gegenübersitzen. Vielleicht auch mit ihm sprechen, aber nur, wenn du Tee mitbringst, und zwar schwarzen."

„Wie bitte?" Vera hatte die Hände auf Stuhrs Schreibtisch gestützt und beugte sich jetzt vornüber.

„Tee? Schwarzen Tee?"

„Ja! Laut Leiter der JVA bevorzugt Herr Lisewsky, den du ja zu sprechen wünschst, schwarzen Tee. Er meint, ein Päckchen dieses Getränkes öffnet dir sein Herz."

„Ich möchte den Mann sprechen und nicht sein Herz erobern! Ein Hoch auf unseren Strafvollzug! Na, in Ordnung. Kauf ich nachher noch schwarzen Tee."

„Hast du schon mit Gäbler gesprochen, wegen des Dienstreiseauftrages?"

„Alles erledigt. Die Staatsanwaltschaft ist informiert, und ich rufe Gäbler an und sage Bescheid, dass ich morgen fahre. Ruf bitte für mich noch einmal in Hannover an und bestätige den Termin."

Sie blickte in Richtung der Praktikantin, die schon mehrere Blätter Papier in feiner, ordentlicher Schrift beschrieben hatte. „Und Sie suchen mir den ersten Zug für morgen raus und buchen Hin- und Rückfahrt, bitte."

20

Am nächsten Morgen stand Vera kurz nach viertel fünf Uhr auf dem kleinen Bahnhof der Stadt Bergen, wartend auf den Zug, der sie nach Stralsund bringen sollte. Einige Lampen spendeten Licht, ansonsten war es noch dunkel. Die Sonne würde erst in einer Stunde aufgehen.

Auf Veras Armen bildete sich eine Gänsehaut. Sie bereute, die dünne Strickjacke nicht übergezogen zu haben. Doch kurz nach Sonnenaufgang würde wieder die Hitze der letzten Tage herrschen, und eine Jacke war dann nur noch überflüssiger Ballast.

Sie war müde, und diese Müdigkeit trug auch dazu bei, dass sie fror. Viel zu lange hatten sie gestern debattiert und das Für und Wider abgewogen. Kurz vor Ladenschluss hatte sie noch eine Packung Tee aus der Region Yeannan in

China erstanden. Der Verkäufer im Teeladen hatte sich alle erdenkliche Mühe gegeben, Vera die Vor- und Nachteile der einzelnen Regionen und Sorten zu erklären. Ihr schwirrte der Kopf von den Merkmalen, die einen Tee auszeichneten. Bisher hatte sie angenommen, es gehe nur um das Anbaugebiet oder die Sorte, doch sie wurde eines Besseren belehrt. Von Dust war die Rede, von Orange Pekoe, Fannings, von der Redewendung „two leaves and the bud" sowie von Anbauregionen und Teerezepten. Irgendwann hatte sie abgewinkt und um einen guten Tee gebeten. Das zerknirschte Gesicht des Verkäufers nach Veras Bitte ließ darauf schließen, dass er ahnte, dass sein Vortrag auf wenig Verständnis gestoßen war. Seufzend nahm er eine der großen Blechboxen aus dem Regal und meinte müde lächelnd: „Empfehlen kann ich Ihnen diese Sorte. Ein schwarzer Tee aus Yeannan, dessen viele goldene Blattspitzen sich in der Tasse zu einem delikaten Aroma vereinigen. Wie viel darf es sein? Ein halbes Pfund in unserer Geschenkbox?"

Vera nickte schwach, sie wollte nur noch heim. Als sie allerdings den Preis hörte, war sie hellwach. Vorsichtshalber ließ sie sich eine Quittung geben. Dr. Gäbler würde schon Verständnis zeigen, schließlich handelte es sich um eine dienstliche Angelegenheit.

Der einlaufende Zug unterbrach ihren Gedankengang. Zehn Minuten später fuhr sie in Richtung Stralsund, wo es nach einer halben Stunde Aufenthalt nach Hamburg weitergehen sollte. Stralsund empfing sie mit den Strahlen der aufgehenden Sonne. Hier war mehr Betrieb als auf dem kleinen Bergener Bahnhof. Pendler wollten zur Arbeit, Urlauber in ihre Quartiere oder wieder nach Hause. Sie nutzte die Pause, um im Bahnhofscafé zu frühstücken. Der Kaffee war gut und die belegten Brötchen sogar frisch. Am Nebentisch saßen mehrere junge Leute über eine Karte gebeugt, ihren Kaffee vor sich, und unterhielten sich über die besten Strände der Insel Rügen. Vera hörte neidisch zu. Wie gerne hätte auch sie die letzten Ferienwochen mit ihren Kindern am Strand verbracht, gemeinsam als kleine Familie noch einmal etwas zusammen unternommen. Doch dieser verflixte Fall fraß ihre ganze Zeit, und ihr geplanter Jahresurlaub rückte immer näher. Wenigstens die beiden letzten Ferienwochen sollten ihren Kindern gehören, da konnte kommen, was wollte.

Die Lautsprecherdurchsage rief Vera zum Zug. Die jungen Leute ließ sie hinter sich wie auch die Gedanken an ihre Kinder. Im Abteil nahm sie ihre Aufzeichnungen zur Hand und ging noch einmal die Fragen durch, die sie in wenigen Stunden Tobias Lisewsky, dem genialen Kunstfälscher, stellen wollte. Das Abteil war fast leer, nur eine ältere Dame saß am Fenster, und das intensive Arbeiten von Vera unterband jeden Versuch eines Gespräches. Kurz hinter Rostock kam der Zugbegleiter, um die Fahrkarten zu kontrollieren. Vera sah kurz auf, gab ihm ihre Karte und steckte sie ohne ein Wort wieder ein. Ein Lächeln musste dem Mann in der blauen Uniform genügen.

Vera erinnerte sich kurz an ihre Kinderzeit. Wie gerne war sie damals mit dem Zug gefahren, vor allem mit den alten Dampfloks. Dieses Gefühl von Geschwindigkeit und Größe, wenn die Lokomotive fauchend anfuhr und weißer Dampf den Bahnsteig einhüllte. Das rhythmische Stampfen der Räder auf den Gleisen und der Schaffner in seiner Uniform, mit einer Zange kleine Löcher in die Pappkarten knipsend. Vorbei die Zeit der Dampfloks und der kleinen Fahrkarten aus Pappe. Auf Rügen konnte sie sich noch bei einer Fahrt mit der Kleinbahn, dem 'Rasenden Roland', in die Vergangenheit zurückversetzen. Doch die Kinderzeit, in der man unbeschwert seinen Träumen nachjagen und Luftschlösser bauen konnte, war unwiederbringlich vorbei. Sie widmete sich wieder ihrem Fragenkatalog. In Gedanken versuchte sie, sich den Mann vorzustellen. Sie kannte sein Foto aus der Akte und auch seine Aussagen, doch sie war gespannt auf das Gesamtbild, das sich ihr bald bieten würde.

Hamburg empfing sie mit dem Trubel, der einer Großstadt gebührt. Hektische Menschen, die von Bahnsteig zu Bahnsteig eilten, mit der Angst im Nacken, ihren Anschlusszug zu verpassen oder keinen Sitzplatz mehr zu bekommen. Sie sah Bettler mit einem Plastebecher in der Hand und Reisende, deren Garderobe mehrere Monatslöhne der Kriminalistin gekostet hatte. Sie sah hektisch eilende und in einer Ecke kauernde Gestalten. Größer als hier konnten Gegensätze kaum sein. Sie ließ sich vom Strom der Menschen treiben, bestieg den Zug Richtung Hannover und ließ sich mit einem Seufzen in das weiche Polster gleiten. Ab jetzt gab es auch einen Restaurantwagen. So konnte man feststellen, wo die Provinz aufhörte und der Wohlstand begann. Das Abteil füllte sich und Vera beschloss, die eine Stunde, die ihr blieb, mit einem Nickerchen zu überbrücken. Zu früh war sie heute aufgestanden und zu spät gestern Abend in ihr Bett gekommen.

Das Rütteln des Zuges kurz vor Hannover weckte sie. Eine Weiche hatte wohl das Wanken des Waggons verursacht. Vera brauchte einen Moment zur Orientierung. Sie wischte sich mit der Hand kurz über die Augen, um auch den letzten Rest Schlaf zu vertreiben.

Hannover lag unter einer Hitzeglocke. Als Vera aus dem

Bahnhof trat, war ihr, als wenn jemand sie in Watte gehüllt in einen heißen Backofen gesteckt hätte. Augenblicklich spürte sie, wie Schweiß aus den Poren trat, und sogleich vermisste sie die Frische der Ostsee.

Zum Glück bekam sie sofort ein Taxi, in dessen Innerem es angenehm kühl war. Dank dem Erfinder der Klimaanlage, dachte die Kriminalistin und gab dem Fahrer die Adresse. Dieser musterte die ganze Fahrt über seinen Fahrgast im Rückspiegel. Wahrscheinlich hielt er sie für die Ehefrau eines Inhaftierten, die heute ihrem Gatten einen Besuch abstatten wollte. Vera ließ ihn in diesem Glauben.

Sie spürte seine Blicke noch, als sie auf das große Tor zuschritt. Sie klingelte, und eine Tür in dem Tor öffnete sich. Der Wachhabende schaute sie fragend an. Auch ihm war es wohl zu warm, und er glaubte, seine Stimme und seine Kraft schonen zu müssen. Vera erklärte ihr Anliegen, und wortlos winkte der Mann sie herein. Scheppernd fiel hinter ihr die Tür zu, als sie den Weg zum Verwaltungstrakt gingen. Vera überfiel ein beklemmendes Gefühl.

Es war nicht das erste Mal, dass sie eine Justizvollzugsanstalt aufsuchte, aber jedes Mal, wenn sie durch den Eingang schritt und die Tür sich schloss, packte es sie. Der mehrere Meter hohe Maschendraht rechts und links des Ganges tat ein Übriges. Sie passierten die Schleuse und befanden sich im Verwaltungstrakt. Sie musste die üblichen Sicherheitskontrollen über sich ergehen lassen. So wurde das Paket Tee, das sie Lisewsky mitbrachte, genau kontrolliert. Wenige Minuten später saß sie im Besucherraum und wartete auf den Menschen, der wie kaum ein anderer das Geheimnis der Fälscherszene kannte.

Als die Tür sich öffnete, trat ein Mann herein, der Vera nur noch entfernt an das Bild in der Akte erinnerte. Der

Wachposten schloss die Tür und postierte sich daneben, während Vera in Gedanken verglich: Auf dem Foto hatte ein ernster, unglücklich wirkender junger Mensch in die Kamera geschaut, und jetzt stand vor ihr ein reifer Mann, der ihr freundlich lächelnd die Hand darbot. Graue Strähnen durchzogen sein dunkles Haar und feine Fältchen hatten sich in das Gesicht gegraben. Blass sah er aus, fand sie, während sie die Hand schüttelte und einladend auf den Stuhl wies. „Schön, dass Sie mit mir reden möchten." Er nahm Platz und erwiderte: „Warum sollte ich nicht mit Ihnen plaudern. Hier drinnen ist man froh über jedes Quäntchen Abwechslung. Was möchten Sie wissen?"

Vera stellte die Dose mit dem Tee vor Lisewsky. Der schaute überrascht auf die Schachtel.

„Für mich?"

Vera nickte. „Ja, für Sie."

Er öffnete die Dose und schaute hinein. Tief einatmend nahm er das Aroma des Tees auf. „Wie der duftet. First Flush, wenn ich mich nicht irre, und wenn mich nicht alles täuscht, ein Yuennan Golden Imperial. Hervorragende Sorte! Wer hat Ihnen von meiner Schwäche berichtet?"

Er sog noch einmal den Duft der Sorte ein und schloss dann die Dose. Scheinbar erwartete er keine Antwort auf die letzte Frage, und Vera sagte nichts. „Wenn Sie solche Geschenke mitbringen, dann muss es sich um eine ernste und dringende Angelegenheit handeln." Er schaute der Frau, die ihm gegenüber saß, tief in die Augen.

Vera hielt dem Blick stand und erwiderte nickend:

„Ja, es ist wichtig. Und um es gleich auf den Punkt zu bringen, ich möchte etwas über die Kunstfälscherszene erfahren."

„So, möchten Sie!" Die Freundlichkeit war wie weggewischt.

Hart stellte er die Blechdose auf den Tisch und lehnte sich zurück.

„Ja, möchte ich, sehen Sie …“ Vera beugte sich nach vorne. „In einem Museum wurde ein gefälschter Corinth entdeckt, und wahrscheinlich musste ein Mensch wegen dieses Bildes sterben. Sie sind einer der Wenigen, die wissen, wie man solche Bilder herstellt, die mir sagen können, wie so etwas in Umlauf kommt, kurz gesagt, die wissen, wie die Uhr tickt.“

Lisewsky schob die Unterlippe vor, hob den Kopf ein wenig und meinte dann: „Ein Mensch musste sterben?“

Vera nickte.

„Und Sie vermuten, dass das etwas mit dem gefälschten Gemälde zu tun hat?“ Wieder nickte sie. „Okay, wenn Sie mich schon so bestechen“, er zeigte auf den Tee, „dann fragen Sie mal.“

„Danke! Sind Sie einverstanden, dass ich unser Gespräch aufzeichne?“

Er winkte ab. „Machen Sie ruhig Aufzeichnungen.“

Vera schaltete das kleine digitale Diktiergerät ein. Der Posten hatte sich einen Stuhl neben die Tür gestellt und nahm jetzt ebenfalls Platz. Beim kleinsten Anzeichen von Gefahr würde er eingreifen und der Kollegin zur Seite stehen. Sie legte den Fragenkatalog vor sich auf den Tisch. Sie brauchte ihn nicht, denn sie kannte alle Fragen auswendig, doch er gab ihr das Gefühl von Sicherheit. Sie wollte nichts von all dem zu fragen vergessen, was ihr so wichtig erschien.

„Wie wurden Sie Fälscher?“

Durch Lisewsky ging ein Ruck. Er lachte kurz auf und wurde dann nachdenklich. „Ja, wie wurde ich das, was ich bin - oder besser gesagt war? Es begann alles ganz harmlos. Einige Jahre nach meinem Kunststudium lernte ich einen Galeristen kennen, Paul van Meyen. Meine eigenen Bilder verkauften sich schlecht oder, besser gesagt, gar nicht. Ich jobbte nebenbei als Taxifahrer oder Pizzabote. Im Sommer zeichnete ich Urlauber am Strand von Travemünde, um überhaupt über die Runden zu kommen."

Er machte eine kurze Pause und fuhr dann fort: „Van Meyen meinte, ich solle mal meinen Stil ändern, verschiedene Sachen ausprobieren. Und, um meine Handschrift zu finden, solle ich versuchen, mich in die Meister hineinzuversetzen. Also versetzte ich mich in van Gogh und in Picasso. Zwei Bilder, die ich lieber nicht hätte malen sollen."

Er schluckte heftig und wischte sich mit der Hand über das Gesicht. „Hätten Sie etwas zu trinken?" Der Posten erhob sich von seinem Stuhl, ging zum Wasserspender, der in einer Ecke stand, und füllte zwei Becher. Vorsichtig stellte er diese vor Vera und dem Gefangenen ab. Lisewsky trank seinen in einem Zug aus. „Danke!" Der Beamte nickte und füllte den Becher ein zweites Mal, dann nahm er wieder Platz. Lisewsky fuhr fort: „Tja, wie gesagt, ich hätte die beiden nie malen sollen. Ich hatte mich tatsächlich in die Maler hineinversetzt, besser gesagt, hineingesteigert. Van Meyen war begeistert. Er versprach mir, die Bilder zu verkaufen. Wohlgemerkt als Lisewskys! Vier Wochen später zahlte er mir zwanzigtausend Mark. Ich war mit einem Schlag meine finanziellen Sorgen los, konnte meine Schulden bezahlen und die verfluchten Jobs aufgeben, mit denen ich mich über Wasser hielt. Endlich war ich am Ziel meiner Träume, das dachte ich damals jedenfalls." Lisewsky lächelte müde. Dann rief er aus: „Bekloppt war ich!" Der Wachmann an der Tür grinste breit. „Ich stürzte mich in mein neues Leben als geachteter Maler, wie ich dachte und wie es mir van Meyen suggerierte. Er hatte mir erzählt, ein

Sammler hätte beide Bilder erstanden, als Investition in ein hoffnungsvolles Talent. Einige Wochen später erfuhr ich, dass ein unbekannter van Gogh versteigert worden war, und zwar für 600 000 Mark. Als ich ein Foto dieses unbekannten van Gogh in die Hände bekam, verschlug es mir die Sprache. Es handelte sich um mein Gemälde. Ich hatte dieses Kunstwerk gemalt und nicht van Gogh. Van Meyen lachte mich aus, als ich ihn zur Rede stellte. Drohte mir mit der Polizei und brachte mich schließlich irgendwie dazu, dass ich es als Genugtuung ansah, wie die Kunstsachverständigen auf meine Arbeit hereinfielen. Wenn sie keinen echten Lisewsky schätzten, dann sollten sie die nachgemachten Picassos und van Goghs kennen lernen. Das nächste war ein Liebermann, den ich liebevoll nachempfand. Ich probierte die unterschiedlichsten Techniken aus. Öl und Tusche, Radierungen, Bleistiftzeichnungen und Aquarelle. Bewegte mich durch die unterschiedlichsten Epochen und Stilrichtungen. Was der Markt verlangte, ich konnte es schaffen."

„Und van Meyen besorgte den Absatz?"

Lisewsky nickte. „Ja, er war der Fachmann für den Zugang zum Kunstmarkt."

„Fälschten Sie auch Corinth?", fast vorsichtig stellte Vera diese Frage. Eine gewisse Scheu war aus ihrer Stimme herauszuhören.

„Ja, auch wie Corinth habe ich gemalt. Kennen Sie das 'Fischerkind aus Nienhagen'? Diese schnellen, flüchtigen Pinselstriche, und dann im Zentrum diese Genauigkeit. Eigentlich zwei ganz unterschiedliche Seiten, aber Corinth beherrschte sie beide wie kaum ein anderer."

„Ist es schwerer, einen Corinth zu fälschen als, sagen wir mal … einen Kandinsky?"

Lisewsky lächelte. „Schwerer? Ich weiß nicht!" Er kratzte sich nachdenklich am Kopf. „Man kann fast jeden Maler kopieren. Das Entscheidende ist, sich hineinzuversetzen in den Künstler, seine Handschrift zu studieren und zu übernehmen. Kandinsky hatte seine Eigenheiten und Corinth auch."

„Kennen Sie jemanden, der Corinth fälschen kann?"

Lisewsky nickte. „Klar, mich! Obwohl ich es heute nicht mehr mache."

„Und sonst noch jemanden?"

Er schüttelte den Kopf. „Auf diesem Gebiet ist man Einzelkämpfer. Da tauscht man keine Erfahrungen aus. Jeder behält sein Geheimnis für sich!"

„Aber Sie kämpften doch nicht allein, um ihre Wortwahl zu verwenden. Sie arbeiteten mit van Meyen zusammen!?"

„Ja, das tat ich. Galeristen sind prädestiniert, gefälschte Bilder in Umlauf zu bringen. Sie erkennen sofort die Qualität einer Arbeit und haben Zugang zum Kunstmarkt. Sie kennen die Sammler, und diese sind verschwiegen."

„Und wie bekommt man so ein Gemälde in ein Museum?"

Lisewsky überlegte kurz, bevor er antwortete. „Nun, einerseits kaufen Museen an. Andererseits werden ihnen Bilder geschenkt oder als Leihgaben überlassen. Es gibt noch den Kunstmäzen, der andere an seiner Leidenschaft teilhaben lässt. Nur ist mir leider so einer nie begegnet."

Er zwinkerte Vera zu und sein Lächeln erinnerte sie an einen Lausbuben. Überhaupt wirkte er in manchen Augenblicken wie ein großer Junge und nicht wie ein Mann von Mitte dreißig. Seine schmale, fast schlaksige Figur und die zartgliedrigen Hände unterstrichen diesen Eindruck noch.

„Ich habe gehört, dass Fälscher alte Bilder auf Trödelmärkten erstehen, wegen der Leinwände. Ist das richtig?"

Der Maler nickte. „Ja, das stimmt. Ich zog von einem Markt zum anderen und kaufte hier und dort billig alte Schinken, nur um ausreichend Leinwände aus verschiedenen Epochen zu haben. Am wichtigsten sind die Pigmente. Wenn die alt sind, ist das schon die halbe Miete. Jetzt noch ein bisschen Eiweiß in Leinöl schlagen, das Ganze auftragen und langsam trocknen. Das schafft die Risse. Und danach das Bild in eine Tiefkühltruhe. Aber es muss eine sein, die bis minus 35 Grad kühlt, so dass sich das Gemälde richtig zusammenzieht. Und dann, nach dem Erhitzen, reißt es auf, und man kann Umbra und alten Dreck reinschmieren. Voila, fertig ist ein Rembrandt. Den ich übrigens sehr gerne imitierte. Er malte von unten nach oben, was schon eine große Intelligenz voraussetzt und", hier machte Lisewsky eine Pause, „er hatte eine Technik, mehrere Schichten übereinander zu setzen, manchmal bis zu 27."

Vera schaute erstaunt zu dem Mann, der sich zurückgelehnt hatte und mit leichter Hand plauderte, als ob er Nebensächlichkeiten preisgab.

„Aber es muss doch auffallen, wenn plötzlich ein Rembrandt oder ein Rubens auftaucht?"

„Klar fällt das auf, aber nur im Positiven. Sobald Expertisen vorliegen, glauben Menschen alles, und Expertisen bekommen sie relativ einfach." Er winkte ab. „Der Mensch glaubt, was er sieht, und wie bei allem ist die Verpackung das A und O. Sehen Sie …"

Er beugte sich nach vorn, nahm seinen Becher und drehte diesen in der Hand.

„Van Meyen hatte dazu eine tolle Methode entwickelt. Er fälschte zum Beispiel alte Ausstellungskataloge. Fügte Seiten ein und Beschreibungen der Bilder. So konnte er den Experten darlegen, dass dieses oder jenes Bild irgendwann schon einmal im Kunsthandel war. Oder ich malte nach Skizzen. Viele Künstler zeichnen erst Teile oder bestimmte Ausschnitte eines Gemäldes und fügen später diese Teile zu einer Komposition zusammen, oder sie verwerfen ganze Zeichnungen, ändern sie ab, oder es werden mehrere Varianten eines Motivs gemalt. Ihr Corinth machte das auch. Wie oft er Frauen malte, mal nach links geneigt, dann nach rechts geneigt oder mit Blumenkorb in der Hand - wer weiß?"

„Sie meinen also, die Welt will betrogen sein …"

„Und so betrügen wir sie. Ja, Sie haben Recht. Der Franzose Camille Corot hat zu Lebzeiten etwa 7000 Gemälde gemalt. In den Vereinigten Staaten gibt es aber bis heute offiziell 35000 als echt registrierte Bilder dieses Malers. Wohl gemerkt, nur in den Staaten!"

Vera musste sehr ungläubig dreingeschaut haben, denn Lisewsky fragte: „Sie glauben mir nicht?"

Sie zuckte mit den Schultern. „Ehrlich gesagt, das ist mir zu hoch. Wie kann solch ein Fall eintreten? Wie können so viele Bilder von ein und derselben Person existieren und dann noch als echt deklariert sein?"

Lisewsky lachte auf. „Ganz einfach! Sie kaufen ein Bild, dann lassen sie eine Expertise erstellen. Derjenige, welcher die Expertise erstellt, ist auch nur ein Mensch und damit zu täuschen. Oder unsere Sammler: Es gibt die Sammler, die in einen bestimmten Maler verschossen sind. Diese fragen nicht, ob das Bild echt ist oder falsch. Sie wollen es haben! Es entspricht ja in seinem Naturell dem Künstler, auch wenn es nur, nun, sagen wir mal, nachempfunden wurde. Und dann gibt es die anderen 'Sammler', die nur etwas haben möchten, um damit vor ihren Gästen prahlen zu können. Ich möchte nicht wissen, in wie vielen Arztpraxen oder Rechtsanwaltskanzleien gefälschte Gemälde hängen." Er machte eine wegwerfende Handbewegung. Vera erinnerte sich: Genau dasselbe hatte Grabowski ihr auch gesagt. Grabowski, dachte sie, und ein Gefühl der Wärme durchströmte sie. Sie zwang sich zur Aufmerksamkeit.

„Wenn Sie, sagen wir mal, ein Bild in einem Museum austauschen wollten, wie würden Sie das tun?"

„Gar nicht!" Er lehnte sich wieder zurück und verschränkte die Arme vor der Brust.

„Nur mal angenommen!"

„Auch nicht angenommen!"

„Und warum nicht?"

„Erstens sitze ich ein und kann keine Gemälde austauschen. Zweitens wäre das nicht mein Part, und drittens ist die ganze Sache viel zu heiß. Und dies ist der Hauptgrund, ich war einmal kriminell, und das reicht bis zum Lebensende."

„Okay, akzeptiert! Aber warum sagen Sie: Viel zu heiß?".

„Museen sind gesichert. Da gibt es Alarmanlagen und Angestellte. Die Gefahr, entdeckt zu werden, ist groß. Außer …"

„Außer?"

„Außer, jemand der Angestellten ist involviert."

Vera wurde nachdenklich und nickte dann. „Ja, das glauben wir auch, aber sollten Museen nicht Bewahrer von Unvergänglichem sein?"

Ein Schmunzeln war Lisewskys Antwort.

„Sie lächeln?"

„Ja, muss ich. Tut mir leid, aber in Museen arbeiten auch nur Menschen, durchschnittlich bezahlt, eventuell gierig nach dem Einmaligen, dem Besonderen. Und Sie kommen mir mit dem Bewahren von Unvergänglichem!" Er schüttelte den Kopf.

„Sie stellen den Kunstmarkt als ein sehr schmutziges Geschäft dar. Dessen sind Sie sich doch bewusst, oder?"

„Klar doch!" Da war sie wieder, diese jugendliche, kindische Unbekümmertheit. „Aber so ist es nun einmal", erklärte er. „Es ist ein sehr eigenartiges Metier. Sehen Sie, ich kam von der Kunsthochschule, voller Ideale, aber ohne Geld. Hoch gelobt von meinen Professoren, aber die sogenannten Kunstsachverständigen wollten von mir und meinen Arbeiten nichts wissen. Erst, als ich Bilder mit anderen Namen signierte, wurden meine Arbeiten geschätzt. Ich schuf Neues unter falschen Namen, und diese Bilder hatten plötzlich Seele und Charakter und waren meisterlich?"

Er trank den Rest aus seinem Becher und zeigte in Richtung des Wasserspenders: „Darf ich?" Vera schaute zum Wachmann, und dieser nickte. Lisewsky stand auf und fragte Vera: „Möchten Sie auch noch ein wenig?"

Sie schüttelte den Kopf. „Danke, nein!"

Er ging zum Spender und füllte seinen Becher erneut, während er weitersprach: „Schauen Sie, die Kunstszene ist genau genommen nur ein Teil unser heutigen Geschäftswelt. Es zählt der Profit, der Maximalgewinn, der sich mit Kunst verdienen lässt, und nicht das Individuum." Er ließ sich wieder auf seinen Stuhl fallen und schaute Vera direkt an. „Verstehen Sie, was ich sagen will? Kunst kann auch korrupt sein, genauso wie die Menschen, da sie von Menschen gemacht wird. Nehmen Sie zum Beispiel einen wohlhabenden Kaufmann aus dem Mittelalter: Wenn dieser sich hat porträtieren lassen, dann nur von seiner schönsten Seite. Das wahre Ich wurde verborgen."

„Aber gab es nicht auch Künstler, die schonungslos zeichneten und wahre Kunstwerke vollbrachten?"

„Klar gab es die. Nur konnten diese Künstler kaum von ihrer Malerei leben. Wer Geld hatte, bestimmte, was gemalt wurde und was Kunst ist. Und so ist es bis heute geblieben, nur auf einer größeren Basis."

„Wie meinen Sie das, auf einer größeren Basis?"

„Nun, früher war es ein Fürst oder ein kirchlicher Würdenträger, später ein Kaufmann, der die nötigen finanziellen Mittel hatte, sich Kunst zu leisten - oder gar den Künstler, mit Haut und Haar. Heute kann fast jeder bei uns Kunst erwerben und jeder hat Zugang zur Kunst. Wer sah früher die Gemälde? Doch nur derjenige, der Zugang zum Schloss des Monarchen hatte oder zur Wohnung des Kaufmanns. Heute gibt es Museen, Ausstellungen und damit eine viel größere Anzahl von Rezipienten."

„Das ist doch auch gut so. Wo liegt da das Problem?"

„Kunst ist begrenzt. Es gibt nur eine bestimmte Anzahl echter Rembrandts oder Degas. Und es gibt Maler, die unter ihrem eigenen Namen keinen Cent verdienen, aber als Schöpfer neuer Kompositionen, als Nachempfinder berühmter Künstler für ihre Bilder Geld bekommen. Auf einmal wird dieses Gemälde beachtet. Es hat Seele, nur weil die Signatur eine andere ist?" Er tippte sich an die Stirn. „Dazu meint ein Jeder, er sei Kunstkenner und berechtigt, Kritiken auszusprechen. Fragen Sie doch mal die selbsternannten Kenner, die ein Werk in den Himmel lobten, und als sich herausstellte, es war eine Fälschung, genau das gleiche Gemälde in Bausch und Bogen verdammten, woher ihr Sinneswandel kam." Seine Stimme hatte an Lautstärke und Schärfe zugenommen. „Sie werden keine zufriedenstellende Antwort erhalten."

„Und das alles berechtigt Menschen wie Sie, sagen wir mal, falsche Kunst zu erschaffen, anderen ihr Geld aus der Tasche zu ziehen?“ Er lachte gequält auf. Es klang wie das Meckern einer Ziege. „Es gibt keine falsche Kunst!“, rief er aus. „Und wer Geld hat, hat noch lange keinen Kunstverstand!“ Etwas ruhiger setzte er hinzu: „Übrigens, der Maler bekommt am wenigsten für das Bild. Das Meiste staubt der Galerist ab, und diese Typen sind skrupellos. Falls Sie je einem auf der Straße begegnen, wechseln Sie auf die andere Seite.“

Vera musste sich sehr anstrengen, damit kein Lächeln in ihr Gesicht trat. „Wie kam es eigentlich, dass Sie verhaftet wurden?“ Sie kannte zwar die Antwort aus den Akten, aber sie wollte sie von diesem Mann selbst hören.

„Van Meyen wurde zu gierig. Er brachte zu viele Bilder und Zeichnungen auf den Markt. Ich produzierte ja recht fleißig. Man suchte einen Zille, bitte, da war er. Gnädige Frau lieben Manet, oh, da hätten wir vielleicht etwas für Sie. Herr Professor benötigen etwas Repräsentatives - nehmen Sie doch den Feininger, heute im Angebot.“ Er imitierte sehr geschickt einen Verkäufer. Dann, ernst werdend, fügte er hinzu: „Der Kunstmarkt ist zwar doof, aber sehr sensibel, zu viele Echte aus einer Quelle sind verdächtig. Andere möchten ja auch was vom großen Kuchen abhaben, und so wurde van Meyen vorgeladen. Der geschickte Hund wälzte alles auf mich ab, und das Gericht glaubte ihm. Ich kam in den Knast und er mit einem blauen Auge, sprich Bewährung, davon. Das Schöne an der ganzen Sache ist aber - ihm nutzte sein Geld nichts mehr. Autounfall! Hatte seinen Sieg vor Gericht zu sehr begossen und knallte auf der Autobahn gegen einen Brückenpfeiler. Gott hab ihn selig!“ Er hatte die Hände wie zum Gebet gefaltet.

„Sehr traurig scheinen Sie darüber nicht zu sein.“

„Nein, ehrlich gesagt nicht. Denn wenn van Meyen ehrlicher zu sich und zum Gericht gewesen wäre, würde ich schon heute ein freier Mann sein und nicht erst in vier Monaten. Eventuell hätte ich den Strafvollzug nie kennengelernt, und das Gericht hätte eine Bewährungsstrafe ausgesprochen, was es aber so … nicht tat."

Er sah traurig aus. Vera schaltete das Diktiergerät aus. Lisewsky zerknüllte den Becher und schmiss ihn geschickt in den Abfalleimer, der in der Ecke neben dem Wasserspender stand. Er nahm die Blechdose mit dem Tee an sich, und als er aufstand, bot er Vera die Hand. Sie schlug ein und wünschte ihm alles Gute für die Zukunft. Er zwinkerte ihr zu und zeigte dann auf die Dose, die er in der linken Hand hielt. „Damit ist die Zukunft der nächsten vier Monate gesichert. Herzlichen Dank!" Auch der Wachposten hatte sich erhoben und geleitete Lisewsky hinaus.

Einige Stunden später, Vera saß schon im Zug, ließ sie das Gespräch noch einmal Revue passieren. Lisewsky hatte auf sie einen zwiespältigen Eindruck gemacht. Seine Einstellung zum Kunstmarkt und ganz besonders Galeristen gegenüber war geprägt von seinen Erfahrungen, aber er vergaß, dass er selbst ein Teil dieses Marktes war und sich dem Gebot eben dieses Marktes gnadenlos unterworfen hatte. Vera schüttelte unmerklich den Kopf. Wie zerrissen musste es im Inneren dieses Mannes aussehen. Wie dicht lagen hier Genie und Wahnsinn beieinander?

Ihr Gespräch mit dem Anstaltsleiter, das sie kurz nach Lisewskys Befragung geführt hatte, deckte ein wenig davon auf. Der Leiter der JVA, ein Mann Anfang sechzig mit einer Glatze, auf der sich das Licht spiegelte, berichtete nur Positives über den Strafgefangenen. Er zeigte Vera zwei Gemälde, die von Lisewsky gemalt worden waren. Sie war überrascht. Das eine zeigte Dürers Sicht auf die Apostel Markus und Paulus, wobei der Apostel Paulus das Antlitz von Lisewsky hatte. Das zweite Gemälde hätte ein Werk von Hieronymus Bosch sein können, wenn die Figuren nicht an lebende Personen erinnert hätten.

Vera sah Lisewsky, und sie erkannte den Gefängnisdirektor. Ein Teufel umarmte eine weitere Person. Diese klammerte sich an ein Gemälde, doch es half nicht. Der Satan zog sie mit sich fort. Bei dieser Figur sollte es sich wohl um van Meyen handeln.

Beeindruckt stand Vera vor den zwei Bildern, die das Arbeitszimmer des Direktors schmückten, und konnte kaum glauben, dass beide von ein und derselben Hand gemalt waren. Zu gegensätzlich waren Motiv und Handschrift.

„Beeindruckend, nicht wahr?“ Leise sprach der Direktor, fast flüsterte er.

„Oh, ja.“

Sie hatte Minuten vor diesen Gemälden gestanden, wortlos und in sich gekehrt. Als sie sich dann mit dem Direktor unterhielt, glitt ihr Blick immer wieder hinüber, und jedes Mal entdeckte sie neue Nuancen. Der Leiter der JVA berichtete, dass Lisewsky im Strafvollzug einen Malzirkel leitete. Die Mithäftlinge hatten dieses Angebot sehr gerne angenommen, und manches bisher unentdeckte Talent begann zu zeichnen. Nach seiner Haftentlassung würde er als Illustrator arbeiten können. Nicht die große Karriere als Künstler, aber immerhin ein Anfang und mehr, als viele, die durch das Tor nach draußen gingen, erwarten durften. Lisewskys Zukunftsprognose sah gut aus, obwohl sich kaum jemand um Prognosen scherte.

Auf der Rückfahrt dachte Vera über das Gehörte nach. Sie wusste noch nicht, ob dieser Tag sich für die Ermittlungen gelohnt hatte. Sie selbst aber war um eine Erfahrung und viele Eindrücke reicher.

Die Sonne ging gerade unter, als die Bahn gegen halb zehn abends im Bahnhof von Bergen einlief. Vera eilte mit den wenigen Pendlern mit Richtung Ausgang. Im Auto hatte sich die Hitze des Tages gestaut. Sie ließ die Fenster herunter und genoss die frische Abendluft, die ihr Haar zerzauste.

Eine knappe halbe Stunde später war sie zu Hause. Müde und geschafft stieg sie aus dem Auto. Ihre Kinder waren noch auf und warteten auf sie. Als sie irgendwann im Bett lag, glaubte sie, noch immer das rhythmische Stampfen der Eisenbahnräder zu hören, und kurz vorm Einschlafen sah sie das Gemälde, welches so sehr an Bosch erinnerte, ganz klar vor sich.

21

Früh, nach dem Weckerklingeln, hatte Vera Schwierigkeiten, sich zu orientieren. Fetzen von Träumen huschten durch ihr Gehirn. Einzelne Bilder nur, die sich aber zu keinem Ganzen zusammensetzen lassen wollten. Draußen schickte die Sonne die ersten Strahlen auf diesen schönen Flecken Natur, und sie saß aufrecht im Bett und grübelte über die letzte Nacht.

Vor dem Haus fingen die Spatzen ihren allmorgendlichen Streit an, und Nebukadnezar verlangte sein Futter. Vera quälte sich aus dem Bett. Wie gerne hätte sie noch eine oder zwei Stunden geruht. Die erste große Tasse starken Kaffees vertrieb dann den letzten Rest Müdigkeit, und der strahlend blaue Himmel sorgte augenblicklich für gute Laune.

Im Büro waren Stuhr und die Praktikantin in angeregter

Diskussion, als Vera eintrat. Die beiden unterbrachen ihren Disput, und Vera berichtete von ihrem Gespräch mit Lewinsky. Als sie geendet hatte, lehnte Stuhr sich nachdenklich zurück und verschränkte die Arme vor der Brust. Veras Blick fiel auf seine linke Hand, die in einer blütenweißen Binde steckte.

„Was hast du denn gemacht?“

Auch er schaute auf seine verbundene Hand, meinte aber nur: „Ach, nichts weiter.“

Geschickt wollte er das Thema wechseln, doch Vera hakte nach. „Nun erzähl schon. Irgendwas ist dir doch passiert. Bei der Wärme ein Verband ...“

„Erstens, habe ich gar nichts, und zweitens ist meine Nichte schuld!“ Stuhr sah nicht gerade glücklich aus. Als dann auch noch die Praktikantin Vera berichtete, dass Stuhr schon den ganzen Morgen so komisch auf das Thema reagierte, war es geschehen.

Beide Frauen setzten ihrem Kollegen so lange zu, bis er mit der gesunden Hand auf den Tisch haute und rief: „Ist ja gut! Wie zwei Hyänen fallt ihr über mich her. Okay, ich erzähl euch die ganze Sache, aber nur, wenn ihr Kaffee macht und mich danach bedauert.“ Beide versprachen das Gewünschte und wenige Minuten später erzählte Stuhr das Abenteuer des Vortags.

„Also, wie gesagt, schuld ist meine Nichte“, begann er. „Sie hat vor wenigen Tagen den Führerschein auf Probe gemacht und mich gefragt, ob ich sie beim Fahren begleiten würde. Und ich Trottel hab ‘Ja’ gesagt, so dass sie mich in die Prüfungsbescheinigung eintragen ließ. Gestern, nach Feierabend, stand sie vor meiner Tür und bat mich, einige Runden mit ihr zu drehen. Einen eigenen Wagen hat sie noch nicht, also nahmen wir meinen. Sie nimmt auf dem Fahrersitz Platz, ich daneben. Sie lässt den Motor an, will den ersten Gang einlegen und bemerkt erst jetzt, dass ich ein Automatikfahrzeug habe. Motor wieder aus und ich erkläre dem Kind die Funktion der Automatikschaltung. Nach ihrer Aussage kein Problem oder, um es mit ihren Worten zu sagen, 'mit dieser Rentnerschaltung kann jeder Dummbatz fahren'."

Stuhr holte kurz Luft, trank einen Schluck Kaffee und erzählte dann weiter. „Danach Motor wieder an, Fuß auf die Bremse, Ganghebel auf Drive, Fuß vom Bremspedal und rauf aufs Gas. Nur sollte man dieses mit Gefühl tun. Sie aber haut auf das Gaspedal, dass der Fuß wohl durchs Bodenblech kommen muss. Der Motor heult auf und der Wagen schießt nach vorne los. Ich rufe ihr zu: 'Weniger Gas, Gas weg!', doch das Kind ist total verstört. Ich reiße an der Handbremse, doch das zeigt wenig Wirkung. Wir werden immer schneller, das Getriebe schaltet exakt und zuverlässig nach oben. Zuverlässig bleibt auch meine Nichte auf dem Gaspedal, meine Rufe nach der Bremse völlig überhörend. Nun ist unser Wohngebiet Tempo-30-Zone, und die Staketenzäune meiner Nachbarn fliegen nur so an meiner Scheibe vorbei. Zum Glück flüchten die wenigen draußen spielenden Kinder in die Vorgärten. Ich schrei jetzt 'Bremsen, Bremsen!', doch meine Nichte stammelt irgendwas, das sich anhört wie 'weiß nicht mehr, wo die Bremse ist' und hält krampfhaft das Lenkrad, so dass schon ihre Adern auf dem Handrücken sichtbar werden. Ich sehe das Ende der Straße schnell näher kommen, und die großen, weit aufgerissenen Augen meiner Nichte lassen keinen Zweifel aufkommen: Sie wird an der Kreuzung nicht halten! Und so schnalle ich mich ab und tauche hinab in den Fußraum: Mit der linken Hand drücke ich das Bremspedal nieder, mit der Rechten versuche ich, meiner Nichte Fuß vom Gas zu lösen.

Plötzlich muss dem Kind die Erinnerung wiedergekommen sein, und es tritt mit aller Macht die Bremse, auf der sich noch immer meine linke Hand befindet. Sie ignoriert meine Schmerzensschreie genauso, wie sie vorher meine Rufe nach der Bremse ignorierte.

Wir schießen über diese dämlichen Huckel zur Geschwindigkeitsbegrenzung, dabei kommt endlich meine linke Hand frei, dafür stoße ich mir aber meinen Kopf an der Unterseite des Armaturenbrettes. Mit letzter Kraft komme ich hoch, drehe den Zündschlüssel auf Aus und ziehe ihn ab. Als ich mich mit schmerzverzerrtem Gesicht umschaue, blicke ich in die Gesichter der Streifenpolizisten, die meine armen Nachbarn gerufen hatten. Es dauerte einige Minuten, und ich brauchte meine ganze Autorität, bis ich den Kollegen den Sachverhalt dargelegt hatte, und sie auf eine Anzeige oder ein Bußgeld verzichteten. Quintessenz: Ich habe eine schlimme Pfote und eine Beule am Kopf."

Vera und die Praktikantin lachten bei Stuhrs Schilderung Tränen. Pflichtbewusst fühlten sie später, als sie sich einigermaßen beruhigt hatten, seine Prellung am Kopf. Eine riesige Beule prangte auf dem hinteren Teil seines Schädels, von den Haaren verdeckt.

Vera holte das Diktiergerät hervor und Lisewskys Stimme erfüllte den Raum. Verflogen war auf einmal die Heiterkeit, weggewischt wie Staub beim Frühjahrsputz. Aufmerksam lauschten die drei den Ausführungen. Stuhr machte sich einige Notizen, flüchtig hingeworfene Stichwörter, die nur er entziffern konnte.

Vera ergänzte noch die Aussage des Gefängnisdirektors und meinte zum Schluss ihrer Ausführungen: „Hoch lebe der Kunstmarkt! Ich glaube … ach, was heißt glaube, ich weiß, dass wir noch viel Arbeit vor uns haben. Also, dann lasst uns mal alles Neue zusammentragen. Was Lewinsky gesagt hat, habt ihr vernommen. Wie bringt diese Aussage uns weiter?“

„Uns weniger, aber dir hilft sie!“ Stuhr grinste Vera an.

„Wie meinst du das?“ Irritiert schaute sie ihren Kollegen an.

„Nun ja, die Botschaft lautet doch ‘Hüte dich vor Galeristen, das sind al…’“

Weiter kam er nicht, denn Vera warf mit dem Stift, den sie in der Hand hielt. Geschickt zog Stuhr den Kopf ein, so dass das Schreibzeug sein Ziel verfehlte. Pflichtbewusst bückte er sich, und als er in das zornige Gesicht seiner Kollegin blickte, brachte er sogar ein ‘Entschuldige bitte!’ hervor.

Langsam glättete sich Veras Stirn, sie nahm den Stift zurück und konterte: „Und du hüte dich vor Auto fahrenden Nichten!“ Dann steckte sie ihm die Zunge heraus.

„Wenn ich …?“ Fast schüchtern hatte sich die Praktikantin zu Wort gemeldet.

„Nur zu! Sie gehören genauso zum Team wie der pubertierende Kollege Stuhr, der mit gutem Beispiel vorangehen sollte. Immerhin ist er ihr Pate!“

„Ich habe mich die letzten Tage eingehender mit dem Thema Kunstfälschung beschäftig … äh, nachdem ich mich in die Akte eingelesen hatte und mit dem Fall vertraut war.“

„Okay, und was können Sie beisteuern?“

„Lisewskys Aussage deckt sich mit den Angaben, die ich von der Kunstszene sammeln konnte. Sechzig Prozent aller angebotenen Kunstwerke sollen Fälschungen sein. Es hat sich eine regelrechte Fälschungsindustrie gebildet. Kunstkauf soll einem Roulettespiel gleichen!“

„Aha, wo haben Sie denn diese Weisheiten her?“ Stuhr

schaute zur Praktikantin. „Muss ich ja wissen, als ihr Pate“, fügte er hinzu.

„Ich habe mehrere vereidigte Kunstsachverständige angerufen und mich mit den Leipziger Ausstellern in Verbindung gesetzt sowie mit den Damen und Herren des Schweriner Museums. Die Schweriner haben, wie sie mir versicherten, auch mehrere Corinths in der Ausstellung und im Depot. Diese sind alle echt - zweifelsfrei, wie mir der Herr … Moment, ich schau mal, wie er hieß.“

„Brauchen Sie nicht! Erzählen Sie nur weiter von Ihren Ermittlungen!“ Vera klopfte mit dem Stift nervös auf den Schreibtisch.

„Nun ja, die Kunstexperten wussten alle Bescheid über den falschen Corinth. Schwerin hat sofort eine Prüfung der Bestände veranlasst.“

„Und woher haben die ihre Informationen?“

Frau Heise zuckte die Schultern. „Wahrscheinlich Buschfunk.“

„Und sonst?“

„Gefälscht wurde schon in der Antike. So haben die alten Römer griechische Statuen gefälscht, und sogar Michelangelo schuf für seinen Gönner Lorenzo de Medici einen antiken Amor.“

„Einen Amor aus Marmor! Na, so weit hätten Sie mit den Recherchen nicht zurückzugehen brauchen. Ich glaube kaum, dass Michelangelo uns weiterhilft.“

Stuhr zog die Mundwinkel nach unten und schüttelte vorwurfsvoll den Kopf. Die Praktikantin errötete.

„Lassen Sie sich durch den Einwand des Kollegen Stuhr nicht aus der Fassung bringen. Irgendwie ist er heute nicht unter den Schweinen zu leiden.“

Ärgerlich schaute Vera zu ihrem Kollegen, bevor sie Frau Heise ermunterte: „Was haben Sie noch?"

„Der Austausch von Kunstwerken gegen Fälschungen ist in Museen bisher kaum beobachtet worden. Dagegen in Kirchen oder anderen sakralen Bauwerken oft. Als Begründung wurde mir genannt, dass die Sicherung in Museen sehr gut ist. Anwesendes Personal, Alarmanlagen und die gesamte Sicherung der Objekte lassen kaum einen Austausch zu. Wer möchte schon dabei beobachtet werden?"

„Wenn ich Sie jetzt richtig verstehe, meinen Sie, der Täter sei Mitarbeiter des Museums?"

„Genau! Oder aber er hatte Zutritt zu den Gemälden und konnte diese ungesehen aus dem Ausstellungssaal entfernen!"

„Das Letzte ist fast auszuschließen!" Stuhr hatte den Satz eingeworfen.

„Begründe!" Vera, die bisher Frau Heise angeblickt hatte, schaute nun zu Stuhr.

„Ich habe mir gestern die Alarmanlage erklären lassen. Dieser Corinth ist wie einige andere Gemälde extra gesichert worden, und zwar mit einer Hightech-Anlage. Ein leichtes Ankippen des Bildes genügt, und der Alarm wird ausgelöst. Das ist aber nicht passiert. Übrigens, der letzte Alarm liegt zwei Jahre zurück. Einige Putbuser Jungen trafen beim Fußballspielen eine Fensterscheibe des Museums. Ob absichtlich oder aus Versehen wurde nicht gänzlich geklärt." Er wurde nachdenklich. „Der größte Nachteil für uns besteht meiner Meinung nach in der Tatsache, dass wir den genauen Zeitpunkt des Austauschs nicht wissen."

„Da gebe ich dir Recht, aber wir können den Zeitpunkt des Mordes eingrenzen. Meiner Meinung nach verbeißen wir uns zu sehr in die Fälschung. Ich würde dich bitten, überprüf bitte den militärischen Hintergrund der Museumsmitarbeiter."

Stuhr nickte. „Okay! Auch den der ABM-Leute?"

„Ja, unbedingt, und beschränk dich nicht auf die zurzeit dort Beschäftigten. Frag nach, ob jemand, der entlassen worden ist oder kurzzeitig dort gearbeitet hat, sich noch gemeldet hat. Manchmal vergessen die lieben ehemaligen Kollegen so etwas zu erwähnen."

Stuhrs Notizblatt füllte sich langsam.

„Und Sie, Frau Heise, schauen bitte mal nach, ob es schon mal ähnlich gelagerte Fälle wie den unseren gegeben hat. Ich hatte die Datenbank schon mal durchsucht, aber doppelt genäht hält besser. Mich interessiert das auch unter sakralen Gesichtspunkten. Vielleicht hat der Täter oder haben die Täter sich von Kirchen zu Museen hinbewegt."

Sie stand auf und meinte dann: „Hat sich der Mensch von der Softwarefirma schon gemeldet? Der sollte doch heute Vormittag kommen." Stuhr und die Praktikantin schüttelten den Kopf.

Vera setzte sich an ihren Schreibtisch und tippte die Befragung von Lisewsky ins Reine. Kurz vor dem Mittagessen rief die Werkstatt an und teilte ihr mit, dass der Wagen wieder fahrbereit sei. Vera versprach, ihn am Abend abzuholen. Opa Busch wird sich freuen, heute schon sein Auto wiederzubekommen, dachte sie, als sie auflegte.

Nachdem er gehört hatte, was mit Veras Auto geschehen war, hatte er ihr mit den Worten 'Wat bruk ik dat Auto, nimm du dat man, mien Diern.' seine Autoschlüssel in die Hand gedrückt. Wie hätte sie auch sonst gestern zum Zug und heute zur Arbeit kommen sollen? Busse fuhren nicht, also bliebe nur ein Taxi. So hatte sie das Angebot des Rentners gerne angenommen.

Das Telefon holte sie aus ihren Gedanken. Es war Dr. Gäbler, der Vera und Stuhr zum Leiter der Spurensicherung bestellte. Worum es ging, sagte er nicht. Verwundert legte Vera auf.

„Wir sollen beide zu Dr. Brauner kommen. Anweisung vom Chef."

Stuhr zog die Augenbrauen nach oben. „Das klingt nach Ärger!"

„Glaube ich nicht. Dann hätten wir in seinem Dienstzimmer antreten müssen, aber bei der Spusi?"

„Neue Spuren?" Stuhr hatte sich erhoben.

„Ich kann es dir nicht sagen. Los, komm! In ein paar Minuten wissen wir mehr."

22

Als sie Dr. Brauners Büro betraten, herrschte eisiges Schweigen. Keiner der Anwesenden sagte etwas. Ein junger Mann saß mit kalkweißem Gesicht vor dem Laptop, dessen Bildschirm halb nach unten geklappt war.

„Was gibt's?"

Dr. Gäbler zeigte wortlos auf zwei Stühle. Vera und Stuhr nahmen Platz. „Der Herr ist der Softwarespezialist, den wir angefordert hatten, um Einblick in die Dateien von Thiemes Computer zu bekommen." Dr. Brauner wies auf den jungen Mann, der versuchte, ein Begrüßungslächeln zustande zu bringen. Wortlos nickte er den beiden zu.

„Wir haben da was auf dem Laptop gefunden, das sollten Sie sich ansehen." Dr. Gäbler holte ein Taschentuch hervor und tupfte sich damit die Stirn. Vera sah, dass seine Hand zitterte.

„Worum handelt es sich?" Sie hatte sich vorgebeugt.

„Zeigen Sie es!" Dr. Gäbler winkte in Richtung des Computerfachmanns. Dieser hob abwehrend die Hände.

„Ich will das nicht noch mal sehen! Ohne mich!"

Er sprang auf, sein Stuhl fiel nach hinten, dann lief er hinaus. Sie hörten, wie er sich auf dem Flur erbrach. Verwundert schauten Vera und Stuhr sich an.

„Was hat den denn von der Rolle geworfen?" Stuhrs Kopf zuckte in Richtung Flur.

„Das hier!"

Dr. Brauner hob den Bildschirm des Laptops und drehte ihn zu den Kriminalbeamten. Er hatte ihn mit spitzen Fingern angefasst, als wäre der Laptop mit Dreck besudelt und er hätte Angst, sich schmutzig zu machen.

Was die beiden sahen, ließ sie verstummen. Es schien Vera, als wenn ihr Herz einen Moment aussetzte. Die Augen sahen, aber der Verstand weigerte sich zu begreifen, was auf dem Bildschirm abgebildet war.

„Oh, Gott!", sagte sie. Auch Stuhr stöhnte neben ihr kurz auf. „Verfluchtes Schwein!"

Dr. Brauner ließ das Gerät wieder zuklappen. Alle vier schwiegen und versuchten, das Gesehene zu verarbeiten. Vera hatte sich weggedreht. Sie schaute aus dem Fenster, ohne etwas zu erkennen. Sie brauchte einen Augenblick, um sich zu sammeln. Stuhrs Miene hatte sich von einem zum anderen Moment verfinstert. Der Mund stand offen, als bräuchte er viel Luft, und die gesunde Hand ballte er zu einer Faust. Dr. Gäbler wischte sich noch immer mit dem Taschentuch imaginären Schweiß von der Stirn.

Vera fasste sich als Erste. „Ist viel davon drauf?", presste sie hervor. Dr. Brauner nickte. „Ja! Die ganze externe Festplatte ist voll mit diesem Dreck, und auch auf dem Laptop selbst fanden wir solchen Mist." Er schüttelte sich. Vera sah, dass sich auf seinen Unterarmen die Haare aufgerichtet hatten. Eine fahle Blässe lag auf seinem Gesicht. Wahrscheinlich sah sie auch nicht besser aus. Sie fühlte sich krank.

„Was nun?" Sie schaute zu ihrem Vorgesetzten. Der schluckte mehrmals, bevor er sprach. „Ich informiere die Kollegen. Es gibt vom Innenministerium eine Sonderabteilung. Sollen die sich das ansehen. Kommen Sie alle in einer halben Stunde in mein Dienstzimmer. Und jetzt entschuldigen Sie mich bitte."

Er stand mühsam auf, als wäre er um Jahre gealtert, und ging mit zittrigen Beinen zur Tür. Seine Hand hielt immer noch krampfhaft das Tuch. Dr. Brauner nickte, und auch Vera erhob sich. „Ich muss hier raus!" Sie wollte sich an Stuhr vorbeischieben, doch dieser sprang bei der Berührung auf. „Ich auch! Komm!" Zu zweit verließen sie den Büroraum.

Auf dem Flur versuchte der Computerspezialist, mit Papierhandtüchern sein Malheur wegzuwischen. Der saure Geruch von Erbrochenem ließ Vera würgen. Schnell lief sie in Richtung der Treppe, Stuhr hinter sich herziehend.

Dreißig Minuten später hatte sie sich etwas erholt. Viel kaltes Wasser im Gesicht und frische Luft hatten dafür gesorgt. Sie hatte mit Stuhr kein Wort über den Fund gesprochen. Eine Art von Verdrängung prägte die letzte halbe Stunde. Beide mussten wieder zu sich finden. Wahllos waren sie durch die Stadt gegangen, kaum wahrnehmend, was um sie herum geschah. Sie hatten nur das Bedürfnis, möglichst eine große Distanz zwischen sich und dem Computer zu bringen. Die verbleibende Zeit reichte aber nicht aus, das Gesehene zu verarbeiten.

In Dr. Gäblers Dienstzimmer saß schon der Leiter der Spurensicherung. Das 'Bitte setzen Sie sich!' ihres Chefs klang leise, aber bestimmt. Tief durchatmend begann Dr. Brauner mit seinem Bericht. In kurzen, knappen Sätzen beschrieb er den Umfang der gefundenen Dateien. Alle vier waren erschüttert über das Ausmaß und über das Bild, welches sich ihnen bot.

„Also fast 500 Gigabyte von diesem Schmutz sind vorhanden?", hakte Stuhr nach.

„Ja!" Dr. Brauner nickte. „Das meiste befindet sich auf der externen Festplatte. Auf dem Rechner sind einzelne Fotos, dazu das Betriebssystem, einige Programme usw. Eine genaue Sichtung war noch nicht möglich." Er schluckte. Dr. Gäbler schob ihm ein Glas Wasser zu, das er in einem Zug austrank.

„Was wir feststellen konnten: Es handelt sich überwiegend um Fotos und kurze Videosequenzen, alle mit kinderpornografischem Inhalt."

„Also war Thieme ein Pädophiler?"

Dr. Brauner zuckte mit den Schultern. „Ich kann das nicht beantworten, Herr Stuhr. Noch nicht! Wir müssen dazu seinen gesamten E-Mail Verkehr ansehen, uns dafür die Verbindungsdaten von seinem Provider kommen lassen. Eventuell hat er auch damit gehandelt."

Stuhr fuhr sich mit der rechten Hand übers Gesicht. Er schaute Vera an und sagte. „Der Thieme war ein pädophiles Schwein, eine Sau! Und von diesem Drecksaas sollen wir den Mörder suchen? Wer immer den Typen abgestochen hat, er hat der Menschheit einen Dienst erwiesen." Erregt war er aufgesprungen. Dr. Gäbler straffte den Oberkörper, atmete tief ein und befahl: „Setzen Sie sich hin, Herr Stuhr! Ich verbiete Ihnen, eine solche Meinung öffentlich kundzutun. Wir haben einen Mord aufzuklären, einen Mord an einem Menschen."

Stuhr wollte etwas erwidern, wurde aber sofort unterbrochen.

„Bevor Sie jetzt wieder eine Dummheit von sich geben, Kollege, zählen Sie bis zehn. Ich bin genauso wie Sie erschüttert, aber ich möchte, dass Sie Thiemes Mörder finden. Um diesen Schmutz werden sich die Kollegen der Sonderkommission kümmern. Die können uns auch sagen, ob Thieme pädophil war oder seinen Gewinn aus armen, unschuldigen Kindern pressen wollte."

Stuhr war feuerrot geworden. Seine Stirnader trat hervor, seine Beine wippten schnell auf und nieder. Vera konnte ihm ansehen, wie schwer es ihm fiel, nicht loszubrüllen.

Dr. Gäbler wandte sich an die Kriminalistin. „Gab es irgendwelche Ansatzpunkte, die auf eine solche Neigung schließen ließen?"

„Nein, Herr Kriminaldirektor!" Vera hielt es für klüger, ihn mit seinem Dienstgrad anzusprechen. „Obwohl …"

„Obwohl was?", hakte Dr. Gäbler sofort nach.

„Laut der Auskunft Pastor Kühnemanns soll sich Thieme für bestimmte Projekte eingesetzt haben."

„Worum handelt es sich da?" Dr. Gäblers Augenbrauen hatten sich gesenkt. Seine Stirn warf Falten.

„Einen Moment mal." Vera hatte ihr Notizbuch aufgeschlagen und blätterte es fieberhaft durch. Es dauerte einen Augenblick, bis sie die richtige Seite gefunden hatte. „Hier steht's! Das waren die Kinderferienwochen. Er soll zum Pastor gesagt haben: 'Wo Kinder sind, ist ein goldenes Zeitalter.'" Vera verstummte nachdenklich. „Oh, Gott", fügte sie leise hinzu, „jetzt verstehe ich erst den Spruch."

„Diese perverse Sau machte auch noch Anspielungen!"

Stuhr presste die Lippen aufeinander. Er hatte die Augen eigenwillig verdreht. So hatte Vera ihn noch nie gesehen. Es sah aus, als wenn er gleich platzen würde.

„Kollege Stuhr, bitte zügeln Sie Ihre Ausdrucksweise." Dr. Gäbler schlug mit der flachen Hand auf die Tischplatte. Dr. Brauner zuckte zusammen. Zu Vera gewandt fragte der Kriminaldirektor: „Unterstützte er die Ferienwochen persönlich? Suchte er Kontakt zu den Kindern?"

Vera verneinte. „Soviel wir wissen, war die Unterstützung finanzieller Art, aber ich werde bei Pastor Kühnemann nachfragen."

„Tun Sie das! Aber ich bitte mir aus, dass alle Ermittlungen mit Umsicht geführt werden. Kein Wort an die Presse, sonst ist auf der Insel der Teufel los. Überprüfen Sie alle bisherigen Ermittlungsergebnisse, ob sich irgendwo eine Querverbindung nachweisen lässt. Das Ganze mit Ruhe und Bedachtheit, egal, wie schwer es uns fällt. Das gilt für alle, besonders aber für Kollegen Stuhr. Haben wir uns verstanden?" Alle nickten, und die Besprechung war beendet.

In ihrem Dienstzimmer brühte Vera für Stuhr und sich erst einmal einen starken Kaffee. Frau Heise wollte nichts Heißes trinken, sie hatte dankend abgelehnt. Verwundert schaute sie erst zu Stuhr und dann zu Vera. „Ist was passiert?"

Stuhr winkte ab, und Vera antwortete. „Fragen Sie lieber nicht."

„Schlimm?" Die Praktikantin hakte nach.

„Mehr als das." Vera stellte die Tasse mir dem Kaffee vor Stuhr. „Hier, trink!"

Er schaute kurz auf und nahm dann vorsichtig die Tasse in beide Hände, als müsse er sich wärmen. Die Binde schien ihn kaum zu behindern.

„Deine Hand?"

Er schaute nur kurz auf die bandagierte Linke und meinte:

„Scheiß auf meine Kralle! Damit lauf ich zur Höchstform auf!"

Vera wartete einen Augenblick. Sie pustete in ihre Tasse. Einmal, um den Kaffee abzukühlen, zum Zweiten wollte sie ein wenig Zeit gewinnen. Sie erzählte Frau Heise, was sich auf Thiemes Computer befand. Je mehr sie berichtete, desto blasser wurde die Praktikantin. Ungläubig von einem zum anderen schauend sagte sie dann: „Jetzt verstehe ich …"

Stuhr hielt die Tasse immer noch zwischen seinen Händen. Er hatte noch keinen Schluck getrunken. „Wie wollen wir weiter vorgehen?" Er schaute zu Vera.

„Lass uns erstmal den Kaffee austrinken." Sie musste nachdenken.

Zehn Minuten später waren die Tassen leer, und Stuhr wiederholte seine Frage. „Ich werde noch einmal mit Pastor Kühnemann reden. Ihr schaut euch bitte noch mal die Akte an. Wir überprüfen alles noch einmal. Die gefundenen Unterlagen, seine Kontobewegungen, Kreditkartenzahlungen, hat er sich Kindern genähert und den Kontakt gesucht, ist jemandem diesbezüglich etwas aufgefallen und so weiter…"

„Was ist mit der pädophilen Szene?"

Stuhr stand auf, nahm die leeren Tassen und wusch sie aus. Etwas umständlich zwar, aber er widmete sich wieder dem Tagesgeschäft. Vera freute das. Er schien seinen Tiefpunkt überwunden zu haben.

„Die überlassen wir den Kollegen von der Sondereinheit. Wir können aber eine Zusammenstellung anfertigen, wer irgendwann einmal diesbezüglich auffällig wurde."

Stuhr nickte. „Vielleicht kennt einer den Thieme, entweder als Konsumenten oder als Lieferanten von diesem Scheiß!" Heftig setzte er die Tassen in den Schrank.

Bis zum Abend hatte Vera unzählige Telefonate geführt. Pastor Kühnemann berichtete der Kriminalistin, dass Thiemes Engagement rein finanzieller Art gewesen sei. Persönlichen Kontakt habe er nicht zu Gemeindemitgliedern gesucht, auch nicht zu Kindern. Kühnemann wollte wissen, warum sie das interessiere. Vera antwortete ausweichend. Kühnemann hatte so viel Takt, nicht weiter nachzufragen, obwohl er merkte, dass die Kriminalistin etwas verbarg.

Kurz nach 18 Uhr legte Frau Heise den Reisepass vor Vera auf den Tisch. „Schauen Sie mal." Sie zeigte auf die Ein- und Ausreisestempel. „Thailand, Thailand, immer wieder Thailand."

Vera nahm den Pass. „Stimmt. Hier mal Russland, dann Ägypten." Sie versuchte, die Daten zu entziffern. „Aber mindestens einmal im Jahr Thailand. In den letzten drei Jahren noch häufiger, und voriges Jahr war er sogar dreimal dort."

Vera gab den Pass zurück. „Notieren Sie bitte alle Daten. Einreise, Ausreise, Dauer des Aufenthaltes. Das geht morgen dann zur Sonderkommission. Und jetzt ist Feierabend!"

Als sie aufstand, fiel ihr die Autowerkstatt ein. In der ganzen Aufregung hatte sie ihr Auto völlig vergessen. Sie griff sich das Telefon. Der Werkstattmeister konnte sie beruhigen, bis um neun war jemand da. Erleichtert legte die Kriminalistin auf. Sicher konnte Opa Busch sie nach dem Abendessen schnell noch zur Werkstatt bringen.Sie fuhr schnell nach Hause. Nur weg, war ihr einziger Gedanke. Als sie eintraf, saßen ihre Kinder einträchtig nebeneinander auf der Couch und schauten eine Vorabendserie im Fernsehen. Vera schlüpfte zwischen die beiden und kuschelte sich eng an sie. Die fragenden Blicke ihrer Kinder ignorierte sie.

23

Die ganze folgende Woche war geprägt von reiner Fleißarbeit. Die Nachbarn und Kollegen von Thieme wurden erneut befragt. Manch einer begegnete den Ermittlern verwundert, wenn sie die Frage nach Thiemes sexueller Orientierung stellten. Einige wollten oder konnten dazu keine Auskünfte geben, andere redeten offen. Eine Nachbarin meinte, Thieme sei bestimmt schwul. Auf die Nachfrage von Stuhr, wie sie darauf komme, meinte sie: „Wissen Sie, Herr Kriminal, ein Typ, der so gepflegt ist, so aussieht und keine Frau an seiner Seite hat, der muss schwul sein. Wir Frauen sehen das sofort!" Stuhr vermutete, dass Thieme die Frau hatte abblitzen lassen. Auf seine diesbezügliche Frage erntete er ein lautes, gekünsteltes Gelächter und die Feststellung: „Also, das habe ich nicht nötig! Als wenn ich einen Mann bräuchte!"

Nicht einer der Befragten deutete an, dass Thieme sich für Kinder interessiert haben könnte.

Am Ende der Woche klingelte das Telefon, und Vera wurde zu einem Gespräch mit einer Mitarbeiterin der Sonderkommission eingeladen. Diese wollte sich mit ihr auf der Insel treffen, aber nicht in der Dienststelle. Neutraler Boden sei ihr lieber, meinte die Kollegin, und Vera schlug das Seebrückencafé in Sellin vor. Das sei ihr recht, bekam sie zur Antwort.

Zur verabredeten Zeit ging Vera die Treppen in Richtung Café hinunter. Der Strand unter ihr war voller Urlauber, die in der Sonne lagen, Ball spielten oder Sandburgen bauten. Nichts deutete darauf hin, dass hier vor einigen Tagen ein Toter angespült worden war. Hier tobte das Leben. Am Kopf der Seebrücke lag ein Ausflugsschiff. Möwen kreisten in der Luft, immer auf der Suche nach etwas Fressbarem.

Vera fragte eine Kellnerin nach ihrer Reservierung. Sie wurde zu einem kleinen Tisch geführt, der etwas abseits von den anderen stand. Sie setzte sich und schaute sich um. Zahlreiche Schwimmer waren im Wasser, und die Wasserrettung beobachtete von ihrem Rettungsturm die Badenden. Kinderlachen drang herüber, und eine Möwe saß nur einige Meter von der Kriminalistin entfernt auf dem Geländer. Vera beobachtete das Tier, und dieses beäugte die Kriminalistin.

„Kollegin Rademacher?“ Eine Frau war an den Tisch getreten.

„Ja. Sie sind bestimmt …“

„Genau, Simone Krüger. Wir haben miteinander telefoniert.“ Sie setzte sich, und beide Frauen musterten einander. Die Kollegin von der Sonderkommission schien ihr Jahrgang zu sein, gehörte aber zu der Menschengruppe, deren Alter man schlecht schätzen konnte. Sie war etwas kleiner als Vera, aber mindestens fünfzehn Kilo schwerer. Ihr Gesicht leuchtete rot, und ihre dunklen Haare waren zu einer Kurzhaarfrisur gestutzt. Sie lächelte Vera an.

„Schön habt ihr es hier!“

Die Kellnerin kam und enthob Vera einer Antwort. Sie gaben ihre Bestellung auf. Vera nahm nur einen Orangensaft. Ihre Kollegin entschied sich für Kaffee und einen großen Eisbecher. Eine ihrer Schwächen, wie sie zugab.

Vera rutschte unruhig auf ihrem Stuhl hin und her. In ihrem Bauch kribbelte es. Sie knüpfte große Hoffnungen an dieses Gespräch, doch Simone Krüger bat um ein wenig Geduld. „Nach dem Kaffee und dem Eisbecher werde ich alle Fragen beantworten.“ Sie lächelte und redete von Belanglosigkeiten. Als die Bestellung kam, verstummte sie und widmete sich gedanken-verloren ihrem Eis. Vera blieb nichts anderes übrig, als sich in Geduld zu üben. Endlich war das Eis aufgegessen, und Frau Krüger legte den Löffel mit einem bedauernden Blick aus der Hand. Sie trank den letzten Schluck Kaffee und wartete, bis die Kellnerin abgeräumt hatte.

Ihr Gesichtsausdruck wurde ernst, als sie Vera von den Ermittlungen berichtete. „Die Daten, die auf der Festplatte gefunden wurden, lassen nur einen Schluss zu: Ihr Herr Thieme war pädophil veranlagt. Wir konnten keine Hinweise finden, die belegen würden, dass er mit diesen Fotos und Filmen Handel betrieben hat."

Sie zündete sich eine Zigarette an.

„Das steht fest?"

„Ja. Zweifelsfrei. Wir sind zwar noch dabei, den E-Mail-Verkehr auszuwerten, aber alle Daten, die wir bisher haben, sprechen für diese Annahme." Nach einer kleinen Pause ergänzte sie: „Es wäre auch ungewöhnlich. Die Personen, die solches Material in Umlauf bringen, stehen meist in Bezug zu den Opfern, also den Kindern. Es sind fast immer Vertrauenspersonen wie zum Beispiel Familienangehörige."

„Sie meinen, dass Väter ihre Kinder …"

„Nicht nur Väter. Es gab Fälle, da haben sich die Mütter mit den Kindern bei sexuellen Handlungen filmen lassen."

Vera schluckte. „Oh, Gott!"

„Ja! Oh, Gott. Sie glauben gar nicht, wozu manche Leute fähig sind." Sie klopfte heftig die Asche von ihrer Zigarette in den Aschenbecher.

„Wie krank muss ein Mensch sein, um sich an Kindern zu vergreifen!" Vera schüttelte den Kopf. „Ich verstehe das nicht!"

„Wer von uns versteht das schon? Das Schlimme ist, Sie sehen es diesen Menschen nicht an. Sie leben unauffällig, werden als nett beschrieben. Und das Ganze zieht sich durch alle Schichten der Gesellschaft. Das geht vom Arbeitslosen über Facharbeiter, Ärzte bis zum Rechtsanwalt. Manche ergreifen bestimmte Berufe, um Kindern nah zu sein, andere werden gesellschaftlich aktiv, im Sportverein, in der Kirche oder bei der Nachhilfe."

„Aber so war Thieme nicht."

„Nein, so war er nicht. Er lebte anfangs seine Triebe im stillen Kämmerlein aus, später steigerte sich das. Wahrscheinlich holte er sich seine Befriedigung auf seinen Auslandsreisen. Thailand ist zwar landschaftlich sehr schön, aber leider ein Problemfall, was die Prostitution angeht. Wenn ich mir die Termine seiner Reisen dorthin betrachte, dann fällt vor allem die zunehmende Häufigkeit auf."

„Wäre er mit der Zeit auffälliger geworden?"

„Schwer zu sagen. Am besten kann Ihnen darüber ein Psychologe und Verhaltenstherapeut Auskunft geben oder mein ehemaliger Professor von der Uni. Der hat sich intensiv mit diesem Thema beschäftigt."

„Haben Sie auch in Wiesbaden studiert?"

„Nein." Frau Krüger schüttelte den Kopf. „Ich gehöre einer selten gewordenen Spezies an. Ich hatte das Glück, noch an der Berliner Humboldt-Universität studieren zu dürfen. Übrigens mit Diplom, bis dieser Studiengang 1994 auf Beschluss des Berliner Senats wegen mangelnden Bedarfs geschlossen wurde. Ein Riesenfehler, wenn Sie mich fragen. Das Verbrechen nimmt zu, und der Staat spart an der Ausbildung der Polizisten."

„Wo wird nicht gespart. Die Kollegen vom Streifendienst hatten diesen Winter Probleme, Winterreifen auf ihre Autos zu bekommen. Kein Geld da, das war die Antwort, wenn man nachfragte. Mangelnder Bedarf klingt da schon richtig kreativ.

Wissen Sie was, ich habe Appetit auf einen Kognak. Möchten Sie auch einen?"

„Wenn Sie mich nicht als Trinkerin abstempeln … und nur unter einer Bedingung!"

„Und die wäre?" Vera schaute sich nach der Bedienung um.

„Dass wir du sagen. Einverstanden?"

„Einverstanden!" Vera gab die Bestellung auf, und etwas später nippten sie an ihren Gläsern.

„Du meinst, dein ehemaliger Professor kann mir weiterhelfen, was die Psyche dieses Menschen angeht?"

„Ja, er hat sich intensiv mit Sexualtätern, speziell mit Pädophilen, beschäftigt. Übrigens, er war unter anderem auch ein Grund, warum ich hier auf die Insel gekommen bin."

„Wohnt er hier?"

„Nein, aber einige Kilometer von Stralsund entfernt. Wenn es dir recht ist, frage ich ihn, ob er mit dir redet. Vielleicht kann er dir bei deinem Mordfall helfen. Er ist ein ausgezeichneter Fachmann, was die Analyse von Straftaten betrifft. Heute würde man ihn als Profiler bezeichnen, aber das wäre nur ein Teil von ihm."

„Klar doch. Du machst mich neugierig." Vera nickte heftig. „Wir können jede Hilfe gebrauchen. Aber um auf Thieme zurückzukommen …"

„Der war Teil eines weltumspannenden Netzwerkes, Konsument, wenn man so will. Es gibt zwei Tätergruppen. Die eine produziert kinderpornografisches Material, die andere kauft oder tauscht dieses, um sich zu befriedigen. Die erste Gruppe will nur Geld verdienen, skrupellos und ohne Hemmungen. Die zweite gibt das Geld aus, um ihre Neigungen zu befriedigen."

„Du sagst, weltumspannend?"

„Ja, Thieme war in Kontakt mit Typen aus Deutschland, England, Holland, den USA und anderen Ländern. Mit dem Internet wurde diesen Leuten ein Medium in die Hand gegeben, das sie für ihre Verbrechen schamlos nutzen."

„Und da kann man nichts dagegen tun?" Vera drehte ihr Glas in der Hand hin und her.

„Doch, kann man. Wenn wir solches Material wie das von euch bekommen, dann können wir das ganze Netzwerk aufdecken. Es dauert zwar etwas, aber es geht. Ansonsten sieht es traurig aus. Die Szene ist sehr vorsichtig, und manch User, der durch Zufall auf solche Seiten stößt, schweigt, weil er Angst hat, als Kinderschänder abgestempelt zu werden."

„Aber solche Typen müssen doch auffallen. Sie können doch ihren Trieb nicht dauernd unterdrücken." Vera trank den Rest ihres Kognaks in einem Zug.

„Nicht alle vergreifen sich an Kindern. Viele sind sogar verheiratet und haben Familie. Manche Ehefrau erfährt erst von uns, wen sie geheiratet hat. Dazu kommt eine extrem hohe Dunkelziffer. Kinder werden eingeschüchtert, Frauen schweigen aus falscher Scham oder es fließt Schweigegeld. Dieses Thema wird gerne unter den Tisch gekehrt."

„Weißt du, Simone, irgendwie ist mir schlecht! Sag mal, wie hält man das aus, wenn man sich den ganzen Tag mit solchem Dreck beschäftigen muss?"

„Hast du Kinder?"

Vera nickte. „Zwei, Junge und Mädchen."

„Siehst du, ich habe auch eine Tochter. Und für die mache ich den Job. Ich möchte meinem Kind in die Augen schauen können und sagen, ich habe was getan. Aber du hast recht, manchmal könnte ich schreien."

„Wie lange machst du das schon?"

„Vier Jahre bin ich bei der Sondereinheit."

Veras Achtung vor dieser Frau wurde immer größer. „Hut ab! Ich glaube, ich könnte das nicht."

„Sollst du ja auch nicht. Du holst dir den Mörder von Thieme. Den Rest überlass uns." Sie lächelte Vera zu. „Wenn du keine Fragen mehr hast, dann würde ich gerne aufbrechen." Sie stand auf. „Und mit Professor Rodig rede ich. Darf ich ihm deine Telefonnummer geben?"

„Ja, klar doch."

Auch Vera hatte sich erhoben. Die beiden Frauen schüttelten sich die Hände, und Simone Krüger eilte von der Seebrücke. Vera blieb allein zurück, im Mund einen fahlen Geschmack von Kognak.

24

Simone Krüger hatte Wort gehalten. Am nächsten Tag meldete sich Professor Dr. Rodig telefonisch bei Vera. Er zeigte sich sehr interessiert, und Vera versprach, ihm alle Unterlagen, die er benötigte, zuzusenden. Dr. Gäbler gab sein Einverständnis, und keine zwei Stunden später konnte Vera die gewünschten Informationen liefern. Dann hörte die Kriminalistin drei Tage nichts von Rodig. Kein Telefonat, keine Mail und auch kein Fax. Sie ging in dieser Zeit noch einmal die ganze Akte durch. Als sie den Autopsiebericht las, stellte sich ein Gedanke ein. Ganz kurz und flüchtig nur, und sie konnte ihn nicht halten. Sie las den Bericht wieder und wieder, aber die Erleuchtung kam nicht, doch irgendwo hier war die Lösung verborgen, und wenn es nur der Ansatz einer Lösung war.

Das Telefon unterbrach ihre Suche nach der Wahrheit. Rodig hatte die Unterlagen gesichtet und lud Vera zu sich ein.

Zur Arbeitsbesprechung und um Hypothesen abzuklopfen, wie er sagte.

Die Fahrt zu ihm verlief überraschend zügig. Kein Stau, kein Unfall auf den Inselstraßen. Pünktlich bog sie in das verträumte Dörfchen ein. Hier kam die riesige alte Kastanie, die ihr Rodig als markanten Punkt genannt hatte. An dieser sollte sie rechts abbiegen und den schmalen Weg bis zum Ende fahren. Sie hielt vor einem alten Bauernhaus, dessen Fachwerk neu erstrahlte und dessen glänzendes Dach Vera blendete. Sie kniff die Augen zusammen und suchte nach einer Klingel, als sie einen Herrn zum Tor kommen sah. Er sah aus wie Ende fünfzig, obwohl Vera bekannt war, dass er die siebzig schon überschritten hatte. Er war mittelgroß, hatte das graue Haar akkurat gescheitelt, und der schmale Metallrahmen der Brille unterstrich den hellwachen Ausdruck seiner Augen.

Er begrüßte sie freundlich und bat sie herein. Das Grundstück war, wie viele in dieser Gegend, groß und sehr gepflegt. Der Rasen leuchtete trotz der Trockenperiode der letzten Wochen in tiefem Grün, und die weißen Wedel des Pampasgrases gaben dazu einen herrlichen Kontrast. Er bat sie ins Haus, genauer, in den angrenzenden Wintergarten. Die Dachfenster waren angeklappt und Markisen ließen die Sonne draußen. Es herrschte eine angenehme, schattige Atmosphäre. Vera ließ sich in einen der schönen Korbsessel gleiten und bedankte sich, dass er ihr helfen wollte.

Rodig erwiderte: „Frau Rademacher, meine Frau hat uns gute eineinhalb Stunden zugestanden. Danach gibt es Kaffee und Kuchen. Lassen Sie uns die Zeit nutzen. Einverstanden?" Die Lachfältchen passten nicht zu den ernsten Worten, und Vera musste ebenfalls lächeln.

„Sehr gerne, Herr Professor."

„Die Titel können Sie gleich stecken lassen. Hält nur auf, und wir haben ja keine Zeit, oder?“ Er sagte dies mit so viel Charme, dass Vera ihm gern zustimmte. Dann wurde er jedoch ernst.

„Ich habe mir die Unterlagen genau angesehen. Erstmal danke für das Vertrauen …“ Vera wollte ihn unterbrechen, doch er hob die Hand. „Sagen Sie bitte nichts. Es hat schon etwas mit Vertrauen zu tun. Immerhin unterrichte ich seit dreizehn Jahren nicht mehr. Also, wie gesagt, ich habe mir alles angesehen, ausgewertet und ein Profil des Täters erstellt.“ Vera saß jetzt kerzengerade. „Ihr Täter, Frau Rademacher ist ein Mann, kräftig und intelligent. Er plant vorausschauend. Die Tat wurde nicht im Affekt begangen. Und, was mir sehr wichtig erscheint, er hat Ortskenntnisse, und zwar sehr genaue. Des Weiteren suchen wir bzw. Sie nach jemandem mit einem militärischen Hintergrund.“

Er schaute Vera direkt in die Augen. „Der Mann handelt eiskalt und plant seine Schritte wie ein Schachspieler immer mehrere Züge voraus. Aber ich nehme an, das haben Sie schon gewusst oder vermutet.“

Vera schüttelte den Kopf. „Ehrlich gesagt, manches ist mir neu. Die Ortskenntnisse kann ich mir erklären. Er wusste genau, wo er die Leiche ins Wasser werfen konnte, ohne beobachtet zu werden. Der militärische Hintergrund ergibt sich wahrscheinlich aus der Stichwunde.“

Rodig nickte bestätigend.

„Aber wieso plante er die Tat?“

„Das habe ich nicht gesagt. Die Vermutung liegt nahe. Auf alle Fälle war es keine Tat im Affekt. Da nimmt man, was man gerade in den Händen hat. Einen Knüppel, eine Axt oder das Küchenmesser, oder man erwürgt sein Gegenüber. Er hat aber eine Waffe benutzt, die man nicht so mit sich herumträgt. Kein übliches Messer, keine Bratengabel oder Forke. Dieser Täter brachte die Waffe zum Tatort. Er kann sich schnell auf Situationen einstellen und sie für seinen Vorteil nutzen. Er tötet sein Opfer, nimmt ihm alle persönlichen Sachen ab, lässt die Leiche verschwinden, und das alles mit kaum verwertbaren Spuren. Nur, dass die Leiche so schnell gefunden wurde, war nicht vorhersehbar."

„Glauben Sie, dass sich Täter und Opfer kannten?"

„Ich glaube, mit Ja antworten zu können. Entschuldigen Sie meine Vorsicht, aber wenn man davon ausgeht, wie ihre Rechtsmedizinerin es beschreibt, dass unser Opfer von hinten erstochen wurde, und das mit chirurgischer Präzision, da glaube ich schon, dass Täter und Opfer sich kannten." Entschuldigend hob er die Hände. „Aber, wie gesagt, das ist nur eine Hypothese."

„Kann der Täter von Thiemes Neigungen erfahren haben und ihn deswegen getötet haben?"

Rodig schüttelte den Kopf. „Das glaube ich nicht. Man hätte ihn eventuell zusammengeschlagen und dann angezeigt, einen Lynchmord begangen, um ein Exempel zu statuieren, nach dem Motto 'Wer sich an Kindern vergreift, verdient den Tod'! Aber nichts dergleichen ist passiert. Und Thieme lebte seine Neigung im Ausland aus. Hat er sich in Deutschland an Kindern vergangen?"

„Nein. Wir haben diesbezüglich keine Anhaltspunkte. Er hat hier nicht einmal den Kontakt zu Kindern gesucht."

„Das passt in sein Profil."

„Warum?"

Vera wurde immer neugieriger. Der Professor hatte die Akten genau studiert. Alles, was er ihr bisher berichtet hatte, zeugte davon, wie er sich in Täter und Opfer hineinversetzen konnte.

„Er hatte es nicht nötig, sich hier an Kindern zu vergreifen. Durch sein Vermögen begünstigt, konnte er im Ausland straffrei seinen Neigungen nachgehen. Es sind selten Unbekannte, die sich an Kindern vergreifen. In der Regel sind es Vertrauenspersonen, die lange mit dem Kind Kontakt hatten. Und um Kontakt aufzubauen, braucht man Zeit und die Gelegenheiten. Beides war bei Thieme nicht gegeben. Laut gesichteter Unterlagen suchte er weder beruflich noch privat Kontakt zu Kindern. Er war vorsichtig. Sie sehen ja, wie er seinen Computer absicherte. Sein Verhaltensmuster war berechenbar. Er versuchte, alles zu kontrollieren. Dieser Mann hätte noch über Jahre seinen Trieben nachgehen können, ohne dass er aufgefallen wäre." Rodig schob seine Brille ein wenig hin und her.

„Um Gottes willen! Ich darf mir das gar nicht vorstellen."

„Unsere Vorstellungskraft ist zum Glück begrenzt. In der Bundesrepublik sterben jede Woche mindestens zwei Kinder an Misshandlungen und Vernachlässigung. Jedes Jahr circa einhundertfünfzigtausend neue Fälle, und da sind die Fälle sexuellen Missbrauchs noch nicht eingerechnet. Das ist ein gesellschaftliches Problem!" Er hatte seine Stimme angehoben. Vera konnte ihn sich jetzt gut im Hörsaal vorstellen, wie er mit scharfem analytischen Verstand und glasklarer Stimme Vorlesungen hielt.

„Das Problem des Missbrauchs und der Misshandlungen gibt es doch aber in jeder Gesellschaft. Es ist doch nicht allein ein Problem dieser Republik."

„Natürlich nicht." Rodig hatte seine Brille abgenommen. „Zu DDR-Zeiten hatten wir, was den sexuellen Missbrauch von Kindern betrifft, etwa sechs Delikte pro 100 000 Einwohner. Heute liegen diese Zahlen drei bis vier Mal höher. Die Polizei ist nur noch Feuerwehr. Sie ermittelt zwar, hat aber kaum noch Möglichkeiten, vorbeugend tätig zu sein. Die Gesellschaft schaut weg, und die Politiker haben andere Probleme. Die treiben jede Woche eine neue Sau durchs Dorf und schaffen es nicht einmal, Kindern ein kostenloses Mittagessen zu ermöglichen. Kinder sind, wie alles andere in der Gesellschaft, ein Kostenfaktor."

„Und wenn man dann die Probleme der Menschen sieht, ihre Existenzängste, die Belastung am Arbeitsplatz, das gesellschaftliche Klima, ja, ich gebe Ihnen recht. Es trifft die Schwächsten, diejenigen, die sich nicht wehren können." Vera beugte sich nach vorn. „Aber es gibt ja noch Menschen wie uns, und das lässt mich hoffen."

„Ehrlich gesagt, mich auch."

Sie lächelten sich zu.

„Hans! Hans!" Eine glockenhelle Stimme tönte.

Rodig antwortete mit einem kurzen 'Ja'.

„Es gibt gleich Kaffee!", kam es zurück.

„Wir kommen!" Rodig erhob sich, und auch Vera stand auf. „Meine Frau Charlotte! Ich sagte Ihnen ja, wir haben nur begrenzt Zeit. Da ist sie konsequent."

Später, als Vera sich am Tor verabschiedete, war wieder dieses Gefühl, dieser Gedanke in ihr. Doch er war noch nicht zu packen. Auf der Fahrt ging sie das ganze Gespräch in Gedanken noch einmal durch. Bei der Tatwaffe machte es klick. Endlich hatte sie das Bild vor Augen, nach dem sie tagelang gesucht hatte.

Sie machte eine Vollbremsung und fuhr rechts ran. Der hinter ihr Fahrende hupte. Wütend zeigte er ihr beim Vorbeifahren einen Vogel und die geballte Faust, doch das war ihr egal. Sie rief über das Handy Dr. Kursatowski an. Das Gespräch mit ihr war kurz. Zufrieden beendete Vera das Telefonat und mit einem leisen Lächeln fädelte sie sich wieder in den rollenden Verkehr ein.

Sie stürmte fast die Treppen des Präsidiums empor, und der Flur erschien ihr viel zu lang. Als sie die Bürotür aufriss, verschluckte Stuhr sich beinahe an einem Schokoriegel. „Mann, hast du ein Tempo!", brachte er, von starkem Husten begleitet, hervor. Sein Gesicht war puterrot.

„Geht's oder soll ich?"

Vera deutete mit der flachen Hand einige Schläge an.

„Danke! Geht schon", krächzte Stuhr.

„Wo ist Frau Heise?" Sie schaute sich kurz im Büro um.

„Hier bin ich. Ich war mal …" Die Praktikantin war eingetreten. Stuhrs Hustenanfall hatte ihr Kommen übertönt.

„Super! Kurze Lagebesprechung. Fangen wir mit Ihnen an, Frau Heise. Sie hatten von mir den Auftrag bekommen, nach ähnlichen Fällen zu schauen. Hat die Suche etwas gebracht?"

„Einen Moment mal." Die Praktikantin ging zu ihrem Schreibtisch und blätterte in ihrem Notizbuch. „Hier hab ich's! Ich habe mir die Mühe gemacht und unsere Online-Datenbank traktiert. Der letzte Fall, der unserem ähnelt, geschah vor einigen Jahren in einer Benediktinerabtei. Dort wurden 26 Dürerstiche ausgetauscht. Die Fälschungen waren ganz gewöhnliche Rasterdrucke und mit bloßem Auge als solche erkennbar. Damaliger Wert der Originale über 600 000 Mark, wobei mir dieser Wert sehr theoretisch erscheint. Das Metropolitan Museum in New York zahlte schon eine Million Mark für einen Stich."

„Und die Täter?"

„Unbekannt. Man vermutete, dass Ordensbrüder in den Austausch verwickelt waren, nur lagen zwischen Austausch und Aufdeckung fast vierzig Jahre. So dass es nur noch einen lebenden Zeugen gab, und der stritt alles ab. Die Originale sind bisher auch nirgendwo aufgetaucht. Ansonsten gab es keine Treffer in der Datenbank. Einige Delikte beschränken sich auf Kirchen. Seit diese aber technisch aufgerüstet haben, ist die Diebstahlsquote auch dort gesunken. Der letzte Fall eines Austausches liegt ein Jahr zurück. In einer kleinen Dorfkirche in Bayern wurde eine Madonna entwendet, die dem Bildhauer Daucher zugeschrieben wird, und durch eine billige Gipskopie ersetzt. Auch dieser Täter wurde bisher nicht gefasst." Sie klappte ihr Notizbuch zu.

„Genau das habe ich erwartet." Vera sah nicht unglücklich aus, als die Praktikantin ihre Ausführungen beendet hatte. Bestätigend nickte sie.

„Könntest du uns einweihen in die Geheimnisse und Erwartungen, die du in dir trägst?" Stuhr schaute verwundert zu seiner Kollegin.

„Mach ich! Nur, ich bitte euch noch um ein wenig Geduld." Sie drehte sich wieder zur Praktikantin. „Sagen Sie, Frau Heise, glauben Sie, dass jemand Fremdes das Gemälde austauschen konnte?"

„Nein, glaub ich nicht."

„Okay, ich auch nicht. Jetzt sagen Sie mir, warum wurde das Original gegen eine … nun, hochwertige Kopie vertauscht?"

„Weil jemand unbedingt das Original haben möchte."

„Warum das Original? Er kann sich doch auch die Kopie anschauen. Unterschiede werden doch nur mit hohem technischen Aufwand sichtbar!"

„Mmh, vielleicht die Sehnsucht nach dem Authentischen,

dem Einmaligen, oder aber es handelt sich um einen Angeber!"

„Wie will er mit einem gestohlenen Bild angeben und bei wem?" Stuhr hatte den Faden aufgegriffen.

„Sobald das Gemälde, und ich meine das echte, öffentlich gezeigt wird, ist der Besitzer aber in großer Erklärungsnot. Ich glaube, das Bild ist im Besitz eines fanatischen Sammlers. So 'ne Art Kunstfetischist. Ich vermute, aus ähnlichen Motiven hat Thieme auch im Museum gearbeitet. Finanziell hatte er es doch nicht nötig. Wo konnte man Kunst so nah sein wie in seinem Job?"

„Wenn er nun dieses Gemälde ausgetauscht hat, um es zu besitzen?" Frau Heise hatte diese Frage gestellt. Sie wippte auf den Fußspitzen hin und her und schaute von einem zum anderen.

„Tja, wo ist es dann? Wir haben darüber keine Informationen. Ich vermute eher, dass Thieme den Austausch entdeckte. Immerhin war er der zweite Mann im Museum, dazu ein ausgezeichneter Fachmann."

„Und deshalb musste er sterben?" Stuhr hatte Vera unterbrochen. Die zuckte die Schultern und sagte: „Vielleicht! Vielleicht auch aus einem anderen Grund. Was ich nicht annehme, ist, dass er 'Das Mädchen mit dem Blumenkorb' selbst besitzen wollte. In seiner Wohnung gibt es kein einziges Gemälde, keine Zeichnung, keinen Kupferstich, nicht ein Kunstwerk. Für jemanden, der sich beruflich stark für Kunst engagierte, sah die Wohnung beinahe dürftig aus. Die Fachbücher verstärkten diesen Eindruck nur noch mehr."

Sie wandte sich an Stuhr. „Wir können noch so viel raten, es bringt uns kaum weiter. Ich hatte dich doch gebeten, die Angestellten des Museums auf ihren militärischen Hintergrund zu durchleuchten. Wie weit bist du damit?"

„Natürlich fertig!" Stuhr reckte sich etwas. „Ich kann dir die Daten so herbeten. Meine Notizen brauch ich nicht." Er überlegte kurz. „Also, mit wem fange ich an? Am besten von der Leitung nach unten. Unser ehrenwerter Herr Direktor scheidet aus. Er wurde ausgemustert, irgendwas mit dem Rücken. Interessanter ist da schon Herr Höffken. Dieser hat gedient, und zwar war er Fernaufklärer, und Fernaufklärer wissen, wie man mit einem Bajonett umgeht oder mit einem Messer, wenn euch das lieber ist." Er schaute Beifall heischend in die Runde.

„Okay, mach weiter." Vera trieb ihn an.

„Die Nächsten auf meiner Liste wären zwei der ABM-Kräfte. Einmal Herr Schneider, gedient bei der Nationalen Volksarmee, drei Jahre lang, bei der Grenzbrigade Küste. Diese, kurz GBK genannt, hatte eine Sonderstellung, sie gehörte organisatorisch der Volksmarine an, sicherte aber die Seegrenze Ostsee."

„Und du meinst jetzt, Generalverdacht, die wissen, wie man tötet?" Vera schaute ungläubig drein.

„Nein! Das weise ich strikt von mir. Also, Schneider hat als Dreiender gedient, und man kann annehmen, dass er eine Nahkampfausbildung hatte. Ich würde ihn nicht von der Liste streichen."

„In Ordnung. Akzeptiert. Du sprachst aber von zwei ABM-Kräften."

„Genau! Jetzt kommt es. Haltet euch fest. Vor etwa zwei Jahren arbeitete ein Steffen Dombrowski im Museum als ABM-Kraft, und dieser Dombrowski diente im Luftsturmregiment 40 'Willi Sänger'."

„Und?"

„Und ... !?" Entrüstet schaute er zu Vera. „Das Luftsturmregiment 40 war eine Spezialeinheit. Die Männer, die dort dienten, waren Elitesoldaten und sofort erkennbar an ihren orangen Baretten. Sag bloß, du weißt das nicht?!“

„Leider nicht! Aber wenn du weißt, wovon du redest, dann ist’s ja gut. Vergiss nicht, ich komme aus einem anderen Teil der Republik.“

„Entschuldige!“ Stuhr schaute auf seine Schuhspitzen, als wenn es dort etwas zu entdecken gäbe. „Aber man vergisst das bei dir zu schnell.“

„Ist schon gut.“ Vera überlegte einen Augenblick. „Arbeitsteilung. Du fährst bitte noch einmal in Thiemes Wohnung. Ich glaube, dort liegen Fotos von einer Betriebsfeier in einer der Schubladen. Schnapp dir einige der Aufnahmen, und dann fährst du bitte nach Stralsund und legst diese Bilder den Angestellten des Spielkasinos vor. Und wir beide“, sie schaute zu Frau Heise, „schauen uns den Elitesoldaten mal genauer an. Ein wenig Praxis und mal raus aus dem Büro, das tut Ihnen gut.“

„Oh, kann ich nicht Dombrowski befragen?“ Bettelnd kam die Frage von Stuhr.

„Vergiss es! Du bist nicht objektiv. Muss ja eine tolle Truppe gewesen sein, wenn du so schwärmst von den Jungs. Apfelsinenfarbige Mützen …“ Sie schüttelte missbilligend den Kopf.

„Barette!“

„Ja, von mir aus auch Barette. Gib mir lieber die Adresse von Dombrowski und drück die Daumen, dass er zu Hause ist. Auf geht’s!“ Sie machte mit dem rechten Arm eine Bewegung, als wenn sie alle umarmen wollte, und drängte dann zur Tür. Stuhr entwand sich ihr, notierte schnell die Anschrift von Dombrowski auf einen Zettel, nahm dann die Schlüssel von

Thiemes Wohnung und verließ ebenfalls das Büro. Als er Vera den Zettel in die Hand drückte, meinte er: „Du weißt doch etwas?“

„Nicht mehr als du, aber ich habe eine Vermutung. Sei bitte so nett und fahr ins Kasino, ja?“

Mit einem bezaubernden Lächeln hatte sie die Worte gesagt, und Stuhr fügte sich. Wer konnte auch so eine nett vorgetragene Anweisung ignorieren?

25

Die Fahrt zu Dombrowski war kurz. Er wohnte in einem Neubaublock in Bergen. Viele dieser Blöcke waren in den letzten Jahren saniert, andere abgerissen worden. In manchen Regionen waren sie auch erst saniert und wenige Jahre später abgerissen worden. Selten sah man so eine Steuerverschwendung, aber die Flucht der Bewohner aus der Platte auf das flache Land und der Wegzug in andere Bundesländer ließen wohl den Eigentümern keine Wahl.

Die Parkplätze vor dem Haus waren kaum belegt. Manche der Bewohner konnten sich schon lange kein Auto mehr leisten, und die anderen waren wohl alle bei diesem schönen Wetter am Strand. Die wenigsten hier hatten eine Arbeit. Dieser Stadtteil war das Sorgenkind der Polizei: Nachbarschaftsstreit, Sachbeschädigung und Eigentumsdelikte waren an der Tagesordnung. Einige Kinder stritten sich auf dem Bürgersteig lautstark um einen Roller. Das stärkste setzte sich schließlich durch, und das kleinste heulte zum Herzerweichen. Wie im wirklichen Leben, dachte die Kriminalistin.

Die Haustür stand offen. Das Schloss war kaputt und so, wie es aussah, würde es auch in der nächsten Zeit nicht repariert werden. Der Eingang machte einen trostlosen Eindruck. Jemand hatte die Unterseite der Treppe mit einem Feuerzeug oder einer Kerze verziert. Für alle Eintretenden gut sichtbar stand geschrieben 'Schneider iss dof'.

Frau Heise kicherte. „Wer hier wohl doof ist!?"

Ärgerlich winkte Vera ab.

„Das ist schon mehr als traurig. Keine Bildung und dann dieser Zerstörungszwang. Wie kann man sich dabei nur wohlfühlen?"

Den Klingelschildern nach musste Dombrowski unten wohnen, doch sie wurden enttäuscht: Sie mussten bis in das fünfte Obergeschoss, ganz nach oben. Atemlos und mit trockenem Mund standen sie schließlich vor der Wohnungstür.

Vera klingelte. Einen Augenblick später hörten sie Schritte, und der Spion in der Tür verdunkelte sich. Wahrscheinlich werden wir jetzt gemustert, dachte Vera, und kurz darauf öffnete sich die Tür. Ein schlanker Mann mit silbergrauem Haar schaute auf die beiden Polizistinnen, wobei er mit der rechten Hand die Tür festhielt.

„Ja, bitte?"

„Herr Dombrowski? Kriminalpolizei!"

Vera wies sich aus. Der Mann verzog keine Miene, als er sagte: „Bin ich! Steht auch am Klingelschild! Wie kann ich helfen?"

„Wir hätten einige Fragen!"

„Mmh, fragen Sie!" Er machte keine Anstalten, sie hereinzubitten.

„Hier?"

„Warum nicht?! Wo man Fragen stellt, ist doch wohl egal. Es kommt doch immer auf den Inhalt an."

„In unserem Fall oder, besser gesagt, in Ihrem, zählen mehr die Antworten."

„In meinem Fall? Na, jetzt machen Sie mich aber neugierig. Dann kommen Sie mal rein."

Mit lächelndem Gesicht gab er die Tür frei. Im gleichen Atemzug bat er sie, die Schuhe auszuziehen.

„Ich gebe Ihnen Besucherlatschen, einen Moment." Er taxierte kurz ihre Füße, griff dann zielsicher in einen übergroßen Schlappen und zog zwei Paar Latschen heraus. „So, die müssten passen!"

Frau Heise schaute unwillig auf die filzige Fußbekleidung, fügte sich aber. Sie folgten Dombrowski in die Wohnstube. Fast weiße Auslegware empfing sie, und fast ebenso weiß waren die Wände. Moderne Möbel, geschickt arrangiert, und eine bequeme Couch ließen vergessen, dass man sich in einer standardisierten Wohnung befand.

„Bitte!" Er zeigte auf die Couch, und sie nahmen Platz. Vera musterte Dombrowski, der das genauso ungeniert mit den beiden Frauen tat.

Er war Anfang fünfzig. Feine Fältchen durchzogen sein gebräuntes Gesicht. Unter dem T-Shirt zeichnete sich ein muskulöser, sportlich durchtrainierter Körper ab. Die Schultern waren breit und die Hüfte schmal, eigentlich das Idealbild eines Mannes, dachte Vera, als sie ihre erste Frage stellte.

„Sie haben vor etwa zwei Jahren eine ABM-Stelle im Putbuser Schlossmuseum gehabt?"

„Ja, das stimmt."

Er hatte sich zurückgelehnt, und lächelnd schaute er auf seinen Besuch.

„Sie kennen die Angestellten des Museums?"

„Ja, jedenfalls die, die damals dort beschäftigt waren. Wenn es in der Zwischenzeit Neueinstellungen gegeben haben sollte, diese kenne ich natürlich nicht."

„Aber Herr Thieme ist Ihnen ein Begriff?"

„Ja!" Er lächelte immer noch.

„Kannten Sie Herrn Thieme näher?"

Seine linke Augenbraue zuckte ein Stückchen nach oben. „Könnten Sie das Wort 'näher' definieren? Was verstehen Sie darunter?"

„Nun, mit 'näher' meine ich, besser als andere Angestellte, eventuell auch durch private Kontakte."

„Nein, ich kenne Herrn Thieme nicht näher, um bei Ihrer Wortwahl zu bleiben." Er schaute Vera neugierig und freundlich an. „Aber vielleicht verraten Sie mir endlich den Grund Ihres Hierseins? Gehe ich recht in der Annahme, dass Sie etwas über Herrn Thieme und meine Person wissen möchten?"

„Ja!"

„Und was genau? Und warum?" Lässig schlug er ein Bein über das andere.

„Ich würde Sie um etwas Geduld bitten. Sie waren bei den Fallschirmjägern?" Vera schaute Dombrowski direkt in die Augen. Als sie diese Frage stellte, war es, als wenn sich für einen Moment ein Schleier vor die graugrünen Augen schob. Durch Dombrowski ging ein Ruck. Straff und aufrecht saß er plötzlich vor den beiden Frauen.

„Ja, und?" Zögernd und fragend kam die kurze Antwort, so, als könne er den Sinn der Frage nicht verstehen.

„Und Sie haben Erfahrungen im Nahkampf?"

„Natürlich! Wie jeder von uns, aber nun sagen Sie mir bitte", und er betonte das 'Sie' extrem, „warum wollen Sie das alles wissen?"

Sein Lächeln hatte einem verwunderten Gesichtsausdruck

Platz gemacht. Er beugte sich vornüber und blickte auf die vor ihm sitzenden Polizistinnen. Die Praktikantin sagte später zu Vera, ihr kam es vor, als lauere ein Fuchs seiner Beute auf, und auch Vera hatte dieses Gefühl.

„Gleich! Noch ein bisschen Geduld! Sie geben also zu, in einer Spezialeinheit gedient zu haben, und Sie kannten Herrn Thieme! Wann haben Sie ihn das letzte Mal gesehen?"

„Am letzten Arbeitstag im Museum. Das war, einen Moment bitte", er überlegte kurz, „ am 27. Oktober des letzten Jahres. Entschuldigung, des vorletzten Jahres!"

„Danach trafen Sie Herrn Thieme nicht wieder? Vielleicht beim Einkaufen, beim Golfen oder am Strand?"

„Nein! Und für Sie noch mal zum Mitschreiben", er zeigte auf Frau Heise, „ich habe Thieme seit diesem Tag nicht mehr gesehen oder gesprochen." Er wandte sich wieder Vera zu. „Wenn Sie mir bitte jetzt sagen würden, worum es sich handelt, wäre ich Ihnen dankbar. Ich mag es nicht, wenn man mich im Unklaren lässt. Zahlen, Daten, Fakten, das ist, was zählt." Den letzten Satz hatte er etwas lauter ausgesprochen.

„Okay, das ist wie bei meiner Arbeit. Wir stellen Ihnen die Fragen nicht von ungefähr, wie Sie sich denken können."

Dombrowski nickte kurz.

„Herr Thieme wurde tot aufgefunden, und zwar wurde er ermordet, erstochen, um genau zu sein."

„Und jetzt vermuten Sie, dass ich den feinen Herrn Thieme umgebracht habe!?"

Vera zuckte mit den Schultern. „Wir vermuten gar nichts, sondern halten uns, wie Sie es so schön formulierten, an Zahlen, Daten, Fakten. Aber Sie sprachen eben vom feinen Herrn Thieme, und das Wörtchen 'fein' klang sehr ironisch. Würden Sie mir das bitte erklären?"

„Gerne! Thieme ist oder, besser gesagt, war ein falscher Fuffziger."

Jetzt war es Vera, die aufrecht saß. „Wieso?"

„Im direkten Umgang war er immer höflich und korrekt, aber sobald man ihm den Rücken zukehrte, redete er hinter einem her."

„Zum Beispiel?"

„Eine Kollegin, wie ich ABM-Kraft, wusste von meiner Dienstzeit bei den Fallschirmjägern. Während einer Pause unterhielten wir uns über unsere Biografien. Sie und ihr Mann arbeiteten damals als Zivilangestellte in Glowe. Thieme hörte aufmerksam zu, sagte aber nichts. Später tat er dann im Kollegenkreis seine Meinung kund und meinte, so eine rote Socke wie ich dürfte in keiner Landeseinrichtung arbeiten. Selbst das Laub auf dem Schlosshof müsste für solche Leute wie mich tabu sein." Er ergänzte: „Viel mehr durften wir ABM-Leute sowieso nicht anfassen."

„Und Sie gerieten mit Thieme in Streit, oder ließen Sie das Ganze auf sich beruhen?"

„Wissen Sie, ich bin es nicht gewohnt, etwas auf sich beruhen zu lassen. Wenn jemand mit mir oder meiner Arbeit oder auch mit meiner Überzeugung Probleme hat, dann soll er es mir, verdammt noch einmal, direkt ins Gesicht sagen und nicht hinter meinem Rücken."

Er war laut geworden und aufgestanden. Vera sah, wie der kräftige Brustkorb sich beim heftigen Atmen hob und senkte.

„Und dann gab es Ärger?"

„Ärger?" Dombrowski ging einige Schritte im Zimmer hin und her. „Als Ärger würde ich das nicht bezeichnen. Ich sprach mit Thieme und sagte ihm meine Meinung. Der Typ war so weich!" Er machte eine wegwerfende Handbewegung. „Tat so, als wenn es sich um ein Missverständnis handeln müsste. So habe er das nicht gesagt … Na ja, wir kennen langsam die Ausreden! Sie glauben doch nicht ernsthaft, dass ich Thieme deswegen ermordet habe?"

Er schaute die beiden Frauen an und ließ seinen Blick zwischen ihnen hin- und herwandern.

„Wir glauben gar nichts, Herr Dombrowski." Auch Vera war jetzt aufgestanden und sah sich ungeniert im Raum um. Auf einer Flachstrecke stand ein Hochzeitsfoto. Unverkennbar Dombrowski, der seinem Arm schützend um eine junge Frau gelegt hatte. Beide lächelten glücklich in die Kamera. Stuhr hatte recht gehabt. Dombrowski trug ein orangefarbenes Barett, keck über dem rechten Ohr geneigt. Vera musste zugeben, dass ihm die Uniform ungemein gut stand.

Dombrowski hatte ihren Blick bemerkt, nahm das Foto in die Hand und sagte, wie zur Erklärung: „Meine Frau und ich! Ja, damals war die Welt noch in Ordnung."

„Und heute?" Vera blickte zu dem Mann, der fast zärtlich das Bild anschaute und es dann vorsichtig wieder an seinen Platz stellte.

„Und heute? Heute liebe ich meine Frau noch immer, und wir führen eine glückliche Ehe, wenn es das ist, was Sie meinen!"

„Auch!" Vera spürte so etwas wie Neid in sich aufsteigen. Sie dachte an ihre gescheiterte Partnerschaft, an den Karrieristen, der einmal ihr Mann war. Sie unterdrückte das Gefühl und stellte schnell die nächste Frage. „Und sonst? Beruflich und so?" Was sie mit dem 'und so' meinte, ließ sie offen. Dombrowski verstand sie auch so. „Und sonst? Alle große Scheiße. Entschuldigung!" Plötzlich wirkte er wie ein kleiner Junge, der beim Gebrauch eines Kraftausdrucks ertappt worden war.

„Aber zufrieden kann man mit der Situation nicht sein.“ Verärgert sah er aus, und in seinem Tonfall schwang ein wenig dieses Ärgers mit. „Wissen Sie, damals“, und hier zeigte er auf das Foto, „war die Welt noch in Ordnung. Ich war seit zwei Jahren bei der Fahne, bei der Truppe, zu der nur wenige Zugang hatten.“

„Wann war das?“

„Geheiratet haben meine Frau und ich im Sommer 1979. Wir hatten uns im Katastrophenwinter 78/79 kennengelernt, als wir abgeschnittene Dörfer und Gehöfte hier auf der Insel mit Lebensmitteln versorgten.“

Vera hatte von diesem schlimmen Winter gehört und vor einiger Zeit eine Dokumentation im Fernsehen verfolgt. Die ganze Region war damals auf die Hilfe der Nationalen Volksarmee angewiesen gewesen.

„Pläne hatten wir wie jeder junge Mensch.“ Dombrowski erzählte weiter: „1981 dann der erste Umbruch in unserem Leben. Die Einheit wurde von Prora nach Lehnin, bei Potsdam, verlegt. Ade, schöne Insel! 1989 dann die Wende. Viele der Soldaten sahen sich missbraucht und verließen die Einheit. Wir Offiziere kämpften auf verlorenem Posten, und am Tag der sogenannten Wiedervereinigung reichte ich meinen Abschied ein. Ich wollte und konnte nicht in dieser anderen Armee dienen. Das war den neuen Machthabern auch mehr als recht, denn von meinen Kameraden wurde so gut wie niemand übernommen, und wenn doch, dann ließ man es sie spüren, dass sie Verlierer waren.“

Ungläubig schaute Vera den Mann an, der unterdessen ans Fenster getreten war und nachdenklich hinaussah.

Wahrscheinlich registrierte er gar nicht, was er sah. Hier, aus dem obersten Stock, hatte man einen schönen Ausblick auf die Stadt Bergen. „Wo war ich stehengeblieben? Ah ja, plötzlich arbeitslos. Keiner wollte einen einstellen. Warum auch. Fachkräfte gab es genug. Meine Frau bekam dann ein Angebot, bei ihrem Vater einzusteigen. Der war Fliesenleger und brauchte eine Bürokraft. Also zogen wir nach Bergen, und ich kam bei einer Versicherung unter. Die Versicherung fragte nicht nach meinem Vorleben, die war nur interessiert an beständiger Arbeit. Vor vier Jahren wurde die Außenstelle zugemacht, und mir blieb nur die Arbeitslosigkeit oder der Weg in die Selbstständigkeit, und ich wählte den ersten. Als selbstständiger Versicherungsfachmann ist kein Brot mehr zu verdienen."

„Und dann kam die ABM-Stelle?" Vera hakte nach.

„Nein!" Dombrowski schüttelte den Kopf mit den silbergrauen Haaren. „Erstmal kam gar nichts. Kein Mensch interessierte sich für einen. Ich schrieb Bewerbungen, und wenn ich Glück hatte, sendete die Firma mir meine Unterlagen irgendwann mal zurück. Dann kam eine Zeit, wo wir geschult wurden. Jedenfalls auf dem Papier. Ich habe noch nie so eine Verschwendung von Steuermitteln gesehen wie zu diesem Zeitpunkt. Hunderte Menschen mussten diese Lehrgänge über sich ergehen lassen. Nach dem Motto: Wie lerne ich den Umgang mit dem Computer? Oder: Wie bewerbe ich mich richtig? Eigentlich haben wir nur Solitär gespielt oder waren bei Gerichtsverhandlungen als Besucher. Kein Lehrer konnte oder wollte mit uns etwas Richtiges anfangen. Hauptsache, der Bildungsträger bekam Geld für die Trainingsmaßnahme."

„Sie haben aber jetzt wieder Arbeit?"

„Ja, habe ich." Dombrowski hatte sich vom Fenster weggedreht und schaute auf die Kriminalistin.

„Ein Bekannter hat mich bei einer Solarfirma untergebracht.

Seit gut einem Jahr bin ich in der Ökobranche."

„Und jetzt haben Sie Urlaub?"

„Nee, ich bin krankgeschrieben! Seit drei Wochen schon, um genau zu sein. Erst zwei Wochen Krankenhaus und jetzt eine Woche zur Erholung. Ab Montag darf ich wieder arbeiten."

„Vor drei Wochen lagen Sie im Krankenhaus?"

„Ja!" Dombrowski nickte zur Bestätigung und zog eine Schublade auf, nahm ein Blatt Papier heraus und reichte es der Kriminalistin.

„Hier die Rechnung. Hatte ich heute im Briefkasten. Da steht genau drauf, wann ich eingeliefert wurde und wann Entlassungstag war."

Vera verglich die Angaben. Es stimmte. Dombrowski lag zum Zeitpunkt des Mordes in der Klinik. Er schied als Täter aus. Sie lächelte, als sie ihm die Rechnung wiedergab.

Er bemerkte das Lächeln und meinte: „Sagen Sie bloß, das hier ist mein Alibi!" Er wedelte mit dem Blatt Papier.

„Genau. Sie scheiden damit als Täter aus. Aber sagen Sie mir bitte, gibt es sonst jemanden im Museum, der wie Sie die Fähigkeit hätte, jemanden lautlos zu töten?"

Dombrowski überlegte einen kurzen Moment und nickte dann: „Ja, den gibt es."

„Wer ist dieser Mann?"

„Herr Höffken, um genau zu sein. Als er hörte, wo ich gedient habe, erzählte er von seiner Dienstzeit bei den Fernaufklärern und was er für ein toller Hecht gewesen sei. Wenn Sie mich fragen, wollte er ein bisschen Eindruck vor den weiblichen Angestellten des Museums schinden." Dombrowski zwinkerte Vera zu. Diese lächelte und drängte zum Aufbruch. Sie ließen einen nachdenklichen Dombrowski zurück.

Als die beiden Frauen zu ihrem Auto zurückgingen, lungerte

ein Jugendlicher an ihrem Wagen und ein zweiter hatte einige Schritte abseits Stellung bezogen. Vera ging in Richtung der Fahrertür und bat höflich: „Wäre schön, wenn du vom Auto weggingst, wir wollen raus."

Ein höhnisches Grinsen und ein großspuriges Spucken vor Veras Füße waren seine Antwort. Vera schaute kurz auf den Boden und dann dem Flegel ins Gesicht. „Hast du Probleme?" Sie ging noch einen Schritt auf ihn zu.

„Ich? Pass mal auf, dass du nicht gleich Probleme bekommst!" Er packte Vera bei der Schulter. Die Kriminalistin verzog nur den Mundwinkel leicht nach oben und sagte dann etwas lauter werdend und sehr bestimmt: „Nimm lieber deine Hand von meiner Schulter und gib den Weg frei."

„Pff, warum sollte ich?"

„Darum!" Blitzschnell hatte Vera reagiert und den rechten Arm des Jugendlichen blockiert. Eine kurze Drehung und ein leichtes Wippen aus der Hüfte, kombiniert mit einem kräftigen Zug am gepackten Arm des Jungen, und er verlor die Bodenhaftung. Er vollführte eine halbe Umdrehung in der Luft und klatschte dann, mit dem Rücken zuerst, auf den Beton des Parkplatzes. Zu seinem Glück hielt Vera ihn immer noch am Arm gepackt und federte damit seinen Sturz ab. Trotzdem blieb ihm die Luft weg. Ein Schrei entwich seinem Mund. Ob aus Schmerz oder aus Angst, konnte Vera nicht sagen. Sie drohte dem anderen Jugendlichen, der meinte, seinem Kumpan jetzt beistehen zu müssen.

„Bleib lieber zwei Schritte von uns entfernt. Ansonsten liegst du auch gleich auf dem Pflaster. Meine junge Kollegin wartet nur auf die Gelegenheit, es auch einmal zu dürfen."

Der Jugendliche schaute erst zu Vera, dann musterte er die Praktikantin, und zuletzt fiel sein Blick auf den am Boden

Liegenden. Feige drehte er sich um und lief weg. Vera zog den Rowdy hoch, der keuchend nach Luft rang und mit schmerzverzerrtem Gesicht versuchte davonzuhumpeln.

„Hab ich gesagt, dass du gehen kannst?" Vera hielt ihn zurück. Eine Frau, die wohl vom Einkaufen kam, schaute neugierig herüber, zog dann aber an ihren schweren Einkaufsbeuteln und verschwand eilig in einem Hauseingang. Stöhnend vor Schmerz stand der junge Mann gebeugt vor Vera.

„Na, was ist nun? Willst du dich nicht entschuldigen?" Vera schüttelte den Bengel ordentlich durch. Er flog unter ihrem kräftigen Griff hin und her.

„Entschuldigung!"

Er bäumte sich kurz auf. Vera lockerte den Griff.

„Sieh zu, dass du Land gewinnst wie dein Kumpel."

Humpelnd und wie ein geprügelter Hund zog er davon. In seinen Augen standen Tränen und ein Ausdruck der Verwunderung. Er hatte immer noch nicht begriffen, was ihm geschehen war.

„Keine Anzeige?" Frau Heise schaute zu ihrer Vorgesetzten.

„Warum? Wegen dieser Trottel, die nicht wissen, wohin mit ihrer Kraft, und voller Selbstüberschätzung durchs Leben gehen, werde ich mir doch nicht den Rest des Tages versauen. Wir sitzen auf der Wache und machen unsere Aussagen, und die beiden Früchtchen werden prompt wieder auf freien Fuß gesetzt. Nee, lassen Sie mal! Außerdem haben wir keine Zeit für solch einen Quatsch. Wir müssen noch Herrn Schneider befragen." Sie schloss das Auto auf, und es ging weiter zu Schneiders Wohnung.

Am Abend hatten sie alle Informationen. Wie Puzzlesteine fügten sich die einzelnen Punkte zu einem Bild. Stuhr war spät aus Stralsund zurückgekehrt. Doch er hatte Erfolg gehabt. Mehrere Angestellte der Spielbank hatten unabhängig voneinander auf den Fotos eine Person identifiziert, die des Öfteren ihrer Spielleidenschaft frönte. Von sich aus hatte er die Ermittlungen auf das Kasino in Binz ausgedehnt, und auch hier kannte man den Mann.

Vera und Frau Heise berichteten von ihren Ermittlungsergebnissen. Dombrowski kannte zwar die Stichtechnik, mit der Thieme getötet worden war, doch er hatte ein Alibi. Das Klinikum bestätigte seine Angaben. Schneider schied als Tatverdächtiger auch aus, er hatte seine Dienstzeit als Küchenhilfe verbracht. So konnte er zwar mit Messern umgehen, aber in einem anderen Sinne, als sie dachten. Nur ein Tatverdächtiger blieb. Die Kriminalisten beschlossen, mit der Verhaftung bis zum nächsten Morgen zu warten.

26

Vera schlief unruhig in dieser Nacht. Fetzenhaft drängte der Fall in ihr Bewusstsein und ließ sie immer wieder aufschrecken. Sie war froh, als der Tag anbrach und sie aufstehen konnte. Mit einer Tasse Kaffee in der Hand saß sie später draußen auf der Bank. Sie genoss die aufsteigende Sonne und die Stille. Langsam erwachte der Tag. Nebukadnezar kam müde von seinem nächtlichen Streifzug nach Hause und verlangte gähnend Einlass.

Keine Stunde später war sie im Büro. Sie wollte noch einmal alles durchgehen, Schritt für Schritt. Denn wie hatte Professor Rodig gesagt: „Der Täter ist intelligent, und er vermag sich schnell auf veränderte Situationen einzustellen.“

Scheinbar hatte Stuhr denselben Einfall. Kurze Zeit später

kam auch er, im Schlepptau Frau Heise. Beim Morgenkaffee besprachen sie das weitere Vorgehen.

Als Vera und Stuhr vor dem Museum vorfuhren, schien die Sonne mit ganzer Kraft. Die Vögel zwitscherten aus voller Kehle, und nichts deutete auf den großen Augenblick hin. Es war ein Sommertag wie jeder andere auch.

Dr. Fengler war überrascht, als die beiden Mordermittler sein Büro betraten. Vera erklärte ihm den Sachverhalt. Er hatte Mühe, die Fassung zu bewahren. Zu viel war in den letzten Wochen auf ihn eingestürmt. Als Vera anbot, einen Arzt zu rufen, winkte er ab.

„Es wird schon gehen." Er griff zum Telefon und bat Herrn Höffken zu sich. Als dieser eintrat, sah er zuerst Vera an, dann Stuhr.

„Guten Morgen! Heute zu zweit?", fragte er überrascht.

„Nur Ihretwegen, Herr Höffken. Wir verhaften Sie wegen des Mordes an Herrn Thieme und wegen Diebstahls."

Höffken brach in lautes Gelächter aus.

Später, in Veras Büro, lächelte er immer noch. Er hatte die ganze Fahrt über kein Wort geredet. Seinem Gesichtsausdruck und der Körpersprache nach zu urteilen, hielt er das Ganze für einen großen Irrtum.

„Ich glaube, Sie machen einen Fehler, Frau Rademacher", sagte er im angenehmen Plauderton.

„Meinen Sie?" Vera hatte ihm gegenüber Platz genommen. „Ich glaube nicht, Herr Höffken, oder besser gesagt, ich weiß, dass ich mich nicht irre."

„Na, da bin ich aber gespannt." Er lehnte sich zurück und schlug die Beine übereinander. „Denn Sie blamieren sich, nicht ich!"

„Sie haben vor einem halben Jahr einen Laptop von Herrn

Thieme gekauft, ist das richtig?“ Vera begann das Verhör. Höffken nickte. „Haben Sie zu diesem Zeitpunkt festgestellt, dass Thieme pädophil veranlagt war?“

Höffken tat überrascht. „Thieme war ein Kinderschänder?“

„Ja, aber ich brauche Ihnen das nicht zu bestätigen. Sie wissen es ja schon.“

„Das höre ich zum ersten Mal.“ Sein Lächeln wurde zu einem feisten Grinsen.

„Das freut mich für Sie. Dann werden meine Kollegen, die gerade jetzt Ihre Wohnung durchsuchen, auch nichts Belastendes finden?“ Vera schaute Höffken direkt an.

Der wurde puterrot und brüllte dann los: „Dazu haben Sie kein Recht! Wir leben in einem Rechtsstaat! Ich werde …“

„Sie werden jetzt endlich die Wahrheit sagen und nicht herumschreien! Jawohl, wir leben in einem Rechtsstaat, Herr Höffken, und wir haben einen Durchsuchungsbeschluss. Damit dürften wir diesen Punkt wohl abgehakt haben. Wo waren Sie an dem bewussten Freitag, sagen wir ab 19 Uhr?“

Höffken hatte sich beruhigt und antwortete. „Wo soll ich gewesen sein? Wahrscheinlich zu Hause!“

„Den ganzen Abend? Haben Sie dafür Zeugen?“

„Na, hören Sie mal, ich wohne allein seit meiner Scheidung! Wer soll bezeugen, dass ich zu Hause war?“

Das Telefon unterbrach das Verhör. Höffken beobachtete die Kriminalistin, doch diese sagte nur mehrmals: „Mmh“, und ganz zum Schluss: „Super! Danke, Kollegen!“ Dann schaute sie ihm ins Gesicht.

„So, Herr Höffken, lassen Sie uns am besten noch einmal von vorne anfangen. Das waren eben meine Kollegen, die Ihre Wohnung durchsucht haben. Die fanden bei Ihnen eine ausgebaute Festplatte, die von den Maßen genau in ihren Laptop passen dürfte, und einige Fotos. Allein der Besitz kinderpornografischen Materials wird von unserem Rechtsstaat, auf den Sie sich ja vorhin so berufen haben, mit bis zu fünf Jahren Haft bestraft."

Stuhr, der bisher beherrscht neben Höffken gesessen hatte, beugte sich jetzt zur Seite. „Wissen Sie, Herr Höffken, wie lang fünf Jahre im Strafvollzug werden können, vor allem als Kinderschänder?"

Auf Höffkens Stirn bildeten sich kleine Schweißtropfen. Er nagte an seiner Unterlippe. Nach einiger Zeit sagte er: „Okay, ich sage aus, aber ich bin kein Kinderschänder."

Anfangs berichtete er stockend, dann war es, als wenn ein Damm gebrochen wäre, und er redete immer schneller.

„Ich kaufte vor einem halben Jahr von Thieme einen Laptop. Thieme hatte die Festplatte formatiert, und ich wollte wissen, was sich einmal darauf befunden hatte. Ein Computerprogramm stellte die Dateien wieder her, und bei deren Durchsicht bin ich auf die Fotos gestoßen. Zuerst wollte ich alles löschen, aber dann glaubte ich, eine bessere Verwendung gefunden zu haben. Meine Ehe war zerbrochen, und ich hatte mit dem Spielen angefangen. Meine Schulden drohten mir über den Kopf zu wachsen. Ich lieh mir privat Geld, da keine Bank mir Kredit gewährte, doch ich konnte die Summen nicht zurückzahlen. Um mich finanziell zu sanieren, tauschte ich im Museum Kunstschätze aus, teure Unikate gegen minderwertige Waffen und echte Schmuckstücke gegen wertlose Kopien. Das Depot barg viele Stücke, die nicht in die Ausstellung gelangten. Ich nutzte diese Kunstwerke, um sie an den Meistzahlenden zu verkaufen. Doch das Geld rann mir durch die Finger und meine Schulden wurden nicht kleiner. Ich konnte nicht aufhören zu spielen und verlor noch mehr.

Meine Gläubiger setzten mich unter Druck. Sie hatten schon das eine oder andere Stück in Zahlung genommen, und mit dem Austausch des Corinth sollten alle Schulden abgezahlt sein. Einer der Gläubiger besorgte die Fälschung, und ich trat an Thieme heran, dessen Arbeitsbereich die Gemälde waren. Meine Drohung, Thiemes Neigung publik zu machen, verfehlte ihre Wirkung nicht. Gemeinsam tauschten wir das Bild am Dienstag aus. Thieme hatte Dr. Fengler um den Museumsstempel gebeten, um die Transportrahmen für Leipzig zu kennzeichnen. So erhielt die Kopie auf der Rückseite den üblichen Museumsstempel, Thieme schrieb die Inventarnummer dazu, und keinem wäre etwas aufgefallen. Am Donnerstag erhielt Thieme die Information von Dr. Fengler, dass im Rahmen der Leipziger Ausstellung 'Das Mädchen mit dem Blumenkorb' untersucht werden sollte. Er wusste genau, dass diese Fälschung keiner genaueren Untersuchung standhalten würde. Er flehte mich an, den Tausch wieder rückgängig zu machen und das Original nach Leipzig zu schicken. Ich willigte ein, doch meine Gläubiger gaben das Bild nicht mehr heraus."

Höffken fuhr sich mit der Zunge über die Lippen. „Hätten Sie ein Glas Wasser für mich?"

Stuhr stand auf, füllte ein Glas mit Wasser und stellte es vor den Konservator. Der trank es in einem Zug aus. „Danke!"

„Und weiter?"

„Thieme gab keine Ruhe. Er war total nervös. Ich versprach, ihm am Freitagabend das Bild auszuhändigen. Wir trafen uns kurz vor zwanzig Uhr, außerhalb von Putbus. Da gibt es eine Stelle am Wald, nicht einzusehen, aber man kommt gut mit dem Auto dorthin. Als ich ankam, wartete er schon. Ich hatte alles durchdacht. Die weißen Baumwollhandschuhe streifte ich über, um angeblich das Bild nicht zu beschädigen. Er glaubte das. Ich ließ ihn seinen Kofferraum öffnen und dann stach ich mit einem Stilett zu. Er war sofort tot." Höffken schluckte.

Da war es wieder, das Stilett. Vera sah ihn mit weißen Baumwollhandschuhen vor der Schauvitrine stehen. Das war jenes Bild, das sie seit Tagen aus ihrem Unterbewusstsein hervorzuholen versucht hatte.

„Diese Art zu töten hatten Sie während Ihrer Armeezeit gelernt?" Höffken nickte. „Ja, ich war Fernaufklärer. Wir sollten im Kriegsfalle hinter den feindlichen Linien operieren, deswegen die Spezialausbildung."

„Erzählen Sie weiter."

„Er sackte zusammen, und ich brauchte ihn nur noch in den Kofferraum gleiten zu lassen. Mit seinem Wagen fuhr ich nach Sassnitz. Dort in der Nähe gibt es eine Stelle, wo es steil ins Meer geht. Ich zog Thieme aus dem Kofferraum, räumte seine Taschen leer, schleppte ihn zur Uferböschung und warf ihn ins Meer. Dann machte ich sein Auto sauber, wischte alles ab und schüttelte die Fußmatten aus. Den Wagen stellte ich auf einem Parkplatz ab. Da fiel er am wenigsten auf. Tja, und dann nahm ich mir ein Taxi und fuhr nach Putbus zurück."

„Und die privaten Dinge, die Herr Thieme bei sich hatte, wo haben Sie die gelassen?" Höffken schaute erst zu Vera, dann zu Stuhr. „Die habe ich verbrannt, also … bis auf das Geld!"

„Und das Stilett?"

„Ist wieder im Depot des Museums."

„Wo ist das Gemälde von Corinth, und ich meine das Original!?"

Höffken zuckte mit den Schultern. „Kann ich nicht sagen. Ich weiß es nicht."

„Kannten Sie die Vermögensverhältnisse von Thieme?"

„Nein! Woher auch. So viel kann er ja nicht gehabt haben, bei seinem Job. Viel mehr als ich wird er nicht verdient haben."

„Hat Thieme Ihnen kein Geld angeboten, als Sie mit dem Vorschlag kamen, das Gemälde auszutauschen?"

„Doch, hat er, aber ich musste unbedingt dieses Bild besorgen. Geld hätte er mir später geben können, dieser Trottel."

„Wieso später? Ich denke, Sie brauchten dringend Geld, um ihre Gläubiger ruhigzustellen!"

Höffken winkte ab. „Diese Leute wollten den Corinth, und zwar nur noch den Corinth. Geld war bei ihnen nur das Mittel zum Zweck."

„Und Thieme ließ sich auf den faulen Handel ein?"

„Zuerst ja! Aber am bewussten Freitagabend eröffnete er mir, dass er sich nicht erpressen lassen wolle. Dieser linke Hund meinte, ihm sei nichts zu beweisen. Auf meinem Laptop seien ja die verdammten Fotos, und die Polizei würde ihm glauben, dafür wolle er schon sorgen. Er drohte mir mit seinen Kontakten zur Staatsanwaltschaft."

„Wenn ich Sie richtig verstehe, glitt Ihnen Thieme durch die Finger. Sie hatten keinen Angriffspunkt mehr, er hingegen wusste Bescheid über Sie und Ihre Machenschaften. Also planten Sie den Mord und hofften, der Verdacht bezüglich der Fälschung fiele auf Thieme. Sagen Sie mal, Herr Höffken, wie kann man unwiederbringliche Kulturgüter gegen Imitate austauschen?"

Höffken hatte sein feistes Grinsen wieder aufgesetzt. „Un-wiederbringliche Kulturgüter? Lassen Sie sich nicht auslachen! Der Kunstmarkt ist ein Geschäft geworden wie jedes andere auch. Museen, sogenannte Experten mit ihren falschen Expertisen, Galeristen und was weiß ich noch … Alle machen mit. Jeder will ein besonders großes Stück vom

Kuchen abhaben. Und welcher unserer Besucher kann echt von falsch unterscheiden? 'Kunst ist, was du beweisen kunst.' Das sagt schon der Volksmund. Hauptsache, da hängt was an der Wand oder da ist was in einer Vitrine, das man anstarren kann, so wie Jason das goldene Vlies bewunderte."

„Sie vergessen, dass Jason das Vlies raubte, danach seine Kinder verlor und sich das Leben nahm. Ich glaube, dass eher Sie Züge von Jason in sich tragen als die Besucher des Museums."

Vera rief den wachhabenden Posten und ließ Höffken abführen.

Stuhr schaute zu Vera herüber. „Sag mal, ab wann hattest du Höffken in Verdacht?"

Sie zuckte die Schultern. „Genau kann ich dir das gar nicht sagen. In meinem Hinterkopf spukte immer ein Gedanke herum, ein Bild. Es war aber nicht klar, sondern mehr verschwommen. Ich weiß nicht, wie ich das erklären soll … Als ich Höffken das zweite Mal befragte, stand er vor einer Vitrine mit Waffen, und in dieser Vitrine lag ein Stilett. Thiemes untypische Stichverletzung, kaum Blut, schlanke Klinge, ich assoziierte!"

„Aber dieses Stilett ist nicht die Tatwaffe!"

„Tja, das ist das Kuriose. Er nahm eine Waffe aus dem Depot und nicht die, welche ich sah. Dazu die Sache mit der Quittung von der Spielbank. Thieme muss sie irrtümlich eingesteckt haben, als er den Kaufvertrag für den Laptop von Höffken unterzeichnen ließ. Als mir Professor Rodig erzählte, unser Täter habe wahrscheinlich einen militärischen Hintergrund, konzentrierte ich mich auf die, die mit dem Gemälde in Verbindung zu bringen waren, nämlich Dr. Fengler, Schneider, Höffken und dann Dombrowski. Es musste eine Verbindung zwischen dem Mord und dem Kunstraub geben. Höffken blieb als Einziger übrig. Dr. Fengler war ausgemustert und Schneider Küchenhilfe. Nur Höffken und Dombrowski hatten eine spezielle Ausbildung durchlaufen, doch Dombrowski wurde zum Zeitpunkt des Mordes operiert, sein Blinddarm war entzündet. Er schied damit auch aus. Als Aufklärer hinter den feindlichen Linien hatte Höffken Informationen gesammelt, und lautloses Töten gehörte zur Spezialausbildung dieser Männer. Als du dann das Foto in der Spielbank präsentiertest und die Angestellten Höffken als häufigen Gast identifizierten, setzten sich alle Puzzlesteine an die richtige Stelle, und die Falle schnappte zu."

Ein müdes Lächeln lag auf ihrem Gesicht.

Als sie am Nachmittag nach Hause kam, stand in der Einfahrt das Auto von Torsten Grabowski. Er saß auf der Bank, vor dem Haus, auf seinen Knien hatte es sich Nebukadnezar gemütlich gemacht.

„Du?", fragte sie erstaunt.

„Ja, ich." Er zeigte auf den Kater. „Entschuldige, dass ich nicht aufstehe …"

Sie winkte ab.

„Immer diese Ausreden! Ihr Männer haltet doch sowieso zusammen."

Er gab ihr ein flaches Päckchen. „Für dich."

Als sie es auswickelte, hielt sie ihre Zeichnung von Margarethe Mörler in den Händen, in einem schlichten hölzernen Rahmen. „Es wäre doch schade, wenn solch ein Kunstwerk nicht den gebührenden Rahmen finden würde." Seine Augen suchten ihren Blick.

„Tu mir einen Gefallen, kein Wort in den nächsten Stunden

über Bilder, Kunst oder andere kulturelle Themen."

„Okay, kein Wort davon, aber …"

In seiner Stimme lag ein solches Verlangen, dass sie aufhorchte.

„Ja?"

„Damit mein Mund keinen Unsinn redet …"

Er war trotz des Katers aufgestanden. Überrascht sprang das Tier von seinem Schoß, ärgerlich ein Bein vor das andere setzend. Grabowski fasste Vera behutsam bei den Schultern und beugte sich über sie. In seinen Augen funkelten wieder diese kleinen silbernen Splitter, die sie schon bei ihrem ersten Treffen in den Bann gezogen hatten. Als seine Lippen zärtlich über ihre strichen, schloss sie die Augen. Da war es endlich wieder, dieses wohlige Gefühl, das sie so lange vermisst hatte. Wärme durchflutete ihren Körper. Als er die Erwiderung seines Kusses spürte, zog er sie dichter zu sich heran.

Veras Kinder, die gerade in diesem Moment vom Strand kamen, blieben überrascht an der Toreinfahrt stehen. Kevin grinste breit und seine Schwester musste ihm einen Stups geben. Leise zogen sie sich Richtung Oma und Opa Busch zurück, wo es verlockend nach gebratenem Aal duftete.

OSTSEEBLATT vom 24. August desselben Jahres

Der Polizei ist es gelungen, das vor einigen Wochen aus dem Putbuser Schlossmuseum entwendete Gemälde von Lovis Corinth 'Das Mädchen mit dem Blumenkorb' aus Privatbesitz wiederzubeschaffen.
Die Täter, ein Mitarbeiter des Museums und eine auf Kunstfälschung spezialisierte Organisation aus Baden Württemberg, befinden sich in Untersuchungshaft. Ab dem 01. September kann das Gemälde im Putbuser Schlossmuseum wieder in einer ständigen Ausstellung besichtigt werden.

OSTSEEBLATT vom 01.Dezember desselben Jahres

Polizei und Staatsanwaltschaft Mecklenburg-Vorpommern haben in einer weltweit angelegten Aktion international agierende kinderpornografische Zirkel im Internet aufgedeckt. Bei dieser Operation war Deutschland Ausgangspunkt der Ermittlungen. Insgesamt werden 420 Bundesbürger, darunter sieben aus Mecklenburg-Vorpommern, des Besitzes bzw. des Verbreitens kinderpornografischer Schriften verdächtigt. Weltweit sind von den Ermittlungen 98 Staaten mit rund 14.500 tatverdächtigen Internet-Usern betroffen. Die internationale Zusammenarbeit mit diesen Staaten wurde durch das Bundeskriminalamt Wiesbaden und Interpol koordiniert.

-ENDE-